討厭喜歡你

上

Hate myself
for loving you

LaI 著

之所以相遇，也許是為了讓這個世界
從此多了一個「我們」。

序　青梅·竹馬

所謂的孽緣大概是這樣，順著命運自然而然的遇見，毫無預警的圈在一塊。

回憶的碎片，清晰的刻畫著對方的痕跡。

有天你忽然意識到這所謂的平凡，是所有萬惡的開始，不幸的徵兆，更是你這輩子最想擺脫卻永遠驅趕不走的——緣份。

你就會想咒死那個人！

有一種人，陪著你的父母一同看你長大，卻比他們還懂你的好或不好，甚至人生許多珍貴的第一次都讓他不小心參與了。

「喂，我今天不想上學，妳幫我打電話跟老師說妳生病了，我要照顧妳，所以請假。」

少烏鴉嘴！你請假到底關我什麼事！

「好餓喔，妳房間有什麼吃的？上次不是還有洋芋片……」

少女的房間是說來就來的嗎？

「這群女的很纏人，說妳是我女朋友把她們都打發走。」

我會被活埋啊，混蛋！

從我有記憶以來，他身邊的空位一個接著一個，換了又換，不曾間斷，不禁讓我覺得，任何女人襯上他，瞬間都成了低廉的劣質品，膩了就不要。

這些話，我從不與人提起，因為沒有立場。

只要抱著習以為常的心情，對他的言行不聽不看，保持沉默就好了。

一切都會過去，他會從我的世界消失。

我以為這輩子我們會一直這樣，他交他的女朋友，我找一個與我相愛的人，不需要太好，能相知相惜，走過細水長流的日子便好。

他繼續嘲笑我的白日夢，我則瞧不起他的花心與濫情。

我拚命向老天祈求，離開那傢伙的身邊吧，不用受莫名其妙的欺凌與針對。

我的他會保護我、心疼我，不會總讓我一個人孤軍奮戰，回頭還得面對那個人無恥的笑臉。

在他身邊十六年了，真的太累了。

「希望我往後的每個十六年都不要有你。」

他彎起張揚的笑，微微前傾，「我是誰？」

「……霍閔宇啊。」

「那麼，妳憑什麼不要我？」

這故事開頭已經夠糟了，只求拯救我的白馬王子快點出現。

而後，我遇見了任迅暘，他純淨的宛若誤闖凡間的天使，他的溫柔體貼是那個人所沒有的。

他在我面前毫無保留的揭開自己所有的傷疤，他眼底的憂愁深得像一片汪洋大海，濃得化不開，無法痊癒。

我想對他好，而任迅暘也是。
我的願望實現了，從今以後隔壁家那個人的好與壞，他所有的一切，都與我無關。
即便他說：「我喜歡妳。」

第一章　剪不斷，理還亂

柳蒙高中，二樓女廁。

「我跟他沒關係。」

十六年來，我如同舊式錄音機卡帶，不斷重複這句話，但所有女性的中文能力還有耳力似乎都有待加強。

「屁！相處十幾年，妳敢說妳對他一、點感覺都沒有？」

有是有啊，尤其是厚顏無恥起來的時候，真的打從心底想一槍斃了他。

「閔宇這——麼優秀，只要是女的怎麼可能不動心！」

在他眼裡我不是女的，這樣的答案妳們滿意嗎？

「夏羽侑，我不管妳有什麼藉口，妳今天一定要給我們一個交待！」

你們說說看，是我表達有問題，還是這群女的真他媽吃飽太閒？

「好啦好啦，我喜歡他總行了吧。」

語畢，女廁前瞬間鴉雀無聲。

直到其中一個女生帶著哭嗓崩潰尖叫：「妳看！我就知道！之前還死不承認，真不要臉！」

嘶——我的耳朵。

「請問可以讓開了嗎？我尿急。」

到底是誰說堵人就要選在廁所？這種又臭又擠的空間，不僅妨礙別人上廁所，萬一有人在醞釀上大號的情緒，都給逼回去了。

真鬧事。

我將視線放回那群不願讓路的瘋婆子團體，帶頭的是一位穿著白色膝上襪的學姊，不得不說這種搭配讓她的小腿變更粗了。

如果我們有幸成為朋友，我會給她良心建議，黑色長襪比較顯瘦……

啪——

火辣辣的一掌黏在我的右頰上，不一會兒刺痛痠麻感便擴散開來。

「那些謠言都是妳散播的對不對？」

我在心底冷笑，看來是沒這機會。

「我在問妳話啊！醜女！」

「什麼謠言我不知道。」

另一名學姊冷哼一聲，「問也是白問，心機這麼重，怎麼可能承認？閔宇知道妳是這種表裡不一的婊子嗎？私底下到處說別人的壞話，在他面前裝乖裝柔弱，妳也真行，都不累啊？」

我抹了抹臉頰看向她，化妝技術不錯，底妝很服貼，我往下看了她的腿一眼，穿了黑色長襪，沒這麼刺眼了。

銳利的眼神掃過我，她歪著頭，「妳那是什麼眼神？不服氣嗎？還是在想回去要怎麼和閔宇告狀？」

她用力推了我一下，背脊硬生生的撞上身後的磁磚，碰一聲在寂靜無聲的廁所顯得清晰。

「喂！好了，適可而止，別做得太過分了。」穿白色膝上襪的學姊忍不住制止。

她完全聽不進去，甩開那學姊的手，朝我逼近，「我忍得還不夠久嗎？我和閔宇分手一定是這賤貨害的！看她不順眼很久了！」

靠！霍閔宇那個王八蛋！為什麼每次都不能跟人家好好的分手啊！

「妳們是不是搞錯對象了啊，霍閔宇的交往對象我從、來不干涉。」國父革命十一次後成功了，但為什麼這句話我講了百萬次，都沒人相信。

「再說我根本不知道妳是他前女友，由此可知，霍閔宇根本沒有真心跟妳交往，他連公開都不願意，對這種人妳真的不需要太難過。」

我試著想和她理性溝通，緩和戰火，孰料話語剛落，在場幾位學姊翻了白眼，空氣再度陷入死寂。

呃……我是不是說了什麼不該說的話啊？可我說的每一句都是事實啊！為什麼大家總看不清霍閔宇的劣根性！

冷豔的前女友學姊勾唇失笑，「現在是怎樣，我唐娜需要妳的同情和安慰？」

我搔了搔頭，持續解釋：「我沒那個意思，而是霍閔宇本身就不值得妳留戀，我們從小一起長大，論了解一定是我比妳多，所以我可以告訴妳，那傢伙時常做出這種不負責任的行為，這不是妳的錯……」

看她死死的握拳，豔紅的指甲彷彿要嵌進掌心，我感到不妙。

但我的嘴就是克制不了，就想好好開導她，讓她別再為霍閔宇這妖孽傷心。

我們才高中而已，人生青春正開始，幹麼為了一個過客……

「妳們聽這賤貨講這什麼話，現在是在對我說教？」她的眼神陰狠冷冽，手指著我歇斯底里的大吼，「妳是想說服我早點離開閔宇，好讓妳替補嗎！」

唉唷，我真的是……

「隨便妳怎麼想。」我放棄與她做人類之間的溝通。

「你們分手，要找也是找當事人霍閔宇。」我看了一眼手錶，「現在午休差不多要結束了，他應該準備去福利社，去那邊堵他比在這裡找我麻煩有用多了。」我給予她中肯建議。

拍了拍校裙上的灰塵，我不過是單純出教室上廁所，也能被這麼大的陣容臨幸，真該謝謝某人給予我這麼不平凡的人生。

十六年來一點都沒變，我去他的霍閔宇！

我拉開廁所門把，唐娜忽然發瘋般的上前拽住我的手臂，細長指甲狠狠陷進我的肉裡，我吃痛的看向她。

這女人真的瘋了吧。

「在幹什麼?不知道現在是午休時間嗎?」突然傳來一道聲音，打斷了所有人的動作。

唐娜置若罔聞，揚起手，失去理智的抓著我，而我定定的看著她，不願低頭，實則雙腳抖個不停。

把風的小跟班本來想衝著對方叫囂幾句，要他別多管閒事，孰料，見到對方左臂別著紅色臂章——學生會，她們連忙要唐娜趕緊收手，然而對方已經走了進來。

「午休在外遊蕩要記警告。」

唐娜的手勁鬆了鬆，我趁機抽回手，皮膚立刻浮起一片紅印，她的指甲痕幾乎要在我的手臂上刨出洞來了。

我甩甩手，試圖緩解痛感，仰頭看向對方，他的身後一片光，面孔模糊，宛若救世主降臨。

「妳們都高三了，應該不希望因為操行不及格而畢不了業吧？」那人環顧一圈，視線落在唐娜身上，然後又緩緩移開眼，「今天的事我不追究，但下次就不是這樣。」

他緩緩的往前站了一步，午後躍動的光照亮了他嚴肅的臉，清晰明朗。

我愣了愣，下意識的抿起嘴角。

待所有人散去，對方立即走上前，有些擔心道：「沒事吧？嚇到了吧？」他依然溫和，關心的口吻，真誠的讓人信以為真。

李桀閎，完全沒變。

我頓了一下，收起胡思亂想，輕應一聲，隨口回了句謝謝。

他的聲音有幾分難掩的欣喜，語氣熟稔的像我們是多年不見的好友，「我沒想到妳也考上柳高。」

「學長這種人都能考上，我要是不能，真的沒臉見人。」我淡淡一笑，「幸好，世界上再也找不到比你還差勁的人。」

他的笑容一僵，我沒興致和他閒聊，也不打算久留，直接要離開。

見我要走，李桀閎忽然抓住我的手臂，突如其來的肢體接觸讓我受了驚嚇，急忙想抽回。

他見狀，略為慌張的收回手，「抱歉，我不是故意要碰妳，我是有些話想和妳說……但怕妳走。」

「我沒什麼好跟你說。」我退後一步，面容冷靜，刻意和他保持距離。

李桀閎笑了笑，「妳還是很介意那件事嗎……我很抱歉，當初騙了妳。」

他又道歉了，讓我覺得自己像個壞人似的。

「其實一直想和妳見面，但……」

「為什麼要見面？我們應該不熟吧。」我打斷他，舉步向前。

他佇立原地，悠悠說道：「跟妳相處的那段時間，真的很快樂，雖然說是因為寂寞才找上妳，但那時候的我，真的很喜歡妳……」

我別開臉，不想讓他看出我的任何情緒，「我沒興趣知道你怎麼想。」

李桀閎看著我，忽然失笑了，「是啊，妳是該討厭我，只是那時候我們處得那麼愉快，我很怕，一旦我說了，所有的一切都會消失。」

我明明可以轉身就走，卻因為該死的同情心，不自覺被他沮喪的口吻給留住。

「喜歡和妳聊天的時候，問我題目怎麼寫，每當我解出來，妳就會露出不可思議的表情。我們的價值觀很像、很合拍，如果在一起……」

李桀閎目光眷戀的望著我，沒有說完後面的話。

他的話太露骨，讓我不知道該做什麼反應，但我知道我又心軟了。

我垂眸，「你那時候問我氣消了嗎？願不願意原諒你？」我看向他，逕自說出當時的答案：「我說不可能，要讓你一輩子愧疚下去。」

田雅梨當時還氣憤的說，應該讓學長身敗名裂，把他的所作所為公諸於世，最好貼個大字報在學校的布告欄，大肆宣揚他做人失敗。

然而，當時我什麼也沒說，像是個冤大頭，讓他拍拍屁股就走。

「我原諒你。」我平靜的看向他，他咧嘴笑了，而我並沒有給他機會說話，「因為不想再和你有任何瓜葛。」

我說得簡單明瞭，眼神冷淡的瞟向他，明白的劃清界線。

「羽侑我……」見我轉身欲走，情急之下他再次抓住我的手臂，「我希望我們能再像以前那樣，讓我對妳好……」

他突如其來的舉動，讓我反應不及，回過神後，我用力掙脫他的手。

「好嗎？」他跟了上來，不死心的再問一次。

我冷笑，「我看起來就這麼好騙嗎？」

不等他回話，我轉身走人。

考上柳高是我的努力，可能更多的是不甘心。

我以為我會忘了這個人，但看到李桀閔若無其事出現在眼前，仍舊不自覺動搖了。

偶爾我會想起他對我說過的話，那時候的我曾因為不知如何回應他的喜歡，而煩惱好久好久。

甚至自我譴責，認為自己是個辜負學長的壞蛋，李桀閔明明那麼好，溫柔體貼，功課又好，我到底為什麼喜歡不了他……

對，為什麼？

手腕處的刺痛感迫使我回神，上頭冒出點點血絲，唐娜的指甲竟和剃刀差不多。

我嘆口氣，諸事不順啊。

我用沾溼的衛生紙輕輕擦拭上頭的血珠，去了趟保健室上藥。

「護士阿姨我……」拉開門，保健室空無一人，「真是倒楣，連上藥都要自己來。」我找出棉花棒和消毒酒精。

「真搞不懂霍閔宇那種良心被狗啃的人到底哪裡好？」雖然跩得滿有實力，但論品行和道德觀，根本是負分，「開學沒多久就害我遇上這種事……」

我一邊碎念，一邊替自己的傷口消毒。

「怎麼找不到藥膏？」四處翻翻找找，拉開其中一床的簾子，白色紗簾揚起的瞬間，映入眼簾的是一個男孩安靜的躺在床上。

神情清朗，脣抿成了一條線，白淨的臉蛋幾乎和窗口流淌的亮光融在一塊，細長的睫毛在幾近純白的畫面中顯得更加濃密。

我讚歎，盯著他無暇的臉蛋久久不能移開眼，「哇啊——好漂亮的人。」不自覺蹲在病床邊仔細打量他，他皮膚好到似乎看不見毛細孔耶。

我伸出手指，輕輕的、慢慢的靠近他散發著柔和光芒的臉頰，和棉花糖的觸感一樣柔軟平滑，和我想的一樣呢。

回過神來，我才驚覺這樣的行為超像變態！我趕緊若無其事的起身，快速將簾子拉上。

下意識摸摸自己的臉，有些刺麻，這才想起唐娜那一巴掌還沒消腫。

「同學怎麼了？」護士阿姨走了進來。

「喔，我的手不小心被桌墊割傷……」

「藥膏在醫藥箱裡，剛剛被一個同學借走了，沒關係，這還有備用的。」她從白袍的口袋拿出藥膏，招手讓我過去。

「傷口滿深的，桌墊別再用了，女生的手很重要，要是留疤我也救不了妳。」

我應了聲，待傷口處理好，我走到登記本旁寫上名字，視線下意識落在上一格姓名欄。

任迅暘。

回到教室，便看到一個女人露出自傲的長腿，蹺著腿，坐在我的桌子上。

「雅梨——」我朝我人生中第一位同性友人飛奔而去，想和她訴說今日的委屈。

「媽的！妳死去哪裡？整個午休都不在，害我跑到三班拜託霍去找妳，我差點要去廣播！」

她一見我劈頭就罵。

「還有，現在都幾分了才進教室，是要我這班長難做人是不是？」

我忘了說，她除了外貌，其餘皆是男屬性，兇悍得不得了。

我坐回位子，嘆口氣，準備開啟抱怨模式，向她娓娓道來今日悲慘少女的開學歷險記。

「我知道，霍大致跟我講了，還要我跟妳說聲抱歉。」

「他怎麼會知道？」事發到現在，他都沒露臉，這種道歉也太廉價。

田雅梨聳肩，「反正妳不在，多半都是被抓去問候，難道會是被告白嗎？」

我哼了一聲，想到李桀閎，心情更糟了，索性聳肩不說了。

田雅梨傾身，手指扣住我的兩頰，來回看了下，「前女友真是可怕的生物，幸好沒毀容。」

我撫著臉頰，還有些腫，剛剛在保健室也不能冰敷，護士阿姨問起來就不好了，把事鬧大，對誰都沒好處。

「總之妳最近還是小心點，那個學姊喔……聽說不好惹。」田雅梨訕訕說道，「聽說私生活很亂，最近校版都是她的負面貼文，霍儘早擺脫她也好，我看這下名聲也臭了。」

對於半路跑來找我碴的唐娜，我半點興趣都沒有。霍閔宇的新歡舊愛我從不探聽，但災難總是自動找上門，縱使我撇得多乾淨。

偏偏當事人一副事不干己的模樣，留下幾句毫無悔意的道歉，下次依舊無恥的要我善後。

「霍的眼光應該不至於差成這樣啊，唐娜一看就是胸大無腦，這種他都要?」

「他只要長得漂亮都行。」我嗤之以鼻補了一句，「喔，還有是女的。」

我上輩子大概虐他很多回吧，所以這輩子只能任他糟蹋。

這時，從福利社回來的閻子昱，歡喜的走進教室，「喂，小侑。」

我應了聲，一瓶還沾著水珠的汽水，在空中劃出一道漂亮的拋物線朝我投來。

我俐落接住，一臉納悶。

「給妳們。」喀拉一聲，他拉開汽水的扣環，咕嚕咕嚕的喝了一大口，「剛在福利社遇到霍，他說福利社阿姨送他很多罐他喝不完，叫我拿來分妳們。」

田雅梨接過閻子昱手中的汽水，「人帥真好，人醜吃草。」她有意無意的看向閻子昱。

「恰北北妳又有什麼意見?不喝拉倒!」閻子昱作勢搶回汽水，田雅梨順勢將飲料抱在自己懷中，調皮的對他吐舌。

我將冰涼的汽水抵在臉頰上，緩和紅腫，一邊看著小倆口打情罵俏，多半傳來的都是閻子昱的哀號。

我們四人從國中同校到高中，感情一直很不錯，甚至還創了一個群組叫「黃金鐵四角」，但裡頭多半充斥著沒營養的話題，或者閻子昱貼的冷笑話。

值得慶幸的是，從小到大我沒有和霍閔宇同班過，上了高中雖然又同校，萬幸的是他遠離我的視線了，教室在遙遠的另一端，沒事不會碰見，麻煩事自然就少了一些。

我笑笑的見他們又開始鬥嘴，突然發現閻子昱的身高已經超越田雅梨了。

國中的時候，他們的身高差不多，但閻子昱矮了田雅梨零點五公分，這點讓他記恨好久。

閻子昱上高中第一件事就是報名籃球隊，拚命打球、跑步，說什麼都要超越同樣也一百七十公分的田雅梨。

一個寒假過去，似乎長進了。

「喔對，小侑，我剛回教室的路上，聽到有人說妳跟霍告白。」

「噗——」

「靠！田雅梨妳很髒！」

她不理會閻子昱的怪叫，「夏羽侑，連妳都逃離不了他的魔掌，世界上真的沒人可以治那傢伙了。」

我微微翻了一個白眼，謠言在同儕之間總是傳得快，「你們腦袋進水啊？我怎麼會喜歡那種人，幾條命都不夠賠。」

注意到身旁同學的側目，我立刻降低音量，不想弄得人盡皆知。

他們兩人雙手環胸，逼我招供，於是我只好大概描述一下在女廁發生的事。

「你們說說，我好歹也在這學校待了一學期，依照霍閔宇這麼不低調的長相和愛玩的個性，大家怎麼會不知道我們是什麼關係？」我忿忿不平道。

對他有企圖的女生們，一定私下就調查過了。

「什麼關係？」田雅梨刻意問道。

「又不是我願意的，誰叫他家住對面，我一開窗就可以看到他的房間。我們的爸媽又剛好是大學朋友，再說彼此的媽媽差不多時間懷孕這種事，誰能預料啊？」

聞言，田雅梨無奈的搖頭，「從國中認識妳到現在，我覺得最大的問題根本是妳那張嘴！」

「……」

「不說話都沒事，一開口真的會讓人想掐爆妳。」田雅梨拍了拍我的肩，「唐娜百分之百一定是妳激怒的，有時候真不知道該同情妳，還是說妳活該。」

一旁的閨子昱很配合的點頭，「妳的腦袋遇到正經事都是停擺狀態。」

這兩人一搭一唱，怎麼不乾脆在一起算了，真是氣死我了！

「既然妳覺得麻煩，乾脆在一起就好啦，反正沒交往也被找麻煩，不如公開在一起，還能名正言順的找霍訴苦。」

我愕然，這是什麼想法啊？

「我跟他才不可能！」

我喜歡的類型和霍閔宇完全相反，他濫情隨便，在我心裡早就出局了。

「怎麼就不行？他不夠帥？不夠好？不聰明？」

我對田雅梨投以膚淺的眼神。

「因為太了解。」

她根本不在意我的話，滑著手機興奮道：「星園的衣服在打折，你們要不要來幫忙湊免運。」

「妳前幾天不是才訂過？」

「我上次訂的是夏天的衣服，現在是秋裝打七九折，滿千元還免運，不一樣……」

話語未落，田雅梨眼尖的瞄見班導的身影從玻璃窗前閃過，連忙以嘶吼的方式喊大家回座。

班導走進教室宣布：「這學期我們班有位轉學生，他們全家剛從美國搬回臺灣，對這裡還有很多不熟悉的地方，大家要多幫幫他。」

班導說完，教室立即一片騷動。

「迅暘，可以進來了。」老師請站在外頭的轉學生進來。

迅暘？等等……任迅暘？該不會是同個人？

我還在細思，對方已踏著平穩的腳步而來，絲毫沒有皺褶的黑色領帶貼著他乾淨的制服。

他噙起淺淡的微笑，「大家好，我叫任迅暘。我們全家剛從美國搬回臺灣，很多事都還在熟悉當中，還請大家多多指教！」聲音帶著些微的外國腔調，似乎因為長期住在國外使然。

他微微鞠躬，柔順的黑髮隨著彎腰的舉動，遮住他黑潤的眼。

田雅梨興奮的用手肘推了推我，「是帥哥！」

我悄悄打量他，面容清俊，皮膚白皙，身形單薄而修長，沒想到剛在保健室遇到的人，居然是我們班的轉學生。

若要給他一個形容詞，大概就像不慎墜入凡間的天使，活生生的降臨眾人眼前，虛幻而不真實。

下一秒，我和他無預警的四目交接，我愣了下，急忙轉開眼，餘光隱約看見，比起我的倉促與困窘，對方顯得泰然自若，他彎起嘴角，表情溫柔。

我心臟一跳，吞了吞口水，隱隱覺得不妙。

他該不會發現什麼吧?在保健室戳他臉頰的力道，應該不會太大力吧……

「迅暘，你個子高，選後面的位子坐吧。」老師打斷了他的注視。

他禮貌的點點頭，高䠷的身影經過我座位旁時，我忍不住暗暗吸了一口氣，心虛的將視線轉往窗外，不與他對看。

拜託!拜託!坐哪裡都好，離我遠一點就好!

吱——

椅子被拖移開來的摩擦聲，和鄰座田雅梨嘴裡的歡呼聲，讓我知道他在我後方的位子坐下了。

一整堂課，我動都不敢動，連坐我斜後方的闇子昱，不斷耍白痴用橡皮擦屑攻擊我和田雅梨，我死活都不轉頭。

倒是田雅梨回頭的很愉快，連同揍闇子昱的時候也是眉開眼笑的往死裡打。

開學第一個禮拜還不需要上輔導課，放學鐘一響，學生們一哄而散。闇子昱去籃球隊練習，田雅梨則是被阿姨召喚回去鬆餅店幫忙，教室裡瞬間只剩小貓幾隻。

「夏……」忽然，我聽見後方響起乾淨嗓音，帶著一絲不確定，「羽侑?」

他歪頭，漂亮的眼睛對上我，想確認他喊得對不對。

「呃……我嗎?」我笨拙的指了指自己，手裡的筆袋不自覺滑落，裡頭的水性筆嘩啦散了一地。

我崩潰，「啊!慘了，一定都斷水了!」我邊搥心肝邊蹲下身撿。

當我準備撿起眼前的藍色水性筆時，一雙白皙漂亮的手早我一步，「喏，給。」

我抬眼，他的身形被餘暉曬得暈黃，面帶笑意。我抿了抿脣，不自在的移開眼，心跳快得不像話。

怎麼有人可以生得這麼漂亮好看?微勾的眼，吹彈可破的肌膚，立體的五官，還溫柔得不像話。

見我遲遲沒開口，他帶著歉意說道:「抱歉，嚇到妳了。」

「啊喔……呃沒有、沒事，是我自己笨手笨腳!」我快速接過藍筆，情緒異常澎湃，「喔對……你是不是有什麼事要問我?」

他起身，忽然朝還蹲著的我伸手，見我疑惑的看著他，他笑著晃動自己的手，「蹲久腳會麻，我拉妳吧。」

我盯著他乾淨的手指，心想我剛剛吃了洋芋片好像沒洗手……困窘之下，還是不要臉的伸出手放在他暖和的手心。

肌膚碰觸，中午那巴掌的灼熱感似乎尚未消失，我的臉頰不由自主開始發燙。

他輕輕施力將我拉起，下一秒我們靠得極近，能感受到從他薄薄的制服傳來的體溫。他的個頭和霍閔宇差不多，但相較之下任迅暘的身形偏瘦。

「我可以拜託妳帶我去參觀學校嗎?」

「現在?」

任迅暘點點頭，靦腆的抓了抓髮梢，「嗯……我對學校還不太熟，我怕明天就忘記教室怎麼走了。」

聞言，我失笑。

今天一整天下來，見他都沒和誰說話，許多女同學圍繞在旁想和他聊天，但他似乎都不太搭理人，安靜的坐在位子上看書。

本來以為他是冷漠，現在看來應該是害羞使然。

我這才發現，我居然注意他一整天了。

「妳不方便也沒關係，我可以找別人。」他左顧右盼了一會兒，「啊，可是大家好像都走了……」

「不麻煩，完全——不麻煩！」我立即舉高手，像個自告奮勇的小學生。

任迅暘感激的道謝，我們齊齊收了書包走出教室。

前腳才剛踏出門框，一股不適感立刻傳遍全身，五臟六腑彷彿都感知到危險逐漸靠近，齊齊在我體內叫囂。

我咬了咬唇，心死的側過頭。

果不其然。

對方雙手悠然的插放口袋，依舊被他的狐群狗黨朋友圍繞在中間，突出的高瓠身影，與生俱來的傲然與自信，讓他無論做什麼都像信手捻來，輕而易舉吸引眾人的目光。

他是我的青梅竹馬——霍閔宇。

就和一般少女一樣，我看過很多有關於青梅竹馬的小說漫畫，也的確擁有了一個不得了的竹馬。

他沒什麼專長，因為什麼都很厲害，與我同齡，卻已是一個小有名氣的網拍模特兒。

相較之下顯得我遜色多了，不是我不好，而是上天眷顧他到有點不合理。

他的好從來與我無關，可是他的壞……去他的每件事都有我的份！

霍閔宇勾了勾唇，眸光戲謔。

「去哪呢？」

「沒去哪。」我訕訕回道，不想在公眾場合與他有過多的接觸，尤其是當眾人的目光都集中在我身上，彷彿在觀賞一齣好戲，我覺得異常不舒服。

他視線懶懶的瞥了一眼我身旁的任迅暘，隨後彎了彎唇，不以為意的移開。

「過來。」

我一震，心中的警鈴驀地大響，「幹……幹麼？」與我預期的結果不太一樣，他不該叫住我的。國中開始，在最敏感的年紀，我們就沒有一起回家的習慣，連公開場合也很少一起出現，因為流言蜚語總會無中生有。

例如，我喜歡他。

「給妳五秒。」恍神之際，他忽然惡質的開始倒數，「五、四、三……」

「喂！什麼？到底幹麼？」他的催促讓我慌了手腳，三步併成兩步直接跑到他身邊，一臉驚魂未定的仰頭看他。

「潛能果然都是需要被激發的。」霍閔宇低眸，翹起嘴角，一臉愉悅。

半晌，聽見他朋友的竊笑聲，我才發現自己又被捉弄了，都怪平時太常受他欺壓，身體幾乎自動化的執行他的命令，簡直成了他呼來喚去的小跟班。

他的惡劣我習慣了，但偏偏挑在轉學生面前讓我出糗。

為了維護僅存的形象，我狠狠瞪了他，用眼神示意他適可而止。

霍閔宇目光再次落在我身後的任迅暘，「轉學生啊，長得挺不錯的。」他彎唇讚賞，「不介紹給我認識嗎？」

「行了，你別玷汙他，人家跟你可不一樣，你要走就快走！」我趕他。

他聳肩，忽然傾下身，溫熱的氣息噴灑至我的鎖骨處，低沉的聲音迴盪在我的耳畔，「表現的太過飢渴……可是會被討厭的喔。」

我僵硬了下，出手推開他，「吵、吵死了！我什麼時候表現……」我急忙噤聲，瞪了他好幾眼，才沒把他露骨的形容詞說出來，差點又要在眾人面前丟臉一次。

「沒辦法，我們夏羽侑啊，總是把心情寫在臉上。」霍閔宇無所謂的笑了笑，脣角好看的弧度像是鍍上一層金箔，「一清二楚。」他的聲音不大不小，帶著一絲令人不悅的憐憫。一如他往常的作風，坦蕩率直、恣意妄為，全然不在乎他人的感受，根本就是土匪的行為。

偏偏青春期的女孩子就是喜歡他這型，惡霸，自以為是，以欺善為樂。

然而他對愛情的認知，著實令人嘆為觀止。

從我有記憶以來，他的世界裡，愛情沒有固定的模樣，唯有不停的變換，才能維持著他所謂的「喜歡」。

若是對方動了想讓他停下的念頭，這場遊戲就宣告結束。

對，遊戲。

對他而言，這世界就是有趣和無趣的差別，所以在他身上別寄望永遠，遑論是與他談論人生大道理。

他不屑。

我也不知道他是從哪裡養成的扭曲價值觀，是不是全天下有點長相的人都有類似的毛病，總把別人的愛情看得一文不值。

所以我討厭他，討厭他的花心與自以為，討厭他輕易的讓人哭卻還一副事不關己的樣子。

臨走前，他朗朗的笑聲環繞在整條走廊。

「你們感情真好。」半晌，身旁的任迅暘忍不住一笑。

我露出嫌惡的表情，「羨慕的話給你好了，那傢伙從裡到外都讓人反胃到底！」

語落，我頓了頓。

「不行！不行！」我猛然搖頭，「你們要是好上了……哇啊！我完全無法想像！」

任迅暘見我誇張的抱頭崩潰，忍不住笑出聲，溫潤的眼眸微瞇，濃密的睫毛像片黑色羽翼，「妳真有趣。」

然而，我根本無心接受他的稱讚，著迷的盯著他精緻的五官。世界上怎麼有這麼漂亮無瑕的人，連笑起來都好療癒人心啊！

任迅暘忽然低眸，嘴角的笑容緩了幾分，「我在美國的時候，也有一個青梅竹馬。」

我眨了眨眼，「那你搬回臺灣，她應該很難過吧？」

任迅暘清透的眸子染上黯淡，儘管唇角仍帶著笑，卻沒有一絲溫度，「她……討厭我。」

我愣了愣，沒想到我們的第一個話題竟如此沉重，被相處最久的人討厭……該有多心寒？

腦海莫名其妙出現那傢伙的臉，我嫌惡的皺了一下鼻子。

霍閔宇例外，我超討厭他！

「你很喜歡她，對嗎？」

任迅暘看了我一眼，眸光溫潤迷濛，即便沒有說話，卻能隱隱感受到他此刻正無聲掙扎。

「都過去了。」我不忍的安慰道，「啊！我想到了，走！帶你去一個好地方。」

我拉起他的手臂，領著他到柳高中庭的噴水池，由彩虹色磚塊砌成，池面波光粼粼，裡頭被投入的硬幣隨著陽光折射，閃爍著光芒。

「投一枚硬幣吧，然後許願。」我說道，「柳高的許願池，出了名的靈驗喔。」

「妳許過嗎？」

沒想到他會這麼問，我停頓了一下。

任迅暘誤以為我不想提，於是尷尬的搔了搔頭，「我是不是問了太敏感的問題？不想回答也沒關係，畢竟我們才認識一天而已，不勉強。」

聞言，我在心裡默默的補充：不，其實只有短短幾小時。

但我已經抓到他的一些小習慣，好比安靜的時候，他會想辦法擠出話題，或自覺說錯話時，會露出靦腆羞澀的笑容，習慣性的摸著頭髮……

「沒有，但我預感某一天我會來許願，如果成真的話就太好了。」

他愣了愣，隨後牽起嘴角，「如果有天我真的來許願，我會告訴妳。」他帶著笑說道，「但現在，我想先靠自己努力試一次。」

聽到他突如其來的承諾，我被嚇得不輕，「這麼重要的事，要和最好的朋友分享才對啊。」

「妳不是嗎？」

「現在的話……應該……不算是吧？」被他這麼一問，我有些不確定。

「以後的這個時候我們就是了。」他說得誠懇，彷彿一切全在他掌握中，堅定而沒有懷疑。

「哪有這種自己說是就是的事情啦！」我笑。

「一個人好不好，其實與他相處的當下就知道了。」他看向我，「所以，我不討厭妳，這樣的我們為什麼不能成為好朋友？」

這口氣……怎麼比霍閔宇還理直氣壯啊！

但意外的，我一點都不覺得厭煩。

回到家後，我躺在床上，腦袋還呈現暈呼呼的漿糊狀態，與任迅暘相遇的一切，發生得太快，恍若夢境。

明明我只是帶他去參觀校園，然後意外發現彼此還滿聊得來，交換了聯絡方式和通訊軟體……叮！

「我到家了，妳呢？」

我瞬間從床上躍起，答答的輸入文字，緊張讓我不斷將框內的字輸入又刪除，最後還是只回了簡短兩個字。

「到了。」

明明還想多說一些什麼啊……

忽然，窗口傳來窸窣的聲音，我愣了下，陡然瞪大眼，「慘了！忘記鎖……」

我急忙衝上前，想抓住最後一線希望——鎖上落地窗！

但下一秒，我卻只能瞪著眼前的傢伙，利用他有雙長腿的優勢，輕鬆翻過他家陽臺，接著悠然自得的走進我的臥室。

這麼身手矯健，不當小偷真可惜。

「你就不能好好走正門嗎？」

「省時。」

「喔。」

不對！這不是重點！

「這裡是女生的房間，你怎麼可以隨便進來啊！」我指著他吼。

霍閔宇故作驚訝的頓了頓，深邃的眸子透著無辜，「啊，對不起，我忘了妳是女生。」

夏羽侑，妳得慢慢深呼吸，絕對不能……

「幹！」

他像是走自家後院似的，在我的床上躺得張揚，手肘靠在我最愛的豬抱枕上，嘩啦嘩啦的翻著我新買的漫畫書，不斷刷高他的存在感。

「這種狗血劇情的書妳也看，一見鍾情也是要看對象。」

「要你管！」我搶走他手上的書，「沒事就趕快回去，等下我爸媽看到怎麼辦……」

「無所謂啊，又不是沒看過。」他將腦袋瓜往後仰，溼漉漉的頭髮沾上我的枕頭。

我已經懶得和他爭辯，「你洗完澡至少頭髮擦乾再躺我的床吧！」我向他丟了一條乾毛巾。

他接住，回頭遞給我。

我睨他一眼，「幹麼？」

「擦乾。」

「不要，你又不是沒手。」

「反正我是沒關係啦，這又不是我的床。」他一臉人畜無害，作勢往後躺去。

見狀，我衝上前抽走毛巾，強壓內心的怒火，心不甘情不願的替他擦頭髮。

「好了。」幾分鐘後，我將手伸進他的頭髮裡，確認髮根乾了後，馬上開口趕他走，「你趕快回去，我也要去洗澡了。」

「我不想動。」語落，他連人帶我一起往後躺，我啊啊大叫，讓他別壓在我身上，很重！

「我今天要在這兒睡。」他像是在說今天天氣真不錯，這樣的理所當然。

「喂！你不要太過分喔，好歹我是個女的，回你房間睡！」

「沒關係啊，我又不把妳當女的。」

這根本不是重點好嗎！

「小時候就算了，現在可不一樣！」

「哪裡不一樣？」他說話時，溫熱的氣息撓著我的脖頸，軟黑髮垂落在他額前，形成慵懶和一股說不上來的俊雅。淡淡的沐浴乳香和體溫傳來，連我這個明明小時候看過他裸體的人，都有些不自在。

我將他推離，試圖掩飾內心的不平靜。

然而霍閔宇就像黏人的口香糖，一個翻身又貼了上來，他勾起好看的嘴角，好整以暇的由上而下俯瞰我，「妳臉紅了，是不是想到什麼很色的事？」

我四肢貼著床，直接閉氣，「我才沒有！你、你不要靠那麼近！」

他還在笑，「我就說我們夏羽侑的心情都寫在臉上。」語畢，俊臉邪氣的靠上我的右肩頸，溫沉的嗓音環繞在我耳畔。

距離近到能細數他的呼吸次數。

「你到底想幹麼？」我死死抓著床單，全身僵硬。

「我分手了，妳不安慰我嗎？」

「……」

「嗯？」他誘哄。

「你是該被安慰的人嗎？」我側過頭與他保持距離，鎖骨處因為他吐出的溫潤氣息，不自覺起了點雞皮疙瘩，「說起這件事，你最好先給我一個解釋，我今天真的差點被你那前女友害死！」

我使勁將他推開，霍閔宇興致缺缺張手躺在床上，百無聊賴的環視我的房間，擺明不想回答問題。

「你到底怎麼跟人分手的？」今天唐娜完全失去理智了，「你該不會劈腿？還是做了什麼對不起人家的事啊？」

別人我不敢說，但霍閔宇就是那種空有身材長相，道德倫理和社會規範卻基本淪喪的人類。

見他懶散的躺在床上一言不發，根本就是默認。

不知從何時開始，我居然也不驚訝了，明明是這麼糟糕又無恥的事，我竟因為他也跟著免疫。

我張嘴想教訓他幾句，到口的重話竟有些難以啟齒。

我是以什麼樣的身分對他說教呢？青梅竹馬？還是同學間的友好建議？

抿了抿脣，我改口道：「好！我不管是什麼原因，你就不能自己處理好嗎？」非要每個前女友都來我這兒哭鬧上吊，最慘的狀況就是要我跟著陪葬。

霍閔宇看了我一眼，忽然揚起笑，毫無禮義廉恥的否決，「不能。」接著，厚顏無恥的問：「所以妳要怎麼辦呢？」

我攥緊了手上的被單，朝他微微一笑，「我看我今天就為民除害吧！」我作勢掄起拳頭。

「今天不是才和我告白，這麼快就翻臉不認人？」

「喔，對啊。」

「忍了十六年還真是辛苦妳了。」

「我覺得憋尿五分鐘比較痛苦。」

聞言，他的笑僵了一下，「還說妳是女的，打死我也不信。」

我笑了兩聲，「我等你這句話很久了，我就打死你！」

隔天，一進教室，大家紛紛對我投以錯愕的表情。

「喔天啊！妳、妳……額頭那塊大得像腫瘤的東西是怎麼來的？」

「夏羽侑啊！日子再怎麼苦，千萬別放棄治療！」

我作勢要揍他們，他們見我滑稽的模樣，噗哧一聲爆笑出來，讓一直不敢笑的大家都忍不住哈哈大笑。

我悲憤的捂著額頭中間的OK繃，真的沒臉見人了啦！

昨晚本來和霍閔宇在吵鬧前女友的事，誰知最後居然玩起剪刀石頭布，輸的要被彈額頭。

田雅梨和閻子昱不客氣的翻了大白眼，「果然是從小一起長大，喜好都一樣有病！」

「你們說說，好歹我是女孩子啊，他真的用生命在彈我額頭！」我現在連皺個眉都覺得很痛。

「霍從來就沒有對妳手下留情過啊。」閻子昱聳肩，嘴裡的話著實讓我心酸。

想起我十猜九輸的運氣，霍閔宇絲毫不減的力道，我好幾度覺得自己的頭是不是要裂成兩半。

「學妹，妳的額頭怎麼了？」一道熟悉的聲音，震盪著我的耳膜，猝不及防的，李桀閎直接伸手輕觸了下紅腫處，「會不會很痛？」

我愣了愣，連忙側過頭避開，「沒事。」

同時，田雅梨直接垮下臉，闔子昱也識相的跑去晨練。

自從上回被李桀閎解救，我巧遇他的次數明顯提高，無論是刻意還是巧合。

他幫助我是事實，照禮貌和輩分，我還是該和他打招呼，礙於人多嘴雜，我總會匆匆頷首就走，相較之下他顯得異常熱情。

每回，他都帶著欲言又止的表情看著我，我都選擇性避開，不與他眼神接觸。

今天，是他第一次主動在眾人面前與我搭話。

「妳知道二年級要選組吧？會不會覺得很難？有什麼問題都可以問我……」

「不需要，我自己可以決定。」

「真的不用客氣，我很願意……」

趁著還沒到早自習的時間，我不耐的將他帶至樓梯口，「你到底想幹麼？」

儘管我明顯迴避，他依舊每天出現在我面前。

見我不太高興，他尷尬的抓了抓頭，「沒有啦，就是想和妳說說話。」

「我沒什麼好跟你說，麻煩以後不要再跟我交談。」

聞言，他受挫的看了我一眼，眼底滿滿的愧疚，「對不起……我只是想彌補我之前對妳……」

我看著他低垂下來的頭，忽然覺得自己是不是太過分了，這陣子我總是對李桀閎冷處理，身旁的田雅梨也不留情面直接無視他。

但不管我們怎麼對他，他都笑著，持續對我噓寒問暖。

嚴格來說，國中他欺騙我的事，我並沒有受到實質的傷害，李桀閎沒有對我做出踰矩的行為。

我深吸一口氣，「你不需要委屈自己，抱歉、愧疚這些都不需要。」我一字一句說道，「我們就當作這件事完全沒發生過，我們也不認識。」

「對不起。」他又道歉了。

李桀閎，我的國中學長，會認識他，是因為我慘不忍睹的理化成績。

那時，理化老師都頭痛不已，讓我午休去找他補課，雖說成效還是有的，但也就是二十四分和三十六分的差別，真的沒差多少。

就在我成功進入第十二次放空狀態，理化老師也舉手投降，不再講解，「今天就這樣，妳先回去吧。」

我回過神，喔了一聲，有些羞愧的蓋上課本，收拾鉛筆盒準備回教室。

「老師。」門口傳來一個男生的聲音。

正揉著眉心的老師一看見他進來，立即眉開眼笑，「桀閎啊，你的習題寫到哪裡了？」

「差不多了，正想再跟老師要新的題庫。」李桀閎學長將手上的理化習作放在桌上，轉頭看了我一眼，「學妹很認真耶，我看妳午休都來找老師複習理化。」

我傻笑，認出他是理化老師在上課中最常提到的「偉人」，事實上，所有理化厲害的人，我都相當崇拜，除了霍閔宇那個自大狂以外。

理化老師露出頭又痛的表情，嘆口氣，「別提了，羽侑大概是來打擊我的教書生涯，或許我真該退休了……」

我低聲嘀咕：「又不是故意聽不懂，我就是不懂什麼莫耳又速率，長大後又不會用到這個……」

誰會想知道這杯飲料濃度多少，水加了多少，怎麼稀釋……反正喝下肚都一樣啦。理化老師連和我說話都懶了，揮揮手，示意我快走。

「不如我教妳吧？」

我驚訝的看他。

「不是有句話說，教人才知道自己懂多少，我想讓自己的觀念再清楚一點，所以妳儘管問我沒關係。」

我捧著書，大眼閃爍，「真的……可以嗎？」

最高興的是理化老師，他像擺脫了燙手山芋，用力拍了拍學長的肩，放心的把任務交給他。

「羽侑，好好跟學長學習知道嗎？」

「是……」

李桀閎沒有食言，每天放學我們都會留在教室解題。他試著幫我釐清觀念，詼諧逗趣的講解，比理化老師死板的課程有趣多了。

為求方便，我們交換了社群帳號，遇到不會的題目，我會發訊息給他，他再將解題方式貼在聊天視窗。

之後，為了省時，他乾脆直接打電話過來，所以不知道什麼時候開始，我們每天都會講電話，內容不一定，有時是課業、有時是一些好笑的事，聊著聊著就說起一些心裡話。

當李桀閎談到他被前女友無情甩掉的時候，我相當替他打抱不平，李桀閎是個無論成績或運動都很厲害的人，雖然外貌不是特別讓人印象深刻的類型，但相處久了，會發現他是個很溫柔風趣的大男孩。

「我看學長對妳滿好的，妳也不討厭他，在一起不就得了？」

當時聽到田雅梨的建議，我心裡頭感到一陣不舒適，接著毫不猶豫的搖頭，「我沒有喜歡他。」

後來，在李桀閎的幫助之下，我的段考成績總算達到及格分數。

開心之餘，我決定請他吃飯，謝謝他這幾個月來的不離不棄，縱使我同樣的問題問了八百遍，他仍溫和又不厭其煩的講解給我聽。

放學後，學長照常在教室門口等我。

我和田雅梨說了一聲先走了，正巧碰到隔壁班也放學的霍閔宇，他一如往常勒住我的脖子問我去哪。

「跟學長去吃飯。」

「就是每天和妳聊天的那個？」他看了一眼站在前門的李桀閎，「這種的妳也要？我說妳氾濫的善良到底什麼時候可以停止？」

聽到他用輕蔑的口氣對李桀閎評頭論足，我的理智一下斷裂，瞪著他，用力掙脫他的手，「學長也許很多地方不及於你，但他不像你，把感情當作玩樂，隨便的讓人感到噁心！」

我想我永遠忘不了霍閔宇當時的表情，他的笑容淡了幾分，墨黑深邃的雙眼沒有半點情緒。

其實說完我也後悔……好像說得太過分了。

只是我沒有道歉，對他我常有用不完的自尊心，於是我拉著同樣震驚的李桀閎就走了。

當時的我很笨，沒聽出他話中有話。

或許現在仍是。

李桀閎的眼眸暗了暗，「那時候我和她的關係進入冷淡期，恰好又碰上升學考，我們一天說不上幾句話，我壓力很大，想找人抒發……」

「我一直在想為什麼我這麼慢才遇到妳，如果早一點就好了。」他自嘲，「我想找時間告訴妳，但又怕妳聽了就再也不理我。雖然最後還是變成這樣了……」

待他國中畢業時，我才發現他的身邊，早已有了名正言順的人了。沒有前女友，更沒有惡劣的劈腿行為，全是謊話。

我冷笑，頓時覺得自己像個笑話，被人耍得團團轉。以為他喜歡我，而我辜負他的好，煩惱怎麼喜歡不了他……所有的一切，成了我的自作多情。

事後，李桀閎也坦承，沒有推卸或是用其他謊言包裝，而他確實也沒有對我做出任何承諾，有的只是我從一開始就不了解他。

他有什麼錯呢？

而我卻覺得像被人狠狠摑了一巴掌，都是火辣辣的羞辱。

霍閔宇總說，我最有志氣的就是自尊，但最沒用的也是自尊。

「羽侑，我思考了一學期才鼓起勇氣和妳說這些話，我是真心誠意想和妳和好，不是表面說說，更不想裝作這件事沒發生過，我確實傷害了妳，我想和妳……回到以前。」

他打斷了我的思緒，我沉默看他一會兒，他的眼神充斥著誠懇與內疚。

我努力告訴自己，被騙第一次可以怪罪對方不是人，如果還有第二次，就是自己活該沒藥醫。

李桀閎見我許久不說話，又喊了我一聲，誠摯的眼神讓人狠不下心，我在內心天人交戰。

「好。」

「……什麼？」

「所以我現在可以走了嗎？」

我相信，世界上還是好人比壞人多，對吧。

李桀閎像聽到不可置信的話，開心到支支吾吾說不出話來，迅速往旁跨了一步，「對不起！我以後不會像這樣一直來煩妳，謝謝妳！」

我被他誇張的九十度鞠躬給逗笑。

轉身走沒幾步，眼一抬，便撞見霍閔宇噙著笑，挺拔高眺的身影佇立在走廊盡頭，姿勢隨意慵懶，不知道在那邊站了多久。

他睨了一眼已經走遠的李桀閎，讓我沒來由的心虛，像是做了虧心事似的。我清了清喉嚨，若無其事說道：「不是叫你沒事不要來我們班嗎？」

雖然我們是青梅竹馬這件事早已不是什麼祕密，但太招搖總有人會說話。

霍閔宇哼笑一聲，「要不是阿姨讓我幫妳送體育褲，妳以為我很閒？」他將手上的袋子丟進我懷裡。

臨走前，他瞥見我額頭上的腫包，沒良心的笑道：「下次再玩吧，滿抒壓的。」

「至少也說一下『妳還好吧』之類的話，真是有夠討厭！」因為表情太過激動，讓我的額頭又開始隱隱作痛。

「所以給妳機會棄權服輸的時候，妳就該識相點，承認自己輸了嘛。」他聳肩，輕蔑的笑容掛在脣邊，一臉「這不能怪我，都是妳自找」的表情。

「輸的人要對窗外學豬叫三聲，我才不要！」

「可是最後妳還是輸了，時間問題而已。」他笑了笑，一句話就讓我無地自容。

想起昨晚丟人現眼的趴在落地窗外的陽臺學豬叫……靠！好想立刻失憶！

「乖乖承認輸給我，不是什麼丟臉的事，因為不是妳太弱，」他說，語調帶笑，刻意放慢了速度，「是我太強。」

語畢，他放肆的哈哈大笑，拍了拍我的頭像在安慰一隻落水狗。

我不滿的揮開他的手，他的笑聲同時停止，視線落在我身後，但掛在臉上的笑容絲毫未減少。

「羽侑，老師來了。」任迅暘的聲音在後方響起，我驚訝的轉身，他彎起溫和的笑容。

「喔、好，我馬上進教室。」

他看著我，勾起脣角，溫潤的視線向上一瞟，禮貌性的向我身後的霍閔宇輕輕頷首。

我看向霍閔宇，發現他脣上的笑意更深了。

下午，體育老師要大家選出參加班際籃球賽的同學，四月初要開始比賽了，總決賽在五月運動會那天。

身為體育股長的閻子昱，選了幾個和他同是籃球隊的同學，因為是打全場所以需要五個人，還差一個。

他眼一亮，指著我身旁的任迅暘大叫：「轉學生就你吧，我剛看你射三分球還不賴！」

任迅暘還來不及說什麼，閻子昱就興奮的在報名表上唰唰的寫下他的名字交給老師。

「加油！這可是我們第一場籃球比賽。」我替他打氣，他無奈的朝我笑了笑。

下課鐘響，我和田雅梨幫忙闔子昱撿散落一地的籃球。撿到一半時，一雙黑底白邊的球鞋步入我的視線。

我起身一看，霍閔宇身穿白色T恤，深色的運動褲下包覆著修長結實的腿。我努努嘴，連遭全校唾棄的運動服都能被他穿得這麼好看。

微溼的黑髮貼在他的額際，他索性往後一抓，將鴨舌帽戴上，挑起脣瓣。

「你又想幹麼？」

「我在想那個人會不會懂得知恩圖報？」他上下打量我，意有所指。

「我被那群女生欺負時，都沒向你討醫藥費了，不過送件體育褲就想敲詐我？你想得美！」我不理他，抱著球就走。

他倏地向前一傾，俐落的抄走我懷中的球，回過神來，球已在他修長的指尖上轉動。

「別鬧了，還我啦！」我跳上跳下想搶回球。

「不給。」他上揚的語調特別惱人，仗著身高優勢，左閃右躲就是不給我。

「霍閔宇！」

見他無賴的很，我板起臉吼他，下一秒，霍閔宇手上的籃球被人劫走——是任迅暘。

「不好意思，這是我們班的球。」他微笑，直接將球投入有些距離的籃子裡，角度位置一點兒都沒有偏差，精準的進籃。

我驚奇的看向他，「哇喔——好厲害！」

任迅暘微微一笑，「羽侑，走吧，流汗後還是趕緊換衣服比較好，免得感冒了。」

我應了聲，隨後想到了什麼，轉過身朝霍閔宇扮鬼臉。

他不怒反笑，嘴角上揚的弧度怪可怕的，我快步跟上任迅暘的腳步。

為了班際籃球賽的獎金，這幾天課後輔導結束，我們都會被閻子昱拖到籃球場邊替他們加油。

「別班都有女生加油，打起來比較起勁。」他上下打量了我們一番，「我跟其他女生都不熟，只能勉強找妳和恰北北代替一下。」

臭小子，跟霍閔宇差不多嘴賤！

通常閻子昱不太需要我出手，每天對付霍閔宇已經夠我費神，果不其然，田雅梨以迅雷不及掩耳的速度往閻子昱頭頂劈下去，接著就是兩個人在操場上演追逐戰。

「還說我跟霍閔宇幼稚。」

「羽侑，我好像沒帶水出來。」任迅暘忽然冒出來，他帶著一抹與餘暉相映的笑容，高挑的身影替我遮去了大半陽光。

我左顧右盼了下，順手將我的水壺拿給他。

他接下，轉開瓶蓋，仰頭將水倒進嘴巴，如此豪邁的舉動，毫不影響他高雅氣質的形象。

我呆呆的接下他還給我的水，這才意識到——這是我喝過的水！所以我們剛剛是不是……微微的間接接吻了……

任迅暘朝我揮手，便跑回籃球場繼續練習，燦笑惹得我的小心臟掙脫我的控制。

砰咚！砰咚！砰咚！

「快來看！七班和三班臨時要進行友誼賽了！」

聽到消息，大家紛紛聚集到籃球場周圍，現場鬧哄哄的，摻雜著此起彼落的加油聲。我和田雅梨互看一眼，也跟著人群跑了過去。

閻子昱一見到對面的霍閔宇，就像隻甩著口水的哈巴狗，飛也似的撲上去，霍閔宇還真的順手摸了摸他的頭。

看到這一幕，我和田雅梨很有默契的嘆氣搖頭，我們班士氣都去了一半！

從國中開始，他們兩人就是一個魔王，一個跟班，也不知道霍閔宇是對閻子昱下蠱還是灌迷魂湯，霍閔宇說一，閻子昱就絕不敢有二話。

一開始我和田雅梨嚴重懷疑他是不是被掰彎，對霍閔宇不是忠心而是愛慕，後來發現他們一樣無恥，午休照樣會跟臭男生們一起躲在桌子底下，偷看身材正點的辣妹同學，我們也就放心了。

田雅梨用手肘頂我幾下，「妳覺得哪班會贏？」

「當然是我們班啊，有籃球隊的主攻，還有任迅暘超神準的三分球，肯定是我們贏！」揚起下巴，我說得信心滿滿。

田雅梨努努嘴，顯然還在思考要替哪一隊加油，「三班會打籃球的也不少，而且霍滿厲害的，情勢搞不好會逆轉。」

我推了她一下，「吃裡扒外。」

閻子昱請了籃球隊的學長當裁判，兩班先是互相敬禮，接著友好握手，哨音嗶嗶兩聲，場外瞬間一片尖叫聲。

比賽正式開始！

第一局由七班奪得球，閻子昱熟練的使出假動作，接著迅速迴身，漂亮的將球傳給了正好防守霍閔宇的任迅暘。

他取得控球權後，擺脫了三班的窮追不捨，站在三分線的位置，腳尖輕輕一躍，籃球在空中劃出一道漂亮的弧線。

唰——

「得分！」

我跟田雅梨興奮的互相拍著對方的手掌大叫：「進了進了！」

「那個投三分球的男生是誰啊？以前都沒看過，好帥喔！」

「聽說是七班新轉來的，英文和音樂都很優秀，看來體育也很在行！」

眾女摩拳擦掌，虎視眈眈。

閻子昱和任迅暘互看一眼，帥氣擊掌。

由於七班進球，所以我們班依舊持球進攻，由剛剛得分的任迅暘洗球，而對象好巧不巧正是霍閔宇。

他仍舊揚著玩世不恭的嘴角弧度，模樣漫不經心，墨色的瞳孔深而亮，讓人猜不透心思。

但令我感到困惑是任迅暘白淨的臉龐竟沒有一絲笑意，他緊抿著稍稍泛白的脣瓣，被太陽曬得金黃的髮，迎風揚起。

原先纖弱的身形透著堅毅，與一股若有似無的敵意。

我搖搖頭，甩開這種不切實際的想法，將兩手圈在嘴邊，朝場內大喊：「任迅暘加油！」

在此起彼落的加油聲中，任迅暘的名字特別突出。我對特定選手的加油舉動，企圖太過明顯，大家紛紛看了過來。

認真觀賽的田雅梨根本沒想那麼多，跟著喊：「閻子昱！你給我認真一點喔！否則你就死定了！」

兩班的戰火似乎被燃得更旺了，場外開始充斥各式各樣的吶喊聲。

在混亂吵雜中，遠遠的，有一道目光朝我投來，我不自覺與他四目交接，不自在的感覺，讓我快速撇過臉假裝沒注意到他。

眼角餘光依稀瞄見他單邊上揚的嘴角，當我回過頭想看清楚一點，霍閔宇已將視線轉回籃球場上。

那傢伙……笑什麼？

沒時間讓我多想，下一刻觀眾席又爆出一波尖叫聲，似乎是任迅暘打算直接投籃結束這一回合。

當球自他的指尖摩擦而過，在空中劃出一條俐落的拋物線，以準確無誤的角度飛往籃框時，一道黑影伸長了手臂，在空中將球攔截！

「青晨。」

一位戴著黑框眼鏡的男孩收到指令，俐落的接下球，姿勢標準的運球上籃。

「得分！」

現場一片嘩然，緊接著爆出歡呼掌聲。

「整個過程三分鐘都不到！」

「太帥了啦！」

田雅梨富有興致的撓著下巴，「難得看霍這麼認真，平常他一定會說趕快結束什麼都好。」她搓著手，笑得不懷好意，「看來任迅暘成功激起他的勝負欲，有好戲看嘍！」

霍閔宇走回隊伍中，和隊友擊拳拍掌，豪爽的勾肩搭背，脣邊的笑容一分未減。拉開的比數沒一會兒功夫就被追平，戰況激烈，場外的加油團更是熱烈，高度緊張下，我的手指扣得死緊。

看著不斷變化的分數，觀眾心驚膽跳，選手從剛開始的神采奕奕到後來也有些筋疲力盡，暮色逐漸西沉，汗水幾乎浸溼了他們的背心。

忽然，我感覺口袋的手機微微震動，本不想接，但它響個不停，最後我心不在焉的點了接聽鍵。

「侑侑啊，我是霍姨。」

我愣了愣，連忙捏緊手機，「阿姨？怎麼了？」

「沒什麼事啦，就是想問妳，我家那像是丟了的兒子回家了嗎？」

我皺眉，看了手錶的時間，六點二十分……想起霍閔宇前幾天好像說了他被禁足的事，似乎是霍姨受不了他每日晚歸，規定他放學就要回家。

我猶豫的幾秒，霍姨就猜到霍閔宇還沒回家。

接著，便聽見她劈里啪啦念了一串，說生兒子沒用，只會氣她，早知道就生女兒比較貼心。

「阿姨因為學校有一點事拖到現在才下班，伯伯出差不在家，我剛打家裡電話和他手機都沒人接，一定是還沒回家才不敢接我電話，我現在就去學校逮他！不說了，阿姨手機快沒電了，臭小子真是氣死我了！」

「等等！霍姨！霍姨！」我聽著嘟嘟的提示音，試著回撥，但得到的都是用戶已關機的語音訊息。

目前兩班的分數不斷被對方追平，情勢陷入膠著，待會兒霍姨衝來學校看到霍閔宇居然因為打球還沒回家，場面一定會很混亂！

霍姨凶悍起來簡直以一擋百，霍閔宇特別受不了。

於是，我拚命朝霍閔宇使眼色，但他似乎很專注於比賽，連平時掛在臉上的戲謔笑容不知不覺也消失了。

黑眸深邃，因專心而微蹙的眉頭，多了一些穩重可靠，有一剎那我竟覺得我從沒認識過他。

搖了搖頭，我這幾天老愛胡思亂想。

「霍閔宇……霍閔宇……」我像個白痴一樣佇立在場邊，無助的用氣音喊他，盼他大爺一個回眸。

剎那，我發現他看了一眼田雅梨的位置，擰了下眉，轉回去的片刻，我順勢朝他招了招手，而他的餘光捕捉到我的身影，手邊的動作也跟著停下。

「你過來一下。」我用口型說道，朝他招手。

他舉起手，示意裁判暫停，毫不猶豫的邁開腿朝我走來。

籃球場因為比賽臨時暫停，歡騰的氣氛驀地安靜，霍閔宇在眾目睽睽之下旁若無人的走向我，如同他平時的狂傲不羈。

我吞了吞口水，這才意識到自己做不得了的舉動。

我本只想通知他霍姨要殺來學校的事，但壓根兒忘了，霍閔宇和焦點是共同體！不習慣接受眾人目光的我，感到一陣壓迫，於是我立即揮了揮手，讓他回去。

霍閔宇愣了愣，俊逸臉龐展露不悅，「妳到底要我怎麼做？」

語畢，周圍傳來細碎的議論聲，連田雅梨也朝我丟來疑問的眼神。

「啊！算了啦！」有氣魄一點豁出去了！反正不管怎麼辯解，還是有人能曲解我們的關係。

我快步上前拉住霍閔宇的手，他愣怔了下，「出大事了！快跑。」

不等他回應，我帶上書包，拉了他就往後門跑去，緊張加上突然的劇烈運動，我喘得上氣不接下氣，最後沒骨氣的停下來休息。

「真是……說要跑的是妳喔。」霍閔宇慢下腳步。

「還、還不是為了要幫你，累死我了……」我兩手撐著膝蓋，用力喘氣。

霍閔宇冷笑一聲，「比賽中途跑掉，我看妳是害我吧，明天我就抓妳去當擋箭牌。」

我順了順呼吸，沒好氣的瞪他一眼，「阿姨剛剛打電話給我，說要來學校逮你！」

「我媽？」

「你還不跑嗎？我怕你明天連被包夾的命都沒有。」

「跑啊！當然跑！」他看了一眼手錶，低咒一聲，「我們抄小路。」

「喂！等等我啦——」

他將我的書包背在自己肩上，牽著我跑，「走這邊，爬上去。」

我仰頭看了一眼足足高了一個身高的牆，看向他，「你在跟我開玩笑嗎？」

霍閔宇挑眉。

他知道憑我自己一輩子都別想爬過去，於是一手將我扛起。

「哇啊啊——霍閔宇！我穿裙子、裙子！」

我竭盡所能的按住快曝光的裙子，眼前的世界已經天旋地轉。

「靠，我忘記妳是……真麻煩。」

我不滿的搥他的背。

他將我放下來，脫下身上的外套，微微俯身替我繫在腰上，長度正好遮到我的小腿肚。

他直接抱我坐上圍牆，「在上面乖乖等我，我先跳下去。」

語畢，他手掌撐住牆沿，俐落的翻牆而上，接著跳過圍牆，所有動作花不到五秒，果然平常爬陽臺這種偷雞摸狗的事，讓他身經百戰。

「輪到妳了，跳下來，我會接住妳。」他在下方朝我伸出手臂。

看著他，我終於知道為什麼有人爬的上樹卻下不來。我晃著懸空的腳，根本不敢跳下去！

抿了抿乾澀的唇，我瞅了他一眼，不想示弱，偏偏這時候能夠求助的人只有他。

「我不敢……」這麼窩囊的話，說出來真丟臉。

霍閔宇深邃的眸光一滯，忽然扯唇一笑，眼眸夾雜著零星笑意，我的臉頰居然隱隱泛起熱度。

「怕什麼，我說了會接住妳。」

好吧，反正就算不幸摔死，也有霍閔宇墊底，有人陪我就不怕了。

我死死的閉上眼，挪動屁股，深吸一口氣後往下跳，下一秒一雙溫暖的胳膊環住我腰際，將我抱緊後，小心的放置地面。

我緩緩張開眼，對上他沉深的雙眸，兩手還攥著他的兩臂，運動後微高的體溫交織一起，我似乎有些心跳加速。

「還好嗎？」他看了我一眼，俯下身拍了拍我裙襬上的皺褶。

我愣著眼，思路還有些遲鈍，慢半拍的點了點頭。

他微暖的指尖抵著我的額頭，輕推了一下，「平常怎麼惹我都沒在怕，這種小事就讓妳嚇傻了？」

我眨了眨眼，「常惹我生氣的明明就是你！」

霍閔宇聳肩，大掌順勢弄亂我的頭髮，忽然眉一皺，「講真的，妳到底是吃什麼長大？明明沒什麼肉還這麼重。」

「靠！」

我剛剛居然有一瞬間覺得他溫柔！

我瞇眼一笑，踮起腳尖，向他靠去，霍閔宇的眸光閃動，接著……我用力仰頭朝他下巴撞去。

「你應該很清楚啊，我們不是一起長大的嗎？」我不屑的呿他一聲。

霍閔宇吃痛的撫著下巴，嘴巴不忘繼續汙衊我，「妳是不是很多天沒洗頭？」他有些嫌惡的看著自己的手掌。

「我有！昨天才洗的！」

他顯然不信。

「不信你聞聞看！」我將腦袋湊上前。

他側過身，直接推開我。

「我真的洗得很乾淨！」我在他後頭氣得跳腳，真的很討厭別人不相信我，尤其是他，總覺得如果連他都不相信我，全世界都會離我而去。

他敷衍的揮揮手，懶得聽我解釋，「知道了，我們要準備跑了。」他朝我伸出手，扯脣一笑，「快點，太慢我就不等妳了。」絢爛的笑容，令我的眸光有些迷離。

第二章　天使的眼淚

那天，我們順利趕在霍姨回家前到家，不過兒子畢竟是她生的，霍姨大概也不是認真想追究。

霍姨總說，看到我們兩個在一起就好，無論去哪裡、做什麼她都放心。

我們從小一起長大，很難不被聯想在一塊兒，對彼此來說，我們就像家人、朋友、鄰居、玩伴，我們同時擁有很多身分，無形中多了許多牽絆。

總希望對方安全、快樂，見他遇到困難時，還是會出於習慣，忍不住幫他一把，縱使每當恢復理智時，我常常悔不當初。

總歸一句，我們相處十六年了，是彼此最親密的人。

我躺在床上胡思亂想，想給那天的怦然心動一點交待。

坐起身來，我抓了一隻玩偶擺在面前，「如果一個長相還不錯，然後又用少見的溫柔和你說話，正常人都會鬼迷心竅，對吧？」

我搖著玩偶，不斷問它。

「壓力太大，腦子壞了？」霍閔宇手肘抵著膝蓋，懶懶的撐著臉頰，率性的坐在我家陽臺上。

我驚愕的將玩偶抱起，「要你管！跟你說過多少次，不准擅自進我房間！」

「妳沒男朋友，我也沒女朋友，怎麼就不能？」

這句話在外人聽來亂曖昧的，我卻感到怒火中燒。就是因為他時常不懂分寸，不懂得男女之間該有的界線，導致我經常被那些女生圍剿。

他嘴上隨意說出的道歉話我聽多了，卻從未得到他真正的歉意。

就如田雅梨所說，要是連我也傾倒在他的魅力之下，那真沒人能整治他了。

「陪我去一個地方，現在。」

「不要。」我反射性的回絕。

霍閔宇打從出生開始就不懂「尊重」兩字怎麼寫，想當然也沒有商量的餘地，他直接了當的解釋原因：「我忘記把作業帶回來了，數學老師很難搞。」

「你是小學生嗎？」我對他翻了個白眼。

明明平常聰明得過分，半點虧都吃不得，但偶爾卻有這種令人無言的行為。

「給妳一分鐘，整理一下。」

「一分鐘哪夠啊！」

「妳是女生嗎？用不著這麼多時間。」霍閔宇鄙夷的打量我一眼。

我將書桌上的《辭海》朝他仍去，「可惡！」落空了。

當我們在柳高站下車時，我才驚覺……我剛不是說不來嗎！

「妳在前面超商等我，我翻牆進去馬上出來。」

我點頭，坐在玻璃窗前喝著飲料，等了差不多十分鐘，依然沒見到霍閔宇人影。

「可惡，他會不會先跑回家了。」對象是他的話，不是不可能。

想撥電話給他時，才發現自己沒帶手機出門，於是作罷，決定再等他十分鐘。

我咬著吸管，忽然有人輕點我的肩，我轉身忍不住破口大罵：「霍閔宇，你才是女的吧，那麼慢！生小孩喔——」我正眼瞧清楚來人，倏地睜大眼，一股前所未有的困窘尷尬，讓我想挖個地洞鑽進去，「呃，任迅暘……」

他愣愣的看著我。

慘了！我剛才那副流氓樣被他看到了……都是霍閔宇害的啦！

「呃……嗨。」我擠出和氣的笑容，想讓他快點忘記剛剛形象崩壞的我。

他眼神溫柔，一如往常的微笑，手裡提著微波食品，「這麼巧，妳住在學校附近？」

「喔……沒有，我等人。」

「這麼晚了，女孩子一個人很危險，我陪妳等吧。」

對於這樣的關心我感到受寵若驚，畢竟霍閔宇從未把我當成柔弱女生看待，所以才在這個時間點把我隨便丟在這兒，也不知道會不會回來。

「不、不用啦，你晚餐都還沒吃，還是快點回去吧。」

儘管我婉拒，他仍自顧自的拉開我身旁的椅子坐下，「說是我陪妳等，但事實上是妳在陪我吃飯，我覺得挺好的。」他笑了笑，拆開飯盒。

「你們家沒人在？」

「父母都很忙，他們回來我幾乎都睡了，我出門上學他們還在睡，所以見面時間不多。」他好像很習慣這樣的狀況，嘴角還帶著笑。

「下次可以找我一起吃飯啊，不過這麼晚的話就別找我了，會胖。」

任迅暘愣怔了下，隨後笑出聲，溫潤的笑聲如同潺潺流水拂過我耳際，「說好了。」他伸出小指，「說話不算話的是小狗。」

我點頭，大方的伸指勾上。

「妳朋友來了。」

我轉頭一望，果然在窗外看見霍閔宇頎長的身影，他佇立在外頭，墨色眼眸微微閃爍，嘴角勾起的弧度若隱若現，不知道是剛到還是站了很久。

我鬆開和任迅暘勾在一起的手，收拾了一下桌面，「我先走啦，你記得好好吃飯。」

「好，回家小心。」

我走出超商，忍不住問道：「你怎麼那麼慢啊？」

「躲警衛花了一點時間。」

我喔了一聲，回頭看了任迅暘一眼，他依舊掛著笑容，禮貌性的朝我們的方向頷首。

見狀，霍閔宇輕笑，「最近真巧，走到哪裡都有他的身影。」

因為昨晚陪霍閔宇回校拿作業，拖延到我的讀書時間，我熬到凌晨才睡，對面的小子倒是早早熄燈睡覺。結果今早我不小心起得太晚。

我頂著一頭亂糟糟的散髮，邊下樓邊喊：「媽！媽！幫我把早餐裝進袋子裡，我要來不及了。」

一下樓，便見到霍閔宇一身平整合身的白色制服，將他的肩襯得寬實，身形挺拔高眺。

他優雅的喝完最後一口牛奶，慢條斯理闔上早報，露出恥笑的嘴臉，「昨晚不會是亂想什麼了吧？」

我自動聯想到與任迅暘打勾勾的畫面，一瞬間自亂陣腳。

注意到爸媽探究的表情，我用眼神威嚇他別亂說話。

霍閔宇不以為意，無辜的聳聳肩，刻意補了一句：「作賊心虛？」

與他相處久了，我知道不要理他才是對付他最好的方式。

我快步走到玄關時，霍閔宇早已穿戴完畢，比起我的混亂匆忙，他顯得從容不迫、好整以暇。

他用修長乾淨的手指扯了扯制服上的領帶，不經意的舉動，高雅的像在拍畫報。

我媽就是被他虛偽的外表給矇騙，五句話中就有四句在誇讚霍閔宇，不是要我多和他學習，就是要我不恥下問。

拜託！我的自尊心不是這樣給人踐踏的！

他看我一眼，「愣著幹麼？」

「喔，來了！」

我們並肩走往公車站。

打從有記憶開始，我們一直是這樣，升上小五後，爸媽放心的讓我們一起走路上下學。

隨著年齡的變化，我們不再牽著手過馬路，不再抓著對方的書包，連身高也完全翻轉，他在國中時瞬間抽高。

我們，都長大了。

有時還滿懷念以前的時光，沒什麼煩惱，難過就哭、開心就笑，毫無顧忌。

現在的我們偶爾才一起上學，甚至也不一起回家了。

不知從什麼時候開始，我們不說心裡話了，不是不信任對方，而是不知從何說起。

好比我對他可以組成一支棒球隊的女友團這點相當不滿，但每當我有機會能告訴他：我不喜歡你這樣，你為什麼要踐踏別人的感情？

我卻突然發現——好奇怪。

我到底是以什麼樣的立場糾正他的不是？

這些話我可以說嗎？他會不會覺得我多管閒事？或是覺得我像個老媽子一樣愛教訓人？

「喂。」

我呆呆的側過頭，發現他手抓著我的書包，阻止我前進，「幹麼？」

他抬了抬下巴指著號誌，「紅燈。」

我抓了抓頭，慢半拍的喔了一聲。

他嘆口氣，待綠燈一亮，他掠過我身旁，邁步走在我的前方，「可以走了。」

身旁穿梭著各式各樣的學生與上班族，一致的方向，不同的步調，於是人群將我們擠散，他的背影離我愈來愈遠。

轉眼，小綠人的號誌只剩十五秒，周圍的人加快腳步，紛亂的步伐，我遲疑的腳步在來往的人群中顯得古怪。

忽然，肩膀被人從旁撞了一下，陡然的撞擊，使我踉蹌幾步，幾乎站不穩。

霍閔宇修長的身影在人群中特別顯眼，他左顧右盼了下，墨色眼眸沉默的投向後方的我，他沒有遲疑，毅然轉身。

在人海中逆行，他的驕傲與肆意妄為一直都是我最反感的，可是這一刻卻出奇的閃耀。

我不確定那是陽光，還是……他？

手被拉住，我看見他露出痞痞的笑容，「腦袋不好使就算了，連身高也輸人一大截。」

我努著嘴，瞪著他寬闊的背影抗議道：「又不是我願意的，我就只能這麼高啊。」

「嗓門都比身高高了。」

我氣呼呼的揍他一拳。

好不容易擠上滿是學生的公車，司機似乎為了趕時間，急催油門，沒有預備心理的我，差點摔跤，幸好我眼明手快抓住眼前的欄杆，才沒有跌倒。

但有個和我同校的女生就沒那麼幸運了，她的腳拐了一下，瘦弱的身體失去平衡感，硬生生的往後跌。

身旁的霍閔宇矯捷的將她拉住，另一隻手環住她的腰，幫助她找回重心。

「沒事吧？」

女孩眨了眨眼，驚魂未定，當視線好不容易對焦上霍閔宇的臉時，她幾乎是一秒彈開。

「謝、謝謝……」她推了推厚重的粗框眼鏡，縮著肩膀唯唯諾諾的道謝，連眼都不敢抬，約莫停了三秒，她像是下了很大決心似的開口：「早……閔宇。」

霍閔宇疑惑的皺了下眉，看著眼前頭低到不行的女孩，根本是用髮頂在和他打招呼，霍閔宇什麼都好，就是總記不得別人的名字。

「我、我是……元柔馨，我們同班。」她的聲音細如蚊蚋，因過度緊張而結巴。

他啊了一聲，似乎勾起了記憶。

元柔馨害羞的點點頭，耳根子都紅了，看起來是個內向、膽子小的女孩子。

同時，她偷偷將眼神瞟向我，大概沒料到我也在看她，瘦弱的肩膀嚇得縮了一下，小心翼翼的朝我頷首。

「早安。」我微笑回應。

一路上他們沒再交談，過了幾站，不少學生下車後，車上空出一些座位。

霍閔宇打著哈欠直接坐下，我看元柔馨四肢纖細，語氣柔弱，待會兒若司機緊急煞車，難保她不會飛出去，以防萬一我還是讓座給她。

她一開始很不好意思，拚命拒絕，眼看後頭一大批乘客又上車了，我直接將她壓在座位上，「妳就坐吧，反正學校也快到了，站不了多久。」

她顯得受寵若驚，最後接受了我的好意，用軟柔輕甜的嗓音和我說了三四聲謝謝，才敢緩緩坐下。

哎呀……我對她的印象愈來愈好了。

元柔馨坐下沒多久，便從書包拿出英文單字本默默背起來。

人家在發憤用功，反觀坐著睡著的霍閔宇，在如此顛簸的車上居然還能睡得如此香甜。

咚。

突如其來的狀況，讓元柔馨徹底愣住了，我看傻了眼。

她拿著單字本的手抖個不停，厚重的鏡片遮擋不了她水靈的大眼，她無助害怕的抬眸看向我，幾乎快哭出來了。

她指了指睡在她肩上的霍閔宇，向我投以求助的眼神。

我無奈的瞥向睡得不省人事的傢伙，晨光自車窗流洩進來，描繪出他稜角分明的五官，濃密的睫毛因陽光照射，在他的眼窩處形成一片陰影。

睡得挺好的嘛。

「妳就直接把他推開。」

元柔馨顫抖著唇，使勁搖頭，「我不敢……」像隻嚇壞的小倉鼠。

從小就被稱為正義魔人的我，雖然總是被霍閔宇嘲笑，說我只是同情心氾濫，不懂拒絕別人的濫好人，但那臭小子也不想想，每次都是誰在幫他收爛攤子！

趁著現在一路還算平穩，我鬆開拉環，走上前，示意她放心，「沒關係，我來。」

我笑得賊兮兮的，扭動肩膀筋骨，做了簡易的手指運動，張了又合，合了又張。

是時候起床了啊，霍閔宇。

元柔馨大眼盯著我的一舉一動，僵硬著身體不敢亂動。

我站在霍閔宇的前方，打算將他的頭推離元柔馨的肩膀，讓他直接倒向車窗，之後當然是裝作若無其事，說不是我幹的啊！

哼哼，天衣無縫的計畫！

我伸出手，在快碰到霍閔宇的腦袋瓜時，司機忽然踩了煞車，飆了一句國罵，似乎是有人闖紅燈。

被強大的後座力影響，我的身體瞬間失去重心，眼看就要壓到身後的人，到時全車跌成一團一定超糗！

於是，我使勁站住腳，想保持平衡，但施力過度反倒直直往前撲倒，眼看臉就要貼上前方的霍閔宇，我立即騰出雙手撐在他的椅背上，成功在距離他臉的一公分位置停下。

我吁了一口氣。

一早就多災多難，絕對是霍閔宇這個瘟神害的……現在車上那麼多同校的學生，要是我真的壓在他身上，被看到絕對會變成茶餘飯後的笑話！

當我回過神，一旁的元柔馨瞪大了眼，手指用力的攪在一起，大概是被我矯健的身手嚇傻了吧，哈哈！

「哇，我真不知道妳覬覦我這麼久。」

沉沉的尾音上揚，帶著戲謔、輕佻的口吻，緩慢的飄進我耳裡。

我吞了吞口水，艱難的轉動脖子，視線移向我雙手撐住的地方，再往下去是……霍閔宇燦爛到沒天理的笑顏。

完了，這個姿勢……

我他媽壁咚了霍閔宇啊啊啊啊啊！

「我確實喜歡刺激，但妳這樣……」他停頓了下，目光在我身上游移，緩緩勾起嘴角，「我的驚嚇程度比較高。」

我聽見四周傳來嗤嗤的笑聲，我快速收回手，默默閉眼，憋紅了臉，真希望此刻上天收走我，都好過在這裡被霍閔宇氣。

幸好柳高站很快就到了，我按了下車鈴，飛也似的衝下車。

用力抹把臉，認真思考今天要不要乾脆請假，剛剛不知道多少人看到我撲向霍閔宇的畫面！

「啊——我真是要瘋了！」我抱頭吶喊。

霍閔宇，我真的討厭死你了！

「羽侑，早安。」

我定格了下，鬆開揪住頭髮的手，看一眼後方來人，修長單薄的身影，平整的制服，上頭工整的繡著他的名字。

「啊……早啊，迅暘。」

任迅暘皺起眉，「怎麼了啊？妳的樣子看起來不太好。」

我乾笑幾聲，連忙搖頭說沒事。

這麼丟臉的事，我打死也不能說，尤其還是在任迅暘面前，怎麼樣都要保持好形象。

「沒事就好，快走吧，要遲到了。」

我點頭，跟上他的腳步，邊走邊閒聊了幾句。

任迅暘在音樂和英文的表現很優秀，雖才剛轉學過來，其他科目原本有些跟不上，但他真的很努力，成績逐漸上了軌道，不少任課老師都稱讚他學習態度良好。

「就是有點擔心第一次段考能不能順利過關。」

「一定沒問題，照你這樣努力的程度，我都要擔心被你追上。」

任迅暘笑了笑，垂眼道：「有些事不是努力就可以。」

我正想說些什麼時，就被後頭沒禮貌的叫喚打斷。

霍閔宇雙手插放口袋，咧嘴一笑，「前一秒才意圖撲倒我，下一秒就勾搭別的男人。」他咂咂嘴，「夏羽侑，妳真的太讓我難過。」

他說得煞有其事，也不顧周圍都是同校的學生，我震驚的看他，以手刀之姿準備衝向他，將他拖離現場。

「羽侑……」

「迅暘，你先進教室，我有事要跟這傢伙談談。」

霍閔宇勾起帶著輕浮的嘴角，被我拖走的時候，他慵懶的側過臉，黑眸含笑，「轉學生，拜拜了。」

「人家又不認識你，不要隨便裝熟！」

「認識也只是遲早的事。」

我忽略他的瘋言瘋語，「你們班那個女生呢？」

他聳肩，「一下車就沒看到人。」

「你知不知道你剛剛倒在人家肩上睡著，她嚇死了不敢叫醒你，我是好心幫她。」我大致說了為何會壁咚他的原由，他雙手枕在後腦杓，看樣子根本沒聽我解釋。

「所以妳幹麼多此一舉讓位？」他將手臂放在後頸，轉了轉筋骨，「難怪靠上去一點都不舒服，味道也不一樣。」

「你是狗嗎？」

「妳是枕頭。」他瞇眼笑了。

「有病！」我瞪他，然後走向校門。

七點四十分，正好趕上課鐘響，校門口站著幾位糾察隊，左手臂上別著紅色臂章，學生會最近抓服儀抓得嚴，一顆鈕扣沒扣、攜帶違禁品，一律不放過。

「檢查快點，不要拖到掃地時間了。」發號施令的人摘下鼻梁上的黑框眼鏡，下一秒轉過頭來與我四目交接。

他愣了愣，隨後認出我來，「學妹！」

李桀閎一喊，我全身的疙瘩莫名竄了起來，沒想到會突然遇見他，我都還沒想好，如何跟其他人解釋我們莫名其妙和好的說詞。

我沒敢看霍閔宇，雖然不想承認，但他確實了解我，肯定有預感我跟李桀閎最近發生什麼事。

我乾笑兩聲，「喔……早安。」

我弱弱的向上瞟了霍閔宇一眼，發現他的表情毫無異狀，僅是噙著笑看著李桀閎。

李桀閎友好的上前打招呼，口吻還有些男生之間說話的痞氣，「真沒想到你也來柳高了，依你的成績，能上第一志願吧？」

「都是男生的學校有什麼好羨慕，男女合校不是更好玩嗎？」

李桀閎稱讚的一笑，「你這小子果然精打細算。」

我在心裡默默翻了白眼，對於霍閔宇無恥下流的想法，不想多加評論。

「未來想不想加入學生會？」李桀閎表現出學長提拔學弟妹的架勢，「對大學推甄都有幫助，你要是想要，我可以幫你。」

柳高的學生會算得上知名且制度良好，歷任會長各個出類拔萃，因此進入學生會幾乎是人人嚮往的，不僅可以拓展人脈，也能得到眾人的仰慕。

霍閔宇如此高調的人，巴不得全校所有目光都在他身上吧，何況權力愈大，他就更能肆無忌憚的為所欲為。

思及此，我默默替學生會哀悼，看來良好名聲要毀在我們這一屆了……

霍閔宇抿脣，滲出笑意，「學長的好意我心領了，太容易得到的東西我沒興趣。先走了。」

我愣了愣，見他瀟灑的走進學校，似乎對這職位一點都不上心，真是出乎我意料。

頎長的背影抹上淡淡的晨光，他歪過頭，陰影描繪著他俊挺深邃的五官，眼神傲氣張揚，「走了。」

我笑了笑。

是啊，他的驕傲是與生俱來，用不著誰的襯托。

中午，下了場雷陣雨，本來擔心我因為嫌書包重沒帶傘，孰料體育課時，雨停了，空氣中瀰漫著清新的味道，溫度反升高了幾度。

夏天快來了。

「還以為今天可以逃過體育課，每次跑完步半條命都要沒了。」田雅梨換上體育服，隨意的蹺著長腿坐在桌子上。

身為體育股長的閻子昱一聽到這麼窩囊的話，立刻跳起來嚷著田雅梨沒骨氣。

「聽說笨蛋知覺比較遲緩，看你這樣，應該是真的。」

「妳這個假公主，明明身體壯得跟牛一樣，裝什麼柔弱！」閻子昱不服氣的罵回去。

田雅梨的身材比例很好，玲瓏有致，配上一百七的身高，儼然就是個模特兒，自然跟嬌小、弱不禁風這些形容詞搭不上邊。

「對！老娘不是公主！我是女王！你有什麼意見？」田雅梨作勢要揍閻子昱，他的身體幾乎是反射性的拔腿就跑，下一秒便和外頭的人撞得正著。

「抱歉！」

「沒關係。」李桀閎溫和一笑，朝教室裡探頭探腦，發現我的身影，開心的向我招手，「我去福利社買的飲料，給妳吧。」

雖然答應他要恢復到從前友好的狀態，但還是有些尷尬，「喔、喔，不用……」

「本來就是要給妳。」他塞進我懷裡，「之後看妳要丟，還是想怎樣都隨妳。」

我看著還沾著水珠的瓶身，只能吶吶的道謝。

「說什麼謝謝，不就跟以前一樣嗎？」他笑，親暱的拍了拍我的腦袋，「體育課加油，我很期待你們班的班際籃球賽，先走了。」

在我恍神之際，李桀閎的背影已經消失在走廊另一端，緊接著我對上閻子昱探究的目光，還有田雅梨的白眼。

跑了三圈操場，身子熱了起來，我和田雅梨坐在籃球場旁的斜坡上，看著正在打籃球賽的男生們。

「妳都不問我啊？」

「問了就表示我太不了解妳了。」

我抿脣一笑，「我其實也不知道自己在幹麼……總覺得好像也沒什麼放不下的理由，雖然現在說有點慢，但我從來就沒喜歡過他。」

田雅梨似乎一點都不意外，「妳不可能會喜歡他的啦。」

「為什麼？」

她神祕兮兮的聳肩，「我隨便猜的啊，等著未來看我想得準不準，現在先保密吧。」

「妳還不如不說……」我沒好氣的睨她一眼。

「霍知道嗎?」

我猶豫了一下，「應該算是知道吧。」

「他沒說什麼?」

「沒有。」

「不過李桀閎有前科，還一臉小人奸臣的模樣。」田雅梨嚴肅的板起臉，卻讓我覺得有些搞笑，「妳最好不要跟他走太近，不然老娘絕對打斷妳的腿!」

她威嚇道，好似我要跟李桀閎私奔似的。

「知道了，我不會跟他有什麼。」

國中時，我就是不聽勸，才對霍閔宇說了重話。

還記得他那時面無表情的對我說——

「妳就是那種什麼都想到別人，卻從來不想想自己身邊的人，和那些對妳好的人，只會讓他們擔心，妳不覺得本末倒置?」

而後我們也很有默契的不談及這些話題，然而這件事就像一根針似的，不斷扎著我的胸口。

這陣子，我想過要和霍閔宇好好談這件事，但拖了這麼久才說，反倒顯得多餘和過度在意，搞不好他壓根兒沒放在心上。

我愈想愈覺得心塞，都怪霍閔宇最近時常出現在我的視線裡，讓我忍不住在意起來。

「羽侑，妳在這裡做什麼?」

聽出是任迅暘的聲音，我連忙抬起頭，「喔，你還沒回家啊?我在這兒想一下事情……」

他微笑走過來，一屁股在我身邊坐下，與我對視，「我看妳整天心神不寧，是不是發生什麼事？」

我思考著要如何和他說明，猶豫的片刻，讓他似乎覺得我不想說，連忙說道：「妳不說也沒關係，妳本來就沒義務告訴我這些，是我讓妳困擾了。」

我趕緊搖頭澄清。

「這麼困擾啊？」他歪著頭，語氣好溫柔。

我像是被下了蠱，開始和他說起整件事的始末，一開始還有些顧慮，但愈說到後面，直覺認為他是可以傾訴的對象，索性不管，劈里啪啦說了一大堆。

待我回過神，才發現自己自顧自說了一堆……

「啊，我太多話了……不過我真的是太煩惱了！」我瞬間站起，仰頭大喊，忘記自己身後是噴水池，下一秒身體便搖搖晃晃的要栽進水裡。

任迅暘眼明手快扶住我的背，俐落的撈起我的上半身，「沒事吧？」他白皙的臉龐忽然躍進我的視線。

我搖頭，臉頰莫名漲紅。

「所以妳現在是猶豫要不要和他說，妳和學長和好這件事？」他總結我的話。

我點點頭，「總覺得好像有必要解釋清楚。」

「為什麼要？」

「嗯？」

任迅暘發現自己的語氣太過果斷，連忙解釋道：「以我外人的角度來看，這與他無關啊，妳與誰交往、吵架，甚至是和好，並不需要與霍閔宇詳細匯報。」

我愣了愣。

「他又不是妳的誰。」任迅暘看著我，停頓了一下又說：「不是嗎？」

我眨眨眼，思考著任迅暘的話。

「雖然我才剛轉來，不是很了解妳和他的狀況，不過就我看來，他好像一直給妳惹麻煩？」他的聲音微微上揚，等待我的應答。

「對！」我激動的附和，說到這兒我就來氣，突然覺得任迅暘說得真是太有道理，「他別再給我惹麻煩才對，我居然還為了一件小事覺得對他愧疚？我腦子壞了吧我！」

見我恢復朝氣蓬勃的樣子，任迅暘瞇起眼，對我笑了笑。

「妳記得我跟妳說過，我有個青梅竹馬吧。」

我點點頭，緩和激昂的情緒後，在他身旁坐了下來。

「我們曾經交往過。」

我怔忡幾秒，「交往？那……現在分手了嗎？」我試探性的問道。

他輕輕的應聲，聽不出有何異樣的情緒，「其實我很羨慕妳和霍閔宇。」

我疑惑的蛤了一聲，準備把霍閔宇從小到大的惡行抖出來，但看見他眼底隱約浮現淡淡傷感，又把話吞了回去。

「我羨慕的是，你們還是青梅竹馬，最原本的關係。」

回到家後，我脫去制服，浸泡在浴缸裡，盯著一室的水氣氤氳，腦袋不斷反覆回想任迅暘對我說的話。

「太過習慣的愛情，最後都會變成習以為常。她說我給不了她想要的愛情，不如分開。」

我的心狠狠扯動了一下，任迅暘沒有透露太多細節，我卻彷彿置身其境，胸口酸澀難受。

同樣擁有青梅竹馬的我，很能感同身受任迅暘的無助與無能為力。

如果我和霍閔宇從此不再聯絡……

「我想她，但更想忘記她。」

他的聲音一字一句像是來自遙遠的宇宙，渺茫且破碎。

「我想努力的……是忘記她。」

那時，任迅暘眼底的迷茫像是沉重悶溼的大霧，厚厚的壓在我身上，讓我喘不過氣。

我重重的嘆口氣從浴缸起身，將溼漉漉的頭髮包起來，圍上浴巾後走出浴室。

一股涼氣自落地窗傳來，我縮了縮，想趕緊穿上衣服，孰料視線落在我床上躺得舒適的傢伙，對方的目光由上而下意興闌珊的打量我。

我皺眉，突然意識到身上只裹著一條單薄的浴巾，約莫三秒——

「啊——」

霍閔宇好整以暇的用手抵住兩耳，無視我淒厲的叫聲。

穿好衣服後，我坐在床沿用最凶狠的目光瞪著毫無歉意的他。

「找我幹麼？」

他挑眉，扯脣反問：「沒事不能找妳？」

「可以、可以，你說的都可以。」我在心底悄悄翻了白眼。

好不容易平緩的心情，又因為他的出現再次起了波瀾。

霍閔宇帶著嘲弄的口吻，「今天這麼快就妥協？」

「反正怎樣都是你對我錯，你可以我不行，我的就是你的，你的還是你的，全世界你說了算。」

任迅暘的事意外的讓我擱不下，我沒有多餘的心思和霍閔宇鬥嘴，到時兩人又玩起無意義的比賽，肯定又是我遭殃。

我只期待他可以有點自知之明，早點回家。

他彎起愉悅的笑眼，「討我歡心沒有獎勵。」

「我對你的獎勵也不抱任何期望。」

霍閔宇的出現讓我聯想到任迅暘的事，忽然想知道他與那個女生發生的種種，與青梅竹馬在一起，這種事……

我下意識的看向霍閔宇。

驀地，一股溫熱的氣息撲天蓋地的蔓延而上，我停頓了下，還來不及閃躲，霍閔宇墨般的雙眼映入我的眼簾，我們的視線在空中交會。

像張黑色密布的網，困住我的所有。

薄薄的熱氣寸寸拂過我的臉頰，剛洗完澡的熱氣似乎一股勁的往大腦直衝，我的臉頰滾出一絲紅燙。

我佯裝鎮定，手肘抵著床鋪，身體慢慢的往後挪動，試圖與他拉開距離，卻沒發現這樣反射性的動作，讓畫面呈現不合時宜的男上女下。

霍閔宇不在意，也絲毫不覺得這姿勢過度親密，「做了什麼對不起我的事了吧？」他只在意他現在腦袋的問題。

從以前到現在，他唯我獨尊，自由慣了，按照自己的喜好做事，從不在乎別人的心情與難處，就外人看來確實瀟脫帥氣，但對我來說卻極度討厭。

憑什麼我要依照他的心情做選擇？

以前貪圖方便懶得和他爭論，就順他的意，他說什麼就什麼，霍閔宇較真起來有時也挺煩的，因此不自覺就養成了今日的屈服習慣。

霍閔宇揚起笑，瞇眼道：「妳只要有心事，就會變得很安靜。」他微微向前傾，我們的距離又近了幾分。

他的氣息帶著淡淡的柔軟精香味，與我是同一款的，因為是兩家一起去買的，從小到大都這樣，我們擁有了太多相同的東西。

「坦白從寬。」

我有時也很討厭他過分瞭解我這點。

「沒有！」我答道，但似乎接得太快，反而增加了可疑度。

李桀閎的事我不打算和他細談，畢竟我之後不會再跟李桀閎有任何接觸。至於今天得知了任迅暘的私事，更沒有理由向他報備。

但那長期受他欺壓的該死反射動作，總是讓我的氣場先弱一半，什麼事都瞞不了他。

我咳了一聲，「我沒有什麼事要告訴你，你快點起來，等下我爸媽看到了怎麼辦……」

話語未落，擱在我身旁的手機螢幕倏地亮了，任迅暘的訊息跳了出來。

「羽侑，妳千萬不要覺得有負擔。」

「都是我不好，不該給妳增加壓力，妳聽了一定不好受。」

霍閔宇的視線不經意掃過訊息，我立即推開他直接將手機反蓋，瞬間感到口乾舌燥。

我忍不住在心底訓斥自己，我到底在心虛什麼！

「你沒事就快點回去，我要寫作業了。」我將他推向陽臺，俐落的鎖上落地窗，朝著玻璃外的他扮鬼臉。

濃重的夜幕籠罩整片天空，晚風將霍閔宇的髮吹得張狂，高大的身影與夜色相融，如同潛伏在草叢中的猛獸，不動聲色，卻傳來滿滿的壓迫感。

我愣了愣，然後伸手將窗簾也拉上，徹底隔絕他的視線。

確認沒有閒雜人等後，我緊張的點開任迅暘的訊息，待情緒沉寂，緩緩的輸入文字。

「你為什麼要告訴我這些？……」

約莫幾分鐘，他回傳：**「總覺得如果是妳，我願意讓妳了解我。」**

我盯著螢幕，因為他直白的話，臉頰湧上一股熱氣。

半晌，他回：**「我覺得妳很好，這個理由就足以構成很多不可能的可能。」**

我的心跳再次不受控。

♡

接連幾天綿綿細雨，空氣溼潤沉悶，整座城市陷入一片無止境的灰。

出門前，我望著黑壓壓的天空，看樣子會下雨……思忖幾秒，最後依舊不信邪的換上布鞋跑到公車站。

就在快抵達公車站時，一絲冰冷的水珠觸上我的鼻尖，緊接著細密的雨水無情落在我身上，我下意識的伸手去接，凍人的雨水觸及皮膚時，我趕緊縮回手，放回口袋取暖。

下雨的緣故，大家都改搭車，好不容易擠上車，地板上滿是雨傘和水灘。

潮溼的感覺讓我不舒服，加上身高不高，被人推來又擠去，一早心情就不好。

感覺身旁的人硬是擠了過來，我煩躁的挪開腳，孰料司機往前行駛，我沒能抓穩，幾乎整個人往前撲去。

倏地，一隻手扣住我的腰，將我拉回，對方另一隻手握住欄杆，將我圈在欄杆和他之間。身高差距，我的視線只能看到他的胸口，我下意識仰頭。

「咦？」

「妳今天有沒有帶傘？」他問。

我衝他一笑，「當然……沒有！」

霍閔宇斜了我一眼，「今早新聞不是說降雨機率百分之百，妳再這麼懶惰，到時淋雨又感冒發燒，休想我會……」

我打斷他的碎念，「我這不就遇到你了？」

霍閔宇雖說對什麼事都不太上心，但有時也會因為一些小事婆婆媽媽，為我操心。

要是這點能用在處理和前女友的關係，省得她們有事沒事找我麻煩，我或許就能活久一點。

「妳有把握每次妳有困難，我都在？」

他今天似乎特別想探討這個問題。

「呃……從小到大的經驗，你一直都在。」

畢竟我們都要同校十二年了，雖然目前為止沒有衰到還同班，但上學、回家的路線都一樣，再怎麼不想，一天總會遇上個幾次。

霍閔宇忽然冷笑，「我自己都沒把握了。」

見他沉下的臉色，大概又要嫌我麻煩，「放心，我不會一直煩你，而且我也沒公主病，淋點雨不會哀哀叫。」

聽了我的話，他如墨的瞳孔居高臨下凝視著我，深邃黑沉。

忽然，勾起一邊的嘴角，「我看我從今天開始要為那個人祈禱，他非常不幸。」

「我才要為你那一大票前女友默哀，遇上你，積德不夠。」

「那妳上輩子肯定作惡多端。」他嘲弄的俯視我。

經他一說，我才驚覺我是全世界最不幸的人，「唉，真的……我好可憐喔……」我把所有心思都放在唉聲嘆氣。

此時，司機忽然一個急轉彎，隨著大家的驚叫，我重心不穩的脫離霍閔宇圈住的範圍。

老天爺大概是想印證我的可憐非同一般人，是超級可悲的那種。

霍閔宇愣了幾秒，騰出另一隻手將我整個人禁錮在懷裡，自己則趕緊俐落的拉住上頭的欄杆。

驚險之餘，我原本想和他道謝，卻發現我們過分靠近的距離，他將我壓在他胸口上，我甚至能聽見他劇烈的心跳聲，溫熱的氣息落在我的眼睫上方，跟著他微喘浮動的胸口，我的思緒有些雜亂。

雖然是青梅竹馬，但隨著青春期的到來，叛逆與成長的交錯，我們開始保持距離。

他從國中開始交女朋友，我懂得避嫌，絕不和他有過多的肢體接觸，甚至連說話內容都格外注意。

周遭細碎的議論聲緩緩飄進我耳裡，除了稱讚霍閔宇靈敏的反射神經，還隱約傳來男女朋友的字眼。

我看了一眼自己腳下的位置，霍閔宇站在最外圍，高大的身形，替我阻隔了擁擠的人流，將我安全的圈在他懷裡，不會被他人推撞。

對於他不著痕跡的溫柔，我的心底泛起一股奇異的震盪。

來不及細想，餘光瞥見車上同校制服的學生，腦中警鈴立即大響，又要有一堆不實流言了！情急之下，一發現有人準備下車，我二話不說鑽出霍閔宇的手臂，一屁股坐到那人的旁邊，裝作什麼也沒發生的戴起耳機。

忽然感覺到有人拍我肩膀，我側過頭，驚喜道：「柔馨？」

「早……早安。」她推了推大眼鏡，笑得靦腆，「我剛剛都看到了，閔宇真的好厲害喔！」

我不自在咳了幾聲，「只是順手拉我一把啦！畢竟我就在他眼前，他一定是第一個看我跌倒，如果不救我，就顯得他太沒良心。」我連忙解釋。

元柔馨眨著盈盈大眼，似懂非懂的聽著。

「妳也知道嘛，他這個人最注重形象，現在又兼職模特兒，行為舉止還是要注意，就算不想理我，也要假裝救我，這樣妳懂嗎？」

她推了推滑下的眼鏡，訥訥的點頭，小臉登時豁然開朗，「這麼說起來，閔宇真的是個好人呢。」

呃……好吧，隨便。

下了車，我站在公車亭看著漸大的雨勢，有些後悔自己的僥倖心態。

儘管從這兒跑進校門只要三分鐘，但一定會淋溼，到時真的就像霍閔宇說的，又要感冒了。

霍閔宇站在不遠處，單手撐著傘，另一隻手插放口袋，俊臉寫滿「早跟妳說過」的表情，他不耐道：「快過來，我不想遲到。」

就在我猶豫著該不該跟他一起撐傘進校門時，一抹熟悉的纖細背影，雙手遮著頭，早我一步跑向他的傘下。

她唯唯諾諾的揪著手指，「我早上匆忙出門，忘了帶傘，本來想找羽侑一起撐，但下車後就沒看到她，我能和你一起撐嗎？」元柔馨仰著小臉，眉眼有些慌張。

霍閔宇垂眼看了她，再看向我，「她在那。」

元柔馨驚訝的轉身，看著我佇立在原地的窘促模樣，納悶問道：「羽侑也沒帶傘嗎？」

霍閔宇代替我應了聲，和元柔馨一同走向我。

一把小傘，三人撐，格外醒目。

霍閔宇個子高站在中間，我和元柔馨站在他的兩側，三人模樣有些狼狽。

我快速環顧一圈，人手一把傘，我們在人群中顯得更加突兀。

霍閔宇似乎習慣被人注視，表情一貫的淡然與從容。元柔馨小心翼翼的走著，安靜的依附在他身旁，困窘尷尬的我反而有些格格不入。

我的胸口莫名一陣難受，雨天果然容易讓人煩躁。

我看向前方，試著轉移注意力，忽然發現一道高眺的身影。

任迅暘撐著透明的傘，單薄的身影淡薄的像片和煦的陽光，不張揚顯耀，安靜的隱沒人海。

「喔！我看到認識的人了，我去跟他一起撐吧，不然我們都要淋濕了。」我看了看自己和元柔馨有些溼透的肩膀，和霍閔宇暴露在傘外的的後背包說道。

「我走啦，拜拜。」

元柔馨被動的和我揮手，我沒注意霍閔宇的表情，他向來隨意，沒什麼意見。

跑出他的傘外，我直奔任迅暘的傘下。

「嘿。」我點了點他的肩，「我沒帶傘，可以跟你一起撐嗎？」我拍了拍身上的雨水。

任迅暘愣了下，趕忙將傘靠向我，「妳先幫我拿著傘。」我接下，他趕緊從書包拿出衛生紙，擔心道：「妳先把頭髮稍微擦乾，待會兒我帶妳去保健室借吹風機，不然這樣很容易感冒。」

任迅暘的細心與關心，如同冬日暖陽，真誠的令人感到溫暖，我點點頭。

他輕輕擰起眉，「怎麼沒帶傘呢？」

我轉著眼，「就……不想帶。」

任迅暘微微皺眉，無奈道：「真是的。」

到了保健室，護士阿姨不在，他讓我脫下身上的外套，接著用幾張衛生紙吸乾外套表面的雨水。

我本來想自己用吹風機，但他堅持替我吹乾頭髮，比較安心。

吹風機轟轟作響，任迅暘修長白皙的手指輕柔的牽起我的髮絲，溫柔的撥鬆，仔細的吹乾我的頭髮。

我從鏡子中看見他專注的神情，忍不住彎脣偷笑，細微的表情變化沒有逃過他漂亮的眼睛。

「妳還笑，下次記得帶傘。」他不忘再囑咐一次。

我隨意挑起話題，也不知道是想找人分擔剛才莫名出現的煩躁心情，還是想更深入了解任迅暘。

「能不能跟我說說你和青梅竹馬的事？」我問道。

他撥弄我頭髮的手頓了一下，讓我驚覺自己是不是真的太多管閒事，連忙回頭朝他搖手，「啊……你不想說沒關係，我只是有點好奇。抱歉！侵犯到你的隱私……」

他輕輕搖頭，溫潤的目光停留在我的臉上，「朋友之間是沒有祕密的。」

關上轟隆作響的吹風機，四周驀地安靜，只剩落在屋簷的雨聲滴滴答答，透著玻璃窗射進的光，任迅暘白皙的臉龐顯得更加柔和，頭髮在光線下淺淡搖曳。

「她比我大兩歲，中學那年她向我告白，說她喜歡我，想和我在一起。」他微瞇著眼說道，笑容美好純淨。

「我很喜歡她，只是一直不敢說出口。」他笑，「她升上高中部那年，我其實很擔心她會被追走，幸好她先開口了。」

見我聽得認真，任迅暘笑了笑，「那時候大家都說我們很登對，也說早就預料到我們會在一起。我們了解彼此喜好和習慣，幾乎沒有祕密，關係早已像是親人般。」

第一次以情人身分牽手，第一次擁有專屬兩人的情侶物件，每天互相說我愛你，眼裡只有對方。

任迅暘不斷的說著那段美好時光，眼神卻空洞的逐漸失去焦距，明明說的是愉快的字句，我卻看不見他眼裡的光彩。

「我以為我們會這樣一直在一起……」他露出苦澀的笑容。

我不忍心看他繼續說下去，正想開口阻止，他突然拍了拍我的腦袋，抿起一抹別擔心的笑容。

我愣愣的看著他，彷彿能感受到從他手心傳來的溫度，我的腦袋有些混亂。

「直到她開始不向我說心事，總是用一句她累了當藉口，」他停頓了下，「我不知道該怎麼和她說話，也嘗試去修復我們的感情，但她卻選擇用逃避來面對一切。那時我就明白，我們不再是我們。」

我的指尖驀地泛涼，對於他的平鋪直敘，我竟起了一身疙瘩，我想說些安慰的話，然而此刻卻一個字也說不出口。

「之後我仍試著挽回，可是她還是走了。」他坦承道：「要我完全不怪她很難，但仔細想想，對我們而言，或許這才是最好的結果。明明在一起，心的距離卻很遠，彷彿陌生人一樣，這樣的寂寞我承受不住。」

他彎起淺淺的笑，「我們是青梅竹馬，有著比朋友還強烈的牽絆，可是最後終究還是背道而馳……或許一開始就不該義無反顧的陷入愛情裡，忘了一旦愛消失，我們什麼也沒了。」

我的喉嚨乾澀，心底泛起一陣莫名的煩悶感，碾壓著我的心臟，每跳動一下就疼痛一分。

「後來我選擇回來臺灣，也可以說是逃回來的吧。」他輕笑，「我離開之前她曾問我，我們還是朋友嗎？」

「我很想笑著告訴她，我們還是朋友，但最後我還是什麼都沒說……」任迅暘聲音輕輕的，像是要融進空氣裡，眼底的黯淡揮之不去。

他努力牽起嘴角看向我，「因為我不知道曾經相愛過的我們，要如何……如何做回朋友？我完全無法想像。」

聽完任迅暘的事，要說完全不影響情緒是不可能的。

明知道我們不會在一起，這種事不會發生，但這陣子看到霍閔宇，都有種說不出的鬱悶，甚至想躲他。我將臉埋進胳膊裡，未知感像條纏頸的巨蛇緊環著我的思緒，讓我愈來愈害怕靠近他。

偏偏在這種節骨眼上，傳來他和別人打架的事。

和霍閔宇相處了十六年，我還是不了解他的大腦構造，每次我這麼說他時，他總會痞痞的回：

「總之跟妳的不太一樣就是了。」

而每當霍閔宇做出什麼驚天動地的事情時，全天下的人都怕我不曉得似的，一天就有好幾個人來問我他的狀況，田雅梨正好就是其中一人。

「我不知道！」

「虧妳還是他的青梅竹馬！講真的，妳到底了解霍什麼？每次都一問三不知。」

我有些氣虛，「關我什麼事？又不是我叫他去打架，何況妳覺得他是那種會提前報備的人嗎？」

為所欲為，是霍閔宇改不了的壞習慣。

田雅梨努嘴，算是認同。

我抬頭，看見歷史小老師周曉亮步伐急促的向我走來，「羽侑，我能拜託妳一件事嗎？」

「嗯？什麼事？」

「可以拜託妳去三班幫我拿歷史老師的課本和麥克風嗎？我必須先把這些照片拿去校刊社。」

周曉亮熱愛攝影，校刊的照片都是由她負責拍攝，總能把畫面拍得生動、寫實。

我毫不猶豫的答應，正好讓我停止胡思亂想。

待我走到三班門外時，忽然看到幾位熟悉的身影，興許是目光太過明顯，那群男生收起玩鬧的行為，紛紛看了我一眼。

「找霍是嗎？」其中一名男生推了推黑框眼鏡，一頭淺棕色短髮，對比霍閔宇的桀驁不馴，他顯得斯文沉雅。

我認出他是與霍閔宇形影不離的青晨，他們的關係講白一點就是狐群狗黨、酒肉朋友。霍閔宇做事，他負責開路和收尾。

我立刻搖頭澄清，「我沒有要找他，只是來拿歷史老師的課本和麥克風。」

青晨沒多做回應，只是笑了笑，「那傢伙在睡覺，妳自己進去，他有起床氣，我不想惹麻煩。」他聳肩，看樣子也曾領教過颱風過境。

喊了聲報告，快步走進三班，發現老師的麥克風在霍閔宇桌椅後的櫃子上，我在心底哀號了一下。

礙於快上課了，時間緊迫，此地又不宜久留，我慌張的加大步伐，但走道幾乎佔滿了書包和餐袋，我左閃右避艱難的走著，好不容易快抵達終點。

忽然腳不知道勾到什麼，為了盡早拿到麥克風，我沒多想便用力扯掉，結果沒控制好力道，膝蓋碰的一聲，直接撞到霍閔宇的桌腳，讓桌子歪了一邊。

這撞擊聲不大不小，卻足以讓所有人停下手邊的動作，包括我。

空氣彷彿停止流動，霍閔宇的身軀緩緩挪了挪，眼看大難臨頭，我屏氣凝神，青晨則一臉玩味的趴在窗臺看戲。

我很孬的立刻蹲下身，嘗試藉由人群遮掩自己，卻發現大家早已退離地雷區。

霍閔宇的周圍除了桌椅，就只剩我了啊！

我蹲在地上，想低調的逃離現場，但好多雙眼睛盯著我看，霍閔宇又沒瞎，馬上就能找出罪魁禍首。

後方傳來細碎聲，貌似椅腳往後拖移的摩擦聲，我的神經一根根的繃緊，僵直著背，機械式的起身。

腦中只閃過一個念頭，就這樣直直的走掉吧……

幾乎是同時，我的身體自動的向前走，圍觀的同學們紛紛讓出路。我在心底從十開始倒數，只要順利數到一，就表示我活下來了。

「十、九、八……」很好，一切都很順利，我存活的機率增高百分之三十，「七……」單音在心裡落下時，眼前一陣天旋地轉，我尖叫出聲，下一秒我的臉砸在那人壯碩的肩頭。

我吃痛的捂著鼻子，一股淡淡的柔軟精香味，瀰漫在我的鼻尖。那是霍閔宇的味道。

我的視線瞬間提高了二十公分左右，簡直被嚇傻了，周圍的人一臉震驚，有些女同學甚至遮住眼不敢看。

元柔馨站在眾人之中，錯愕的張著嘴，大大的眼鏡甚至傾斜了一邊。

啊！這種丟臉的姿勢……我搥著他的背，用氣音對他說：「霍閔宇！你在幹麼？快放我下來！」

「再吵就把妳丟在地上。」被吵醒的他語調冰冷懾人，與平時和我打哈哈的樣子判若兩人。

聞言，我全身倏地僵硬，不敢輕舉妄動。

「這節我蹺課。」霍閔宇深邃黝黑的眸子，淡漠的掃過青晨。

「OK！小事。」青晨滿臉笑意，絲毫不感到驚訝，「好好玩啊，課本和麥克風我會送到七班，別擔心。」他支著下顎，朝我們揮揮手。

而我就在眾人同情與錯愕的目光下被扛走了。

霍閔宇一腳踹開頂樓的鐵門，匡啷一聲，上頭的鎖掉了下來，我的心一凜。想起小時候爸媽說過不能跟陌生人走，會被抓去賣掉，此刻我忽然能懂那種感覺，只是抓走我的不是陌生人，是從小和我一起長大的混蛋！

但我沒膽掙扎，他大爺患有起床氣，不知道還會做出什麼可怕的事來。

好不容易他終於停下腳步，一路顛簸的上上下下，讓我頭暈又想吐，我忍不住出聲：「喂……可以放我下來了吧？」

他沉默一會兒，便輕輕將我放下，當腳重新回到地面上，我用力踩了踩，開心的跳上跳下，宛如得到重生。

視線在下一刻觸及到他俊逸的臉，深邃好看的五官此刻寫滿嚴肅。

我識相的收回笑臉，咳了幾聲。周遭一片安靜，頂樓的冷風呼呼吹過，我搓了搓手臂。

忽然，霍閔宇朝我伸出手，圈住我的手臂和腰，微微施力將我帶進他的外套裡，屬於他的體溫暖暖的湧了上來。

我沒多想，拉過他的外套將自己裹得緊緊的，接著仰頭看向他，這才注意到他的嘴角有些紅腫，嘴脣上有幾條細小的裂痕。

抬手，我刻意壓在他的傷口上，「模特兒不是靠臉吃飯嗎？被這一打，飯碗也沒了吧。」我調侃他。

刺痛感讓他閉上一隻眼，他擰眉撇開臉。

「跟誰打架了?」

他裝作沒聽見。

「誰——」我踮腳湊近他的耳旁，拉了長音。

霍閔宇不耐的揉著耳朵，臭著一張臉，「告訴妳，是要幫我出氣?」他傾身，眸光深邃透亮，微揚的語調竟被我聽出一絲期盼。

我下意識的側身看他，想再次確認他說的話，畢竟霍閔宇別帶頭欺負人就不錯了。

溫熱的氣息輕吐在我臉上，他的手臂自然的環著我的腰際，一瞬間讓我感到迷茫。

半晌，霍閔宇忽然扯出一抹笑，「怎麼?擔心我?」

聽著他輕佻的嗓音，我回過神，這才後知後覺的發現，我們的距離有些靠近。

我嗤他一聲，刻意拉開距離，「我是擔心你連累我，大家一直問我你的事，我什麼都不知道，那種感覺很煩……」

莫名緊張的心情，讓我不小心說出了真實感受。

「煩什麼?」霍閔宇脣角一勾，居然追根究底。

我愣了愣，推了他一下，「所以你到底要不要告訴我?」

差點就被轉移話題了!

他倏地一笑，再次靠向我，彎下身附在我耳旁低語，溫熱的氣息，又搔得我脖子一陣麻癢。

他翹起嘴角，「不要。」

我的心跳不受控，面對他時不時過於親暱的肢體接觸，我似乎快招架不住。

一邊怪自己沒出息，一邊又有些來火，覺得霍閔宇最近似乎喜歡拿我們的關係開玩笑。

「那你把我帶來這裡要說什麼?」

「要說什麼?」他反問。

他在大庭廣眾下把我從教室扛到頂樓，難道只是一時興起?我越來越摸不透他了。

「我只是想找個安靜的地方。」墨色眼眸看了我一眼，「教室太吵。」

我無語的瞪著他，這傢伙存心耍人是吧?剛剛我還以為自己的小命不保了。

「我要回去……喂!又要幹麼啦!」

高大的身影佇立在我面前，下一秒將我固定在他懷裡，慢慢的走向角落。

「就這裡吧。」他拉著我一起坐下。

才剛坐定，他便脫下外套挨了過來，我下意識的往旁退開，孰料他伸出另一隻手環過我的肩膀。

外套嘩的一聲在空中攤開來，像朵盛開的花緩緩落至我們身上。

「我這幾天睡不好。」霍閔宇深沉的眸光睨了我一眼，「很累。」

我疑惑的看著他，「那你睡你的，我要回去上課。」我沒蹺過課，有些罪惡感。

「冷。」他漫不經心的回。

「會冷就回教室啊。」

靜默了一會兒，他的喉間發出醇厚的單音，夾雜著濃厚睡意，沒等到他回應的我側過頭看向他。

霍閔宇的頭晃了幾下，最終穩穩的落在我的肩膀，柔軟的黑髮，不經意的拂著我的臉龐，搔得我一陣癢。

盯著他睡著而放鬆的眉眼，我抿起一道笑容，彷彿看到小時候的他，玩累了安分的睡在我身邊的樣子。

我不由自主的伸出食指，帶著一絲緊張，悄悄輕撫上他的睡顏，好看的面容勾著一抹若有似無的笑意。

一陣風吹來，我默默的收回手。

「真的好冷喔。」

我靠他靠得更緊了。

下課鐘響了。

我忍不住推了推霍閔宇的手臂，照他這個睡法肯定要睡上一天。

「霍閔宇，起來了。」

他一動也不動。

在這種冷風呼呼吹的頂樓，他居然睡得不醒人事，究竟是不是正常人？

「我要回去上課了。」我懶得理他，匆匆丟下一句話就要起身。

幾乎是同時，他反射性的抓住我的手臂，清黑的眸子，帶著剛睡醒的朦朧與迷茫。

他一瞬不瞬的盯著我的臉，我被他看得不自在，但怕他起床氣發作，只得好聲好氣的問：「怎麼了？」

「要吃飯了嗎？」

「……」我對他翻了個白眼。

他伸伸懶腰，轉了轉脖子，一副精神飽滿的樣子，我按著明顯僵硬的肩膀，怨懟的看著他。

「今天吵醒你，怎麼沒生氣？我以為你會揍我。」

「想揍妳的事太多了，何必要在那個時候。」他輕蔑一笑。

看著霍閔宇臉上的笑容，我忽然覺得很奇妙。我們常吵架，卻總在無意間和好。

他注意到我奇怪的眼神，淡淡的瞥了我一眼，「剛剛趁我睡覺的時候，意淫我了吧？」

我的表情瞬間僵硬，下意識的將手藏在身後，想抹滅剛才的行為。

「白痴！就算你全裸從我面前走過，我也只會報警抓你，說你妨礙風化。」我氣憤的回道。

他饒有興味的看了我一眼，就在我覺得內心快被他看穿時，他突然一笑，俊朗的眉宇微微彎起，眸光純淨，好看的令我移不開眼。

「妳果然想像過我全裸的樣子。」

我腦海無法克制的出現一大片馬賽克，唯一清晰的是霍閔宇討人厭的壞笑，我立刻大力搖頭，「才沒有！」

霍閔宇大笑出聲，忽然朝我伸出手，我來不及閃躲，溫實的掌心便壓在我的頭頂。

「我們夏羽侑怎麼會如此單純呢？」

打鬧間，餘光瞥見一抹單薄的身影佇立在樓梯口，我愣了愣，用手肘拐了一下霍閔宇的腰，讓他停止玩鬧。他百無聊賴的收回手，噙起淺笑，直視前方的任迅暘。

「我還在想妳去了哪裡。」任迅暘微仰著頭，輕緩的說著，溫潤的眼眸含著笑意，看了一眼我身旁的人，「看來是沒事了。」

他笑了笑，轉身要走回教室，我想跟上去向他解釋清楚，不希望他誤會我和霍閔宇的關係。

突然，霍閔宇扯住我垂放的手腕，我愣愣的回頭，迎上他深邃黑亮的眼眸。

他抿著脣一言不發，眸光幽深，我還來不及開口，便看見不遠處急忙跑來的小小身影。

「閔宇……」元柔馨捧著一盒醫藥箱出現，見我們氣氛凝重，表情不自覺的慌亂。

霍閔宇淡淡瞥了她一眼，元柔馨縮了一下肩膀，緊張道：「老、老師讓我來找你……」她停頓了一下，像是想到什麼，立刻將懷中的醫藥箱舉高，「啊，早上看到你的傷口還沒處理，所以去借了醫藥箱。」

眼看任迅暘就要走遠，我抽回手，推霍閔宇過去擦藥，而後跑向任迅暘消失的轉角。

從他轉學來的那天開始，他總是一個人行動，似乎刻意和其他人保持距離。

「任迅暘！」我在轉角的窗戶發現他的身影。

他微微一怔，停下步伐，高眺單薄的身影佇立在原地。他側過身，揚起笑，「怎麼了嗎？」

我頓了頓，事情發生得太快，我一心只想著要解釋，但我究竟該解釋什麼？同學間互相關心很正常，我這麼突然的要他別誤會，好像有點奇怪。

我尷尬的搔了搔頭，「嗯……沒事，老師沒問我去哪裡嗎？」

「沒有。」

我彎起笑容，輕鬆的說：「太好了！否則要被記曠課了。」

「妳跑去哪了？」

聞言，我愣了下，「我、我嗎？」

他斂下眼，淡淡道：「不是老師的我……可以問嗎？」

「嗯！」我飛快的接話，毫不猶豫的回答。

他憂鬱的眼眸隨即一亮，像是撥雲見日的冬日暖陽，「還好妳沒有拒絕，不然我就糗了。」

我俏皮的歪著頭，「你不是說我們是朋友嗎？朋友之間是沒有祕密的。」

任迅暘笑了笑，伸長手揉了揉我的腦袋，他的動作輕柔，不同於霍閔宇的粗魯作弄。

我抬眼，朝他笑開來。

第三章　告白

四月，班際籃球賽如火如荼的開打，身為籃球隊隊長的閻子昱為了不讓班上的賽績太難看，一上球場就成了閻羅王。

我和田雅梨都對他敬畏三分，不敢招惹他，放學後只要有空就跑去球場當啦啦隊。

同時，霍閔宇的模特兒公司——TOP，一年一度的春季時裝派對也登場了。

託他的福，每年我們都能受邀參加，同時也能在現場採購一些模特兒的二手衣物，簡直是田雅梨的購物天堂。

動感流暢的電音環繞於耳，滿桌的自助式餐點，昏暗的燈光下，霓虹燈繽紛的流轉。

會場裡充斥著各色人物，前衛特別的服裝，大膽閃耀的撞色妝容都讓我大開眼界。

田雅梨與高采烈的拎著戰利品回來，一一和我展示這是哪個模特兒穿過的，上頭又有哪些流行元素。

我似懂非懂的點頭，閻子昱則一臉嫌棄的說：「長得正才是重點，跟衣服無關啦。」

田雅梨笑咪咪的從碗裡挖了一球冰淇淋直接塞進閻子昱嘴裡，他立刻被冰得哇哇大叫，兩人又旁若無人的打鬧起來。

不遠處，霍閔宇一手插放口袋，悠懶閒適的走向我們。他頭髮往上梳，換上了春裝，剪裁合身的長袖襯衫，及膝牛仔短褲，腳踩名牌休閒鞋，左手戴著限量款防水手錶。

闔子昱彷彿見到救星，哭哭啼啼的跑了過去，「霍！你看！她們趁你不在就欺負我。怎麼不多給我一張票，讓我約別的女生來啊。」

霍閔宇抿唇，淡淡笑道：「這裡不太適合約會。」

闔子昱一臉困惑，田雅梨看不下去，不屑道：「蠢蛋！來到這種帥哥美女應有盡有的天堂，誰還會理你啊？」

田雅梨說話直接，我忍不住笑了出來，和她有默契的擊掌。

「對耶！」闔子昱恍然大悟。

見他慢半拍的附和，我們再次哈哈大笑。

忽然，田雅梨拿出手機召集大家靠近，「我們一起拍張照，我要上傳炫帥哥！」

她左調又轉，就是找不到一個好角度。

闔子昱急性子的催她，田雅梨馬上大聲吼回去，兩人你一言我一語，似乎沒有停下的打算，我和霍閔宇相視，一臉無奈。

他從口袋摸出自己的手機，「沒時間了，我們先拍。」

「好啊。」

我湊近，忽然發覺身高差距真的很麻煩，不是他的頭被切掉，就是我根本沒入鏡。

「你蹲低一點。」我拉了下他的手臂。

霍閔宇嫌麻煩，但還是配合的微彎膝蓋，我們的臉終於一起出現在鏡頭裡。

「快拍，我腳痠。」

「我手也很痠啊。」甩了甩發痠的右手，好不容易調好的拍攝位置又沒了。

霍閔宇不耐煩的伸出右手，胸膛前傾靠向我的後腦袋，接過我手中的手機，過於靠近的距離讓我有點不自在，我微微側過頭。

突然，喀嚓一聲，我們都愣了一下。

「我還沒準備好！」我大叫。

他面色淡定，「手滑了。」

點開相簿，照片裡的我沒看鏡頭，側過頭的姿勢，乍看就像是把臉埋進他懷中，側臉還出現一抹紅暈。而霍閔宇碰巧看了鏡頭，笑容清淺。

我們今天剛好都穿了同色系的衣服，腦袋瞬間閃過「情侶衣」的字眼，我猛然伸出手指，「好醜，我要刪掉。」

霍閔宇俐落的抽走手機，「我要上臺了。」

「刪照片又不用多少時間。」我不滿道。

他將手機放進口袋，亮出空蕩蕩的手，「我收起來了。」

「根本故意的！」我朝他跑走的背影大喊。

突然，一道細柔的嗓音緩緩飄來：「我幫你們拍吧。」

「柔馨？」我驚喜的看向她，「妳怎麼會在這裡？」

元柔馨摘下了厚重的眼鏡，露出一雙水靈大眼。

她似乎不習慣被注視，下意識的想低頭推眼鏡，卻發現臉上空空的，小臉立刻漲紅。

「嗯……星園是我家經營的服飾店，和TOP長期合作，每年我們都會受邀出席，也同時在尋找適合的模特兒。」她仰起紅透的小臉，笑容甜美。

「星園！」我瞪大眼，「是那間很有名的網拍店！」

見我興奮的模樣，元柔馨的臉更紅了，她害羞的點點頭。

星園在學生族群廣受好評，平價舒適，質感好，是田雅梨的愛店之一。

我仍舊處於震驚中，元柔馨被我盯得不自在，習慣性的抓著手指。

「啊，我覺得妳沒戴眼鏡的樣子很好看。」回過神，我誇道。

她聽完似乎更害羞了，連耳根都紅了。

不久，春季時裝派對正式開始。

閃光燈不間斷的閃著，模特兒站在大理石白的高雅伸展臺上散發自信光彩，曼妙的身材，完美的展示身上的服裝。

TOP是間赫赫有名的模特兒公司，每年的時裝派對座無虛席，許多廠商搶著合作，這幾年也躍升為時尚指標。

霍閔宇達頂標的顏值，高眺健碩的身材，加上與生俱來的傲然與自信，升上高中後，他便與TOP長期合作，人氣相當高，在模特兒圈中小有名氣。

能在網路與報章雜誌上看到自己的青梅竹馬，應該是件值得驕傲的事，但對我來說根本是災難的開始！

以自我為中心的人，要他乖乖工作，根本是種奢望。

不知道從什麼時候開始，我成了霍閔宇和TOP間的溝通管道。

每當霍閔宇工作出狀況，他的經紀人迪昊一聯繫不到他，就會急得找上我。替他們找到人幾次後，從此這個重責大任就轉到我身上，偶爾還得接受迪昊的碎念，要我多注意他的行蹤。

每次替他想理由，收拾爛攤子時，罪魁禍首總是事不關己，一臉無賴的對我說：「妳是我的代理人，我的一切妳說得算啊。」他露齒一笑，說得自然。

「關我什麼事？你的法定代理人是霍叔！」

他在我的床上懶懶翻了個身，無視我的抗議，「反正我爸媽也很樂意讓我被妳管。」他打了個哈欠，「啊，好睏。」

「我才不想管你！」我哼了聲，「你們公司也很奇怪，居然還以為我真的是你的代理人。」

霍閔宇調整了一個舒服的睡姿，手裡抱著枕頭，帶著濃厚的睡意淡淡說道：「因為他們以為妳是我媽啊。」

妳是我媽啊。

妳是我媽啊。

妳是我媽啊。

想起這句話，我不自覺用力扣緊座椅的把手。

一旁的元柔馨似乎感受到我滿腔的怒火，側過頭小聲問道：「羽侑，妳怎麼了，臉色看起來不太好。」

我僵著笑，轉了轉肩膀，「沒、沒什麼。」

她怯怯的喔了一聲，大眼一轉，指著臺上，難掩興奮，「是閔宇！閔宇出來了！」

我順著她的視線看了過去，五光十色的燈光，劃過他深邃的輪廓，稜角分明的五官，微微上翹的唇角，深黑的眼眸沉穩含笑。

我才驚覺，原來自己身邊一直有個如此閃耀的他。

「霍好帥啊！」田雅梨尖叫，一旁的閻子昱也將手掌圈在嘴邊大喊著。

相較於如瘋狂粉絲的他們，元柔馨顯得安靜多了，她的臉紅撲撲的，靈動大眼默默瞅著伸展臺上的霍閔宇。

我就像透著另一個人的目光看著他，這種感覺無法言喻。

霍閔宇傲然自信，總是勝券在握，所以總是能獲得眾人的目光與——愛慕。

我被自己猛然跳出的想法震懾，趕忙撇過頭，下一秒便與臺上的當事人對上視線。

他的眼眸清亮，像一片清澈的汪洋，嘴角牽起的淺淺弧度，，讓我一瞬間亂了心跳。

元柔馨舉起小手揮了揮，清秀的臉龐微微揚起笑容。

霍閔宇加深了笑意，從容自信的旋身走回，掌聲和歡呼聲瞬間淹沒了現場。

時裝派對完美落幕。

霍閔宇被眾人簇擁合照，田雅梨和閻子昱則奮力擠進洶湧人群與自己喜歡的模特兒拍照。

我和元柔馨不想人擠人，於是站在最外圍靜靜的看著他們。

「我曾在時裝派對看過閔宇幾次，他很耀眼，一見就讓人移不開眼。」元柔馨睜著水靈大眼，聲音溫柔，然而這句話就像是密封已久的糖果罐，僅是轉開一點縫隙，我卻能感受到她滿腔的情意。

「我一直很好奇，有這麼厲害的青梅竹馬，會是什麼樣的感覺？」

我回過神，停止胡思亂想，「平時看著他不覺得特別，但當他站在舞臺上，我才發現原來他這麼閃耀，有點……不真實。」

元柔馨點點頭，看著遠處的霍閔宇，又說：「妳難道都沒想過和閔宇在一起會是什麼樣子嗎？」

我呼吸一窒，咳了幾聲，「我、我們？」

她點頭。

「怎麼可能！」我頓了一下，腦海無預警閃過一些畫面，我立即掐了自己手臂一把，「完全沒想過！」

太可怕了。

見我反應極大，元柔馨呆著一張臉，微微點了點頭，「如果是我……應該會想很多吧。」她笑。

像是不小心說出這些話，她後知後覺瞅了我一眼，小臉通紅的連忙轉移話題，「他交女朋友，妳一定感到不自在吧？」

這個問題從有記憶以來被問過無數次，我不假思索的搖頭，「大家都覺得青梅竹馬一定會有什麼特別的感情，但其實就像家人一樣，看著家人和別人交往，哪有什麼感覺？」

元柔馨帶著笑意看著我，輕聲問：「是這樣嗎？」

我突然有些心虛，連忙補充道：「就、就是有時覺得他眼光挺差的，會忍不住想批評啦！」

元柔馨笑而不語，視線再度回到霍閔宇身上。

我內心的慌亂卻再次被勾起，像是一團團糾纏的毛線，交錯難解。

國中時，霍閔宇交了第一個女朋友，不是他親自告訴我，而是我從朋友口中輾轉聽來的。

當時的我沒太多想法，不過就是他交了女朋友嘛……

後來我和霍閔宇就像說好般，他談戀愛只要別牽扯到我，我一律不會過問。

總覺得他應該主動和我說，而不是我去問他。

我斂下眼，「但真的會有點不習慣，畢竟相處這麼久，兩人間突然多了一個人……」

也許是元柔馨太過溫柔，我不自覺卸下心房，內心的話完全脫口而出。

元柔馨看向我，眼神無波，臉上的笑意有些淺，揚起語調說：「就跟兄弟姊妹交了男女朋友一樣，會覺得孤單、吃醋，是很正常的。」

我立即大力點頭，附和道：「就是說啊！會覺得心裡不舒服很正常啦！」我拍了拍胸口，訕訕笑了起來。

霍閔宇沒參加公司的慶功宴，和我們一起搭公車回家。

田雅梨眼巴巴的望著愈來愈遠的TOP招牌，揪著胸口，「今天我絕不洗澡。」

「噁心死了。」閻子昱白了她一眼。

她沒理他，雙手在胸前交握，眼裡不斷冒出粉紅泡泡，「我剛剛居然跟那麼多男模擁抱、拍照，實在太幸福了……」

看著窗外閃逝的街景，聽著他們打鬧的聲音，我不自覺恍神，元柔馨的話緩緩飄進我的思緒

——

妳難道都沒想過和閔宇在一起會是什麼樣子嗎？

有股說不出的情緒在胸口逐漸膨脹，這種感覺讓我有點害怕。

頭一搖，我毅然打斷這些奇怪的想法。

忽然，身旁座位一沉，我看了過去，是霍閔宇欠打的笑臉，在我眼前逐漸放大。

我嚇了一跳，手忙腳亂的撞上前方的座椅。

「嘶——」不顧膝蓋的疼痛，我轉身揍他幾拳。

他左閃右躲，一臉狡詐的說：「怎麼，我這張臉妳不是看到不要看了，突然心動了？」

按照平常的鬥嘴模式，我會毫不留情的立刻頂嘴，然而元柔馨的話就像是按了循環播放鍵，不斷在腦海中重複著，令我不知所措。

我愣在那裡，不明白自己怎麼會在這種時候遲疑，沒有反駁他。

霍閔宇注意到我的反常，唇邊的笑容倏地少了幾分，眉宇微微蹙起，雙眸一瞬不瞬的盯著我。

我不確定他察覺到什麼，突如其來的不安布滿我的思緒，此時緊握的手機忽然響了，屏幕閃著不常出現的名字——李桀闓。

我和霍閔宇齊齊看向手機，雖然已決定不再與李桀闓有太多交集，但為了避開霍閔宇的視線和異常快速的心跳，我立刻接起，甚至假裝熱絡。

「喂？學長，有什麼事嗎？」

我們閒聊了幾句，又說了些課業方面的事，最後還是因為車快到站才掛了電話。

我走下車，從頭到尾都不敢看霍閔宇。

然而災難似乎還未落幕，抬眼便看見唐娜一身精心打扮，坐在公車站牌旁的椅子上。

她惡狠狠橫了我一眼，直到看見我身後的霍閔宇，眼眸瞬間散發著期盼與愛慕。

她起身，不同於上回的囂張跋扈，懇求的說：「閔宇，我們談談好嗎？」

霍閔宇的眸色一沉，「沒什麼好談的。」

見他要走，唐娜伸手拉住他，淚水幾乎奪眶而出。霍閔宇神色一凜，要甩開之際，她低聲下氣哀求道：「不會花你太久時間的。」

霍閔宇淡淡睨了唐娜一眼，隨後看向我，沉潤的目光落在我身上，「妳先回去。」

我毅然撇開頭，轉身離開。

走了幾步身體卻不聽使喚的停下，帶著一絲好奇，我悄悄回頭。

最終，視線凝結在不遠處兩道交疊的身影。

♡

第一次段考結束後，我們班在閻子昱的魔鬼訓練下，擠進了班際籃球準決賽。

下午第一場是我們班和八班的比賽，場邊聚集了不少觀賽的學生。霍閔宇是計分員，他身穿寬鬆的白色汗衫、黑色運動短褲，襯著他的身形高眺挺拔。他勾著淺淺的笑意，隨意轉著手腕上的黑色護腕，帥氣的橫跨球場。

場邊的目光紛紛隨著他移動，耳邊傳來不少女同學的讚歎與討論聲，我受不了的翻白眼，「又在耍帥。」

最後，他坐在記分板旁的椅子上，剛好在我的前方。

開賽前，閻子昱帶著球員做暖身運動。

五月的天氣已開始炎熱，比賽還沒開始，所有人皆汗流浹背，就連平時形象溫雅的任迅暘也滿頭大汗，白皙的皮膚襯著他臉頰的汗晶瑩剔透。

發現我的目光，他微笑朝我招手。

待哨音響起，兩班的球員在球場一字排開，氣氛忽地變得緊張。然而，此時坐在我正前方的同學突然坐直身體，一顆頭正好擋著我的觀賽視線。

我嘀咕幾句，不甘願的起身換位子，同時霍閔宇也起了身，我頓了頓，不明白他這舉動的用意……

他是有話要跟我說嗎？

但女主角卻在下一秒現身了。

一雙修長勻稱的腿，踏著優雅的步伐，在眾目睽睽下走向霍閔宇。

百褶裙擺隨著腳步輕輕擺動，她像是綻放在綠地的小白花，鮮明且引人注目。

她笑得嬌媚百態，細白的手上握著一瓶礦泉水，在眾人目光之下將水遞給了霍閔宇，紅豔鮮麗的唇，揚起動人的弧度，兩人亮眼的外型成了過分美麗的畫面。

我恰巧起身的模樣顯得自作多情。

霍閔宇微微側過頭沒看我，然而嘴角彎起的弧度帶著嘲笑，我覺得很丟臉，心底的無名火就這麼被他點燃。

最近這傢伙也不知道哪根筋沒接好，做事不按牌理出牌，甚至有意無意的針對我。

不會是當時在公車上猶豫了幾秒，他真以為我對他有非分之想，所以故意惹我生氣？

「唐娜？」田雅梨忽然走近，我立刻回過神，「霍居然真的和她復合了，他這眼光沒問題嗎？妳怎麼不勸勸他啊？」

「關我什麼事。」我冷聲，餘光瞄見唐娜與霍閔宇站得極近，人幾乎要貼在他身上了，柔弱可人的模樣，簡直要釀出蜜來了。

「不高興啊？」田雅梨賊賊的說道，「眼睛都要冒火了。」她仍在幸災樂禍。

我一愣，收起所有表情。

我根本不在乎霍閔宇喜歡的人是圓是扁，管他復合還是分手，我想我都能冷靜對他說聲恭喜。

「是他最近一直找我麻煩，才不是因為他和唐娜……」發現田雅梨根本沒在聽，我愈說愈無力，乾脆不說了。

總覺得每回說起我與霍閔宇的事，聽上去永遠都像辯解。

「唐娜的尾巴現在不知道翹多高呢！」

不知是田雅梨嗓門太大，還是唐娜的耳力特別靈敏。下一秒她轉過身，大有電視劇壞女人的風範，帶著不屑與驕傲，高高在上的睇視我們一眼。

比賽開始前，身為熱舞社前社長的唐娜，領著社員在場中央跳了一段性感熱舞。

場邊學生歡聲雷動，男性觀眾更是瘋狂，吹著口哨大喊大叫，其中當然包含闔子昱。

要不是因為他是我們班的得力軍，絕對不能受傷，否則田雅梨肯定上前拽著他的頭髮，毫不手軟的對他拳打腳踢。

我莞爾一笑，目光不偏不倚觸及到自不遠處走來的李桀閎，他含笑的雙眼，幾乎瞇成了一條線。

「小侑。」他朝我熱情的揮手。

自從上回那通對他過分熱絡的電話後，李桀閎這陣子貼心舉動大增，不斷找機會和我搭話。

我有想過要和他解釋清楚，但又擔心是自己會錯意，於是只能藉由婉拒他的邀約，來減少與他的接觸。

我注意到身旁的田雅梨神情有些不悅，她雖然對李桀閎很反感，但怕我為難，於是淡淡對我說：

「快去快回，比賽要開始了。」

「嗯。」

看我走向他，李桀閎熱情的遞給我一瓶奶茶，笑道：「多買的。」

知道拒絕不了，我尷尬的接下，也決定開門見山直接表明態度，「學長，你不用因為過去的事情而過意不去，也不需要一直對我好，你這樣做我反而不知道該怎麼辦。」

聽了我的話，李桀閎臉上的失落一覽無遺，他微微低下頭，「其實我做這些事，是因為我……」

見他欲言又止，我吞了吞口水，默默在心裡盤算著，等等要是他跟我告白，就直接坦白的拒絕他。

他抬眼，真摯的眼神讓我怔忡幾秒。

「我喜歡妳。」

「嗯。」我點點頭。

「我是認真的。」

「嗯。」

很好，一切正如我所想的順利進行，如此一來，就能趁勢與他說清楚了。

在我準備開口時，一抹高大的身影突然晃進我眼裡，揶揄的笑聲，讓我的神經一根根的繃緊。

果然，老天爺就是見不得我好，得了十六年來第一次正式的告白，卻也招來了十六年來如影隨形的惡夢。

他的嘴上噙著笑意，悠然的看向李桀閎，目光有些不屑，「依你戀愛的伎倆，這樣的告白是不是太傷你的名聲了。」

我仰頭看向霍閔宇，心想，計分員可以這樣擅自離場嗎？

「你來幹麼？」我皺眉，就差臨門一腳了。

他冷冷睨我一眼，勾起一邊的嘴角，我的背後登時竄上一股寒意。

「夏羽侑，妳還真是學不乖啊。」

李桀閎頓了頓，尷尬的撓了撓頭，「哎！你也知道我沒什麼經驗，早知道就先問問你的意見，你這麼了解羽侑，應該知道她喜歡什麼樣的告白方式吧。」

霍閔宇沒有接話，視線直直落在李桀閎身上，眼底的笑意令人不解。

李桀閎乾笑幾聲，試圖說些什麼緩和氣氛時，霍閔宇驀地哼笑出聲。他轉動了下肩膀，語氣不耐，「你知道我一向很討厭解釋。」

李桀閎的神色瞬間僵硬，但仍舊維持善意的笑容對霍閔宇說：「我知道你們是青梅竹馬，但這是我跟小侑的事，希望你能讓她自己處理。」

他帶著歉意，轉而看向我，「國中時，我對妳做了很不好的事，我是真心感到抱歉。妳不原諒我、想討厭我也沒關係，我只是想告訴妳我真正的心情，無論那時候還是現在。」

李桀閎的眼神認真，我不自覺被他真誠的言語撼動，目光遲遲無法從他身上移開。

霍閔宇深邃的眼眸一凜，隨後撇脣一笑，疲憊的按了按側頸，「啊，真的好麻煩。」

他喃喃低語，沒來由的嘲諷與輕蔑，讓我不禁想起國中時期的他，同樣蠻橫不講理，不由分說的上前干涉我的事。

我不懂。

他憑什麼了解那些我沒說的事，而我卻不理解他直至今天的所作所為。

以前只覺得不公平，現在卻意外覺得惱火。

「你回去吧。」我搶先李桀閎一步開口，「這應該算是我的私事吧，既然你不喜歡我過問你的事，你也不該管我。」

這是我第一次明白的和霍閔宇劃清界線，讓他知道，他是他，我是我，即便我們是青梅竹馬，終歸只是朋友。

沒有資格為誰做決定。

霍閔宇側過頭，舔了舔脣，眸光一如既往的深邃，嘴角淺淺的勾著，看似隨意無謂，但我知道他不高興了。

他努嘴，點點頭，「妳說得沒錯，的確不關我的事。」

他過於坦然的接受，反倒令我隱隱覺得不安。

霍閔宇抿脣一笑，也不拖泥帶水，帥氣的走回計分板前坐下，順手扭開唐娜送來的水，喝了幾口，像是昭告他們的復合，我卻覺得這是他對我的挑釁。

我不願多想，轉過頭便和李桀閎說：「抱歉，學長，我有喜歡的人了。」

這場比賽我們班大顯身手，打得精彩，班導為了慰勞大家這陣子的辛苦，決定晚上請全班一起吃飯。

走去餐廳的途中，闔子昱和田雅梨在前頭打鬧，我故意走得很慢，不想讓他們被我突如其來的低落心情影響。

但讓我更加鬱悶的是，為什麼我會不開心？

在我恍神之際，任迅暘放慢了腳步，與我並肩而行，「剛剛比賽時沒看到妳，是去哪了嗎？」

我恍惚的抬頭，聽著他溫柔的語氣，沒來由的覺得胸口悶。我擤了擤鼻子，撐起笑容說：「學長來找我，和他聊了一下，不小心就忘記時間。」

任迅暘沉靜的看著我，「我有跟妳說過嗎？」

「嗯？」

「妳逞強的時候，會讓我忍不住想抱妳。」

我有些驚愕的停下腳步，任迅暘也停住了，他微微一笑，逆著夕陽，橘橙色的光線勾勒出一股難以言喻的溫柔。

「開玩笑的。」他說。

我還是有些愣怔。

「走吧，要趕不上他們了。」

「喔……好。」

走在任迅暘後頭，他背對著我，忽然輕柔的說：「有什麼事就說出來，雖然不能保證能為妳解決，但總好過一個人受著。」

我心底竄起一絲暖流，輕輕應了聲。

吃完飯，任迅暘陪著我一起等公車。

「真的不用陪妳回去？」

「不用這麼麻煩啦，萬一時間太晚，你回來沒公車坐就糟了。」

「這樣的話，我就住妳家吧。」任迅暘開玩笑的說。

「該不會這是你的陰謀吧。」我笑。

他聳肩，表情是少有的調皮，「是啊，不讓我實現一下嗎？」

我淡淡一笑，呼了一口氣，「謝謝你。」

任迅暘牽起嘴角，「謝什麼？」

我抿脣，沉吟了一會兒，「各方面嘍，好比現在，你什麼都沒問，就只是靜靜的陪著我。」

跟任迅暘相處很自在，想說什麼、不想說什麼，都能隨心所欲。

任迅暘聽了，淺淺的笑了，「公車來了，到家記得傳訊息給我。」

「嗯，你也快回家，很晚了。」

我上了公車，隔著玻璃窗朝他揮手。

「男朋友啊？」耳邊忽然傳來司機伯伯的打趣聲。

我一臉錯愕，隔著車窗，看著任迅暘始終溫柔的笑顏。

♡

班際籃球總決賽，將在運動會這天的下午舉辦。

中午因為猜拳輸了，我只好悲憤的去跑腿買午餐，還被閻子昱無理的要求，要替他搶剛出爐熱騰騰的便當，否則下午總決賽會沒力氣。

經過一番廝殺後，我狼狽的抱著戰利品走出福利社，忽然，一雙大手接過我手上的食物，我驚訝的抬頭。

李桀閎銜著我笑，「我幫妳拿一點。」

我愣了下，有些時日未見他，我感到一陣尷尬，連忙搖頭，「不用麻煩了，我可以自己拿。」

他假裝沒聽見，硬是分擔我手上的重量，笑了笑沒說什麼。

回教室的路上我們都沒說話，自從上次拒絕他的告白後，李桀閎就沒再找過我，原本以為會就此沒有交集。

我用餘光瞥了李桀閎一眼，見他臉色凝重，正想開口詢問時，轉角處一對男女過度親密的身影，躍進我的視線。

是霍閔宇和唐娜！

兩人亮眼的外表，讓路過的學生不禁多看幾眼。

唐娜的姿態嫵媚撩人，甚至旁若無人的伸出纖長的手，親暱的撫上霍閔宇俊逸的臉龐，鮮紅色的指甲，豔麗且刺眼。

霍閔宇則慵懶傲然，從容自若，似笑非笑的模樣，看上去並不排斥。

我忍不住嗤之以鼻，舊情復燃難道是多了不起的事，值得大肆宣揚？

我不打算多作停留，正想離開時，李桀閎卻站在原地，一動也不動的看著這一幕。

原來他是這麼八卦的人啊。

不想破壞他的興致，我逕自開口：「我的教室快到了，你就送到這吧，謝謝……」我伸出手接過他手上的食物。

李桀閎倏地轉身，高大的身形無預警的朝我壓來，我來不及反應，下一秒整個人被他抱住。

我的下巴抵在他的肩頭，李桀閎低垂著頭，溫熱氣息灑在我的肩膀上，我突然一陣不舒服，手上的東西登時散落一地。

突如其來的聲響引起角落兩人的注意，而我的視線不偏不倚的對上不遠處的霍閔宇。

他的脣抿成一條線，眸色深沉，隱約帶著一丁點笑意，讓人心裡發麻。

我像是被他逮住小尾巴似的倉促別過頭，壓低嗓音對李桀閎說：「你、你在幹麼?快放開我。」

他拉開與我的距離，冰冷的視線落在我的脣上，我愣了愣，接著看著他朝我俯下身，我來不及閃躲，害怕的閉上眼。

忽然，手肘被人用力往後一拉，我踉蹌幾步。

「學長，請你適可而止。」

我微張開眼，任迅暘逆著光，單薄高眺的身影，遮擋在我和李桀閎之間。

李桀閎微頓，隨後露出我從未見過的輕浮笑容，無所謂的說：「一個吻沒什麼大不了吧。」

我心一凜。

如果剛剛任迅暘沒有即時出現，他真的會親我吧。

「我介意。」任迅暘的語氣前所未有的冰冷。

我愣在原地，心底因為他說的話泛起一波波漣漪。

我呆呆的看著任迅暘，他迅速撿起一地的食物，轉而搭上我的肩，將我帶往樓梯。他走在外側，像是保護著易碎品，陪我向前走。

我愣愣的被他帶回教室。

來不及釐清所有事發經過，教室裡的田雅梨和闔子昱，就像是看到母鳥回來的幼鳥，狂風般的掃過我懷中的食物，嘴裡還念著，怎麼食物都變形了⋯⋯

下午，班際籃球總決賽正式登場。

場邊擠滿了人，人聲鼎沸，歡樂氣氛染上每個人青春的臉孔。

周遭倏地響起了熱烈的歡呼聲，兩班選手自籃球場的一側進場，紅白顏色整齊入列，齊齊站在彼此的對面。

闇子昱穿著紅色隊服，興高采烈的招手大叫：「霍！」

霍閔宇微笑，隨性的舉起手。

「高手們果然要在場上碰面才帥氣。」闇子昱感嘆的說道，「我們上次還沒分出勝負。」

聽到這句話，我羞愧的低下頭。那次為了怕霍姨殺來學校，什麼也沒說就把霍閔宇帶離球場，聽說當時現場一片混亂。

雖然當時沒有傳出什麼誇張的言論，但只要跟霍閔宇扯上關係，無中生有的行為也是司空見慣。

我下意識的朝霍閔宇一瞥，心想要是這輩子都得跟他這麼不清不白的，為何不乾脆直接纏上他算了。

當這想法一浮現，我竟然有種如釋重負的感覺，腦中突然閃過一個念頭——

是不是我對他的所有討厭，根本就是⋯⋯

一抹墨黑突然直勾勾的看著我，內心的聲音戛然而止，驚愕使我瞠大了雙眼，來不及遮掩的情緒與他四目交接。

我的臉頰像是瞬間被點燃，泛起了熱紅，喉嚨一陣口乾舌燥，我下意識的擰眉，眼眸溼潤。

霍閔宇的表情霎時凝滯。

我一愣，連忙轉開視線，內心惴惴不安。

不會又被他看出什麼了吧？我隨即搖頭，就算他再怎麼了解我，也不會有讀心術。

我鼓起勇氣再次看向霍閔宇，然而他已將目光放在另一端的唐娜身上，而唐娜因為他這個舉動，笑得花枝亂顫。

我抿了抿乾澀的脣，替自己的自作多情感到可笑，轉過頭時，卻發現任迅暘在看著我。發現我的目光，他噙著溫暖的笑，如此不經意的舉動，讓我內心頓時感到安慰。

「別因為是我就放水啊。」閻子昱雖難改忠犬性格，但說到最重視的籃球，還是激起了勝負欲。

「我不喜歡輸。」霍閔宇脣畔帶笑，直白的話道出他絕不會手下留情。

閻子昱爽朗大笑，「果然是霍！」

哨音響起，比賽開始。

籃球砸向地板發出碰碰的聲響，球鞋在地板上摩擦激起點點灰塵，我和田雅梨聚精會神盯著一來一往的球員。

閻子昱輕輕躍起，唰一聲，籃球俐落的擦過籃板，直直落進球框，我和田雅梨放聲尖叫。

緊接著進攻的是任迅暘，身形單薄纖弱，但身手卻意外的俐落矯健，他飛快穿過敵隊的防守，射籃！

嗶——

「得分！」

我們班的氣勢頓時高漲，勢如破竹的進攻，上半場的分數和三班只差距六分。

休息時間，我和田雅梨紛紛跑向他們，田雅梨遞水給閻子昱，美眸半睞，特別諂媚，「唉唷！看不出來你這小子，認真起來還能看嘛！」

「什麼話！我一直都很不錯好不好！」閻子昱耍帥般的挑了挑眉，我和任迅暘都被他搞笑的模樣給逗笑。

忽然，任迅暘瞅了我一眼，揚起笑，「小侑，如果我們贏了……」他欲言又止。

「嗯，怎麼樣？」

「請我吃飯吧。」他帶著不容拒絕的語氣說道。

對於他突然的提議，我愣了愣，「如果我們贏了，老師應該會請客……」

任迅暘搖頭輕笑，「老師請客，和妳請我吃飯是兩回事。」

「為什麼？」我不懂他的意思。

「這樣會讓我更想拿下冠軍。」說剛說完，哨音正好響起，他將寶特瓶遞給我，「就這麼說定了，我會加油的！」

「喂——」看著任迅暘愈來愈遠的背影，我悄悄握緊瓶身。

他是在約我吧？

思及此，我笑了笑，心情一陣開朗，我朝他的背影大喊：「加油！」

任迅暘微微側頭，彎起脣瓣，午後的陽光璀璨明亮，描繪出他帥氣的身影，他舉起手向我揮了揮。

任迅暘皮膚白皙，面容清俊，憑藉著一手好琴藝，即便剛轉學過來仍是小有名氣。

他這麼一做立刻引起其他人的注意，大家順著任迅暘的視線看向我，我的小臉驀地一紅，連忙找了藉口，跑去廁所躲避眾人的目光。

站在鏡子前，我用冷水拍了拍自己漲紅的臉，試圖緩和雜亂的思緒。

啪──

刺耳響亮的巴掌聲傳進我耳裡，我立即停下所有動作。

「你夠了沒？」

「……」

「我說過我不會喜歡你！你要對我好關我什麼事，憑什麼要求我回報你？」

「娜娜……霍閔宇那種人不值得妳對他好，他對妳只是玩玩而已，他是什麼樣的人，妳難道看不出來嗎？他對妳不是真心的！」

聽到耳熟的名字，我大概能猜出對方是唐娜，下意識集中注意力去聽樓梯口的談話。

「他不值得，請問誰才值得？你嗎？」唐娜冷哼一聲，「真是夠了。」

「娜娜，我是真心喜歡妳，霍閔宇能給的我都能給妳，甚至比他更多！」

「嗯，我相信你可以。」唐娜說道，「但這些對我來說都不重要，你知道我最想要的是什麼嗎？」

男生的聲音帶著焦急與喜悅，「是什麼？只要妳說，我絕對有辦法給妳！」

「他的心，給我霍閔宇的心。」

「……」

「你給得起嗎！」

此時的我有點震撼，原來唐娜驕傲美麗的外表下，也只是跟一般女生一樣，想要對方真心的對待而已。

偏偏她遇上了霍閔宇。

有時候挺同情喜歡上霍閔宇的女生，不知道從什麼時候開始，我發覺自己好像愈來愈不了解他了。

我始終沒有勇氣問他為什麼要這麼做，就怕他說出令我失望的答案，或者只是更加印證了我們愈來愈遠的距離。

唐娜語氣顯得不耐，「如果不行，就別——」

「只要我讓夏羽侑別再糾纏霍閔宇就可以了吧？」一道冰冷的嗓音打斷她的話，「如果這麼做能讓妳高興，我做。」

我的指尖驀地發涼，藉由牆壁的遮擋，我看見唐娜半張精緻的臉孔，與她談話的男生背對著我。

我試圖想看清楚，然而腳步沒站穩，鞋底摩擦地板發出尖銳的聲音，我嚇得縮回腳，卻來不及了。

男生快速轉過頭與我四目交接，看著他眼裡同樣錯愕的眼神，我動了動嘴脣，「學長？」

而腦袋此時閃過的第一個念頭居然是——

啊，又被霍閔宇說中了。

霍閔宇常罵我笨，理科學不好，笨；動作太遲鈍，笨；太容易相信別人，笨得無可救藥。

一直以來我都不把他的話當作一回事，反正他不是為我著想，只是單純想看我笑話。在我遇到困難的時候，他從來都不在我身邊。

很多人羨慕我和他關係親密，可是我知道，就算霍閔宇再怎麼好，都不是我的。

我感慨的笑了笑，在這個時刻居然還能想起他討人厭的嘴臉，看來我打擊真的不小。

唐娜感到慌張，小臉皺成一團，李棨閎握住她的手溫柔安撫，「別緊張，我來處理。」語畢，他溫和的面容變為憤怒，快步朝我走來。

做錯事的人反倒理直氣壯，我頓時覺得可笑，然而我心裡竟沒有半分訝異，似乎習慣他的表裡不一。

李棨閎滿臉嚴肅，「既然妳都聽到了，我也懶得解釋，但這件事和娜娜無關，要怪就怪我，接近妳這個主意也是我想的。」

我點了點頭，淡淡回道：「我真是白痴。」看著他身後的唐娜，對方正露出勝利者的表情。

「我希望妳離霍閔宇遠一點。」他說。

「你明明喜歡唐娜，卻這樣幫她，你的犧牲換來什麼？」

我瞥了唐娜一眼，她正事不關己的欣賞著手上的指甲彩繪。

「這不關妳的事。」李棨閎的眼神冷冽。

我失笑，問道：「喜歡的心雖然很難控制，但把自己搞得這麼卑微，值得嗎？」

他攥緊拳頭，音量放大，「管好妳自己就可以了！」

「你知道喜歡一個人，最可憐的事情是什麼嗎？」我看著李棨閎，一字一句清楚說道，「不是對方不喜歡你，而是對方根本不在乎你，連討厭你都嫌麻煩。」

這句話擊中李棨閎的痛處，他的雙眼布滿血絲，失控的攫住我的手，大吼：「夏羽侑，管好妳的嘴巴！」

我擰眉不願喊痛，試圖想擺脫他的箝制，然而他卻愈抓愈緊，力道大得像是要粉碎我的骨頭似的。

我咬緊牙關，儘管痛得流下眼淚，我仍舊不吭一聲，不畏懼的看向李桀閎，「你難道都不覺得可恥嗎?為什麼可以一再踐踏別人對你的信任!」

見我狼狽的模樣，他嗤了一聲，狂妄的大笑出聲，「那妳呢，怎麼就是學不會不要太相信別人?每次看到妳和霍閔宇因為這種事吵架，我心裡不知道有多痛快。」

「你真的很不要臉!」

他聳肩，刻意嘲諷道：「我們不是朋友嗎?物以類聚。這是我最後一次警告妳，別再出現在霍閔宇身邊，妳不適合他。」

適不適合這種事我從沒想過，因此當李桀閎提起，我忽然想不出反駁的話，乍看之下就像默認他的話。

看著我的反應，李桀閎得意的露出笑容。

「別說她了，不適合我的人還有很多。」一聲淡然帶笑的嗓音突然傳入我耳裡，霍閔宇挑眉，「你也是啊。」

他加深了嘴邊的笑意，胸口微微起伏，身上的運動服溼漉漉的，汗水自他繃緊的下頷滑下，黑眸冰冷懾人。

李桀閎的眼底閃過驚慌，但很快就恢復冷靜，歪頭笑了幾聲，「能讓我徹頭徹尾都不順眼的傢伙，你還真是第一人。」

「能被學長看上，我倍感榮幸。」相較之下，霍閔宇就顯得輕浮與無謂。

李桀閎鬆開我的手，斂起笑容，「做人別這麼貪心，什麼都想要。」他意有所指的瞥向身後面如死灰的唐娜。

霍閔宇聳肩，眼光落在我刻意遮擋的手腕，眼神逐漸沉下，語氣不屑，「是你沒本事。」

李桀閎驟然變臉，「霍閔宇，太驕傲不是好事。」

「這是實力。」

「實力？」他哼笑，看了我一眼，「那怎麼會讓我有機可乘？」

霍閔宇忽然沉默，黑深的眸子盯著李桀閎一言不發，表情讓人不寒而慄。

忽然霍閔宇走向我，我下意識的後退，他的眼神微瞇，伸出長臂抓住我的手腕，刺痛感倏地傳來，我忍不住皺眉。

儘管面色平靜，霍閔宇的手卻因我的反應而猛的縮回。他的目光凝滯在那道印在我手腕上的青紫色痕跡，遲遲沒有移開。

凝重的氣氛讓人喘不過氣。

「你怎麼在這裡？比賽應該還沒結束吧？你是主要球員，怎麼可以在這時候離場……」

「閉嘴。」他的斥責聲很淡，墨黑的瞳孔如同黑洞般深不見底。

一股前所未有的壓迫感讓我不敢再說話。

他側過身看向李桀閎，眸色黯然清冷，接收到他的視線，李桀閎的眼神閃過一絲遲疑和恐懼。

「我不想廢話。」霍閔宇勾了勾脣，轉動著手腕處的護腕，眼神銳利，「給你兩個選擇吧。」

李桀閎擰眉。

「第一，自己離開學校。」他停頓了一下，又說：「第二，我幫你。」

「什麼意思?」

霍閔宇歪頭反問:「不懂?」

李桀閎不自然的看了他一眼,眼底泛起懼怕與防備,而直到剛剛都還在他身後的唐娜,忽然默默的走近。

「閔宇,你別這樣……」她柔聲喚著,「這件事……我、我真的可以解釋……我和李桀閎完全沒關係!」

唐娜開口的第一句話,竟是撇清與自保。

藏不住眼底的失落,李桀閎動了動嘴角,自嘲的笑了。他看向霍閔宇,面色冷靜道:「我單純就是看你不爽,跟任何人都沒關係。」

霍閔宇輕笑,一臉不痛不癢,「不必解釋,我沒興趣。」

李桀閎斜了他一眼,「要怎麼對我,我都奉陪,不要牽涉無辜的人。」他的話語明顯袒護著唐娜,然而當事人卻牽起別人的手。

我的心情五味雜陳,傾心傾意的付出,在別人眼裡卻是一文不值。對於李桀閎的處境我居然有些感同身受,一方面同情他,另一方面也因為他再次欺騙我而感到生氣。

「閔宇……你別生氣嘛。這一切都是李桀閎做的,根本不關我的事!你看,剛剛他硬要把我拉來這裡,手都被他拉紅了……」她抬高手,楚楚可憐的看著霍閔宇,「我們不要因為這種人吵架好不好?嗯?」

唐娜撒著嬌,軟音軟嗓的靠向霍閔宇,驕傲凌人的語氣明顯沒有悔改之心。

她軟綿綿依偎在霍閔宇身上,反觀李桀閎獨自一人承受孤寂和漫罵,我也不知道哪裡來的勇氣，衝著她喊：「喂，道歉。」

唐娜看向我，柳眉微皺，「我？憑什麼？」

「為了妳做過的每件事，還有說過的每句話。」

唐娜大眼微睜，緊咬著下唇，淚眼汪汪的轉頭向霍閔宇求助，「閔宇……她怎麼可以這樣子凶我，我做錯了什麼？」

我不耐煩的看著她唱獨角戲，下意識睨了一眼霍閔宇，一副「你要是敢出手，我們就沒完」的表情。

接收到我想殺人的眼神，霍閔宇只是勾起笑，沒有任何動作。

唐娜氣急敗壞，使了眼色想讓李桀閎幫她說話，然而這次他一聲不吭，對於她的求救訊號視若無睹。

見情勢不利，唐娜氣得全身發抖，觸及到我的視線，羞辱感使她的臉色驟變，她表情猙獰，快步朝我走來，「夏羽侑！妳現在到底是對誰擺架子？」

她忽然高舉起手，我想伸手阻止，然而被李桀閎弄傷的手腕仍隱隱作痛，絲毫使不上力，我下意識的閉上眼睛。

沒有預期中的疼痛，我微微睜開眼，眼前高大的身影籠罩著我，霍閔宇一手護住我的身體，另一手扯住唐娜的手。

她毫無保留的力道，尖銳的指甲在揮舞時，恰巧劃過霍閔宇的手背，幾道驚人的紅痕緩緩滲出血絲。

她的大眼盛滿驚恐，「閔宇？我、我不是故意的……」

霍閔宇無謂的噙起笑，抓痕彷彿一塊烙鐵，灼熱的印在他的手背，紅腫不堪，他仰起的黑眸定定落在唐娜精緻且倉皇的小臉。

「這次就當作我們徹底結束，我欠妳的，還了。」

「閔宇……你這話是什麼意思？」唐娜驚慌失措，「我說了我會改，只要是你不喜歡的我都可以改，我們不可以結束！不可以！」淚水奪眶而出，她崩潰大喊：「為什麼！為什麼會變成這樣！」

霍閔宇沒多說什麼，睨了一眼李桀閎，拉著我走人。

「你根本沒有愛過任何人！」身後，唐娜歇斯底里的嘶吼著，「像你這種玩弄別人感情的人，註定得不到想要的人的愛！」

尖銳破碎的嗓音像無止境的恐怖詛咒，迴繞在我們耳邊。我看向哭得不成人樣的唐娜，還有朝她走近的李桀閎。

李桀閎猶豫了一下，緩慢的伸出手，拍了拍唐娜的背，眼底的心疼清晰可見。他瞥頭看向我，沒有先前的敵意，取而代之的是感激和發自內心的歉意。

霍閔宇拉著我穿梭在空無一人的長廊，我的思緒很亂，腦海不斷重播唐娜哭得撕心裂肺的畫面，愈想愈惱火。

我用力站住腳步，阻止他前進，感受到我的反抗，他停下腳步，側過頭來看我，眼神下意識的掃過我手腕的瘀痕。

「為什麼要這樣對唐娜？」我忿忿不平的問，「這樣真的會讓人覺得你很隨便！如果一開始沒打算認真，就不要輕易攪和別人的生活。」

我不知道自己為什麼會這麼氣憤。

我確實不喜歡唐娜，因為她總是不明事理的針對我，但追根究底來說，唐娜之所以會找我麻煩，是因為她喜歡霍閔宇，而霍閔宇沒有給她足夠的安全感。

因為他沒有心，輕易說交往，也隨意提分手。

霍閔宇沒有反駁，幽深的眼眸一瞬不瞬的看著我。

這是我第一次對他發這麼大的脾氣，以前儘管他再如何恣意妄為，我雖然生氣，但也自認倒楣，覺得是自己上輩子罪孽深重。

但自從霍閔宇升上高中後，原先不討喜的個性，逐漸轉為討人厭，我甚至不明白他究竟在想什麼。

當我準備轉身下樓時，後方傳來他清涼的嗓音，「妳從一開始就不懂。」

我轉過身，定定的看向他陰鬱的眸光，對於他的話，我微微蹙起眉，「什麼？」

「妳剛才說的話，言下之意是妳了解我，但我不這麼覺得。」

他朝我走近，一股無形的壓迫隨之湧上，我下意識的扶著身旁樓梯欄杆，「從、從小一起長大，你喜歡和討厭什麼，我多少都知道啊！還有一些生活習慣，我都清楚啊！」我大聲辯駁。

霍閔宇倏地哼笑，「這些，只要有心想知道，根本不難。」

「不然你想怎樣？有些事你不想說，我也不能逼你。」

他俊眉微挑，「妳問過嗎？」

「有、有啊！像是歷任女朋友的事，為什麼會分手，這些我明明都問過你，可是每次你不是刻意轉移話題，就是裝死。」

說到這些事，我總算有點自信了。我挺直腰桿，準備好好來一場脣槍舌戰。

他的腳步在我眼前停下，身高差距讓我的氣勢明顯弱了一截，但我還是努力抬頭挺胸瞪著他。

「這些問題，難道不是妳幫別人問的嗎？」

我張大眼，不自覺語塞。

他微微彎起脣，將我愕然的反應盡收眼底，斷定的替我回答：「是吧。」

「……」

「既然是幫別人問的，為什麼我一定要回答？我跟那些人熟嗎？這不該是我的隱私嗎？」他的話語咄咄逼人。

霍閔宇在學校人氣很高，儘管評價很兩極，但仍舊是大家討論的對象。

除了家人、女朋友以外，離他最近的就是身為青梅竹馬的我了，因此我常常身兼傳話筒、情書郵差與一線情報員。

我深吸一口氣，「好！我承認是別人拜託我問的，但難道是我自己問的，你就會回答嗎？」

「會。」霍閔宇俊朗的臉龐，帶著一貫的輕佻笑顏。

面對他直接的答案，我反而不自在的抿起脣。

「好啊，問就問！你跟唐娜是怎麼回事？你怎麼可以這樣玩弄別人的感情？」

他也不囉唆，似乎早就等著我問了，「我不喜歡別人欺騙我。」

「唐娜騙你？」

「她和李桀閎有關係，但如妳所見，她剛剛不承認。」

我聽了忽然說不上話，對於自己竟然和唐娜一樣，覺得他在玩弄別人的感情，我抿了抿脣，開始自我反省。

會不會我對他其實有很多誤會，而我自己卻不知道……

然而就在這時，霍閔宇忽然朝我傾身，下一秒我便對上他異常灼熱的目光，「你、你幹麼？」他扯脣，細碎的光芒落在他濃密的眉睫。我僵直著四肢，下意識的閉上眼，微熱的氣息灑落在我的肌膚上，空氣中蔓延著曖昧的氛圍，我的耳邊嗡嗡作響。

他停下了。

靜默幾秒，我悄悄張開一隻眼，映入眼簾的是他俊俏的側臉，近的連毛細孔都看得見，我緊張的立即閉氣停止呼吸。

霍閔宇翹起失守的嘴角，不疾不徐的拉開我和他的距離，看了我一眼，「這樣我就平衡多了。」待他後退，我呼出一大口氣，惡狠狠瞪著仍老神在在的他，「你這是報復嗎？因為我誤會你？」他怎麼能這麼幼稚。

「夏羽侑。」

「嗯？」

「我好像……」霍閔宇欲言又止。

「幹麼？」他肯定又要說一些惹人發火的話，我睨他一眼，剛好對上他抬眼的瞬間。

「我啊，好像是喜歡妳了。」

他的話緩緩飄進我耳裡，經過細細的咀嚼，再慢慢消化於我的腦袋。

我眨了眨眼，突然笑出聲，「不過就是誤會你，有必要這樣唬我嗎？你以為我真的這麼好騙？」

我笑了幾聲，卻沒有聽見預期的反駁，我疑惑的看向霍閔宇。

只見他沉默著，眸色熠熠閃爍，上翹的脣輕抿。

「不要鬧喔！」我收起笑聲，下意識的後退一步，「亂說話也該有個限度。」

霍閔宇嘴角含笑，目光很深，冷嘲道：「李桀閎說喜歡妳的時候，怎麼不見妳像現在這麼反彈？」

「你和他有一樣嗎？」話脫口而出，我才後知後覺的發現這句話有太多含義了。

像是間接承認，霍閔宇的存在，對我而言很不一樣。

「我跟他不一樣？」果不其然，霍閔宇捕捉到關鍵字。

「不是啦，我的意思是……」我嘗試改口。

他的語氣倏地轉涼，「妳跟李桀閎到底在搞什麼？」

霍閔宇完全搞錯重點！

「沒有！什麼也沒有！」我索性將錯就錯。

見我不鹹不淡的應著，霍閔宇明顯不滿意，眉皺得死緊，脾氣都來了，剛要發作，目光便觸及到我手腕處一圈明顯的青紫色。

他隱約嘆了口氣，沒再多說什麼。

霍閔宇將我帶去保健室，見護士阿姨不在，他熟練的從櫃子裡翻出醫藥箱。

室內乾燥，空氣中充斥著消毒水的味道，窗外傳來熱烈的歡呼聲，拉炮聲此起彼落，班際籃球賽的名次似乎揭曉了。

我坐在床沿，霍閔宇坐在我面前的椅子上，對於周遭的一切置若罔聞。夕陽餘暉透過窗灑在他身上，身體微微前傾，他微垂著腦袋，專心觀察我的傷口。

他微微擺弄我的手，手指輕輕摩挲我的手腕處，溫柔的不像平常的他，「這沒什麼，過幾天就好了。」

我心底突然掀起一陣漣漪，不自在的想抽回手。

「袒護他嗎？」霍閔宇連眼都沒抬，絲毫沒有鬆手的跡象，儘管嘴角勾著，語調卻透出一絲森寒。

從小我就很佩服他這點，從不管自己生氣是否有理，總是先發制人。

「我沒有喜歡李桀閎。」我再次澄清。

霍閔宇冷笑一聲，明顯不信，「那好，妳看著我的眼睛再說一次。」

「……」我看你根本不是討厭被欺騙，而是有病吧！

「是不是說不出口。」

「你很無聊，你的手趕緊擦藥。」

瞥見他紅腫的手背，上頭還有指甲劃過的痕跡，唐娜的指甲根本是殺人武器。

我遞給他棉花棒，霍閔宇沒接。

「妳還沒說。」

見他仍舊不打算放棄，為了不讓他繼續堅持下去，我只好舉雙手投降，一字一句說道：「我真的不喜歡……」抬眼對上他的雙眸，原是理所當然的字句，卻忽然卡在喉間。

我真的不喜歡李桀閎。

但……為什麼我不敢繼續說下去？

此時，霍閔宇暗深的眸光如同一片無際的汪洋，隨時會掀起滔天巨浪，他的目光一瞬不瞬的看著我，冷傲的眉宇微揚，不急不躁等著我說完這句話。

但我總覺得哪裡不對勁，彷彿只要當著他的面說出口，就像是對他坦承了什麼。

思及此，我索性耍賴，拉過霍閔宇的手，疼痛使得他蹙緊了眉。我將他的手擺正，沾了藥膏，替他上藥。

霍閔宇眸光一閃，不滿我話說到一半，「不喜歡誰講清楚啊，是李桀閔還是我？嗯？」

他平時就特別惱人，執著起來更是沒完沒了，不達目的絕不罷休。

「李桀閔。」

「所以是喜歡我。」他接話接得理所當然。

我的指尖一顫，下意識想閃避他的目光，「你不要再開這種玩笑了。」

「我喜歡妳，對妳來說應該是件值得炫耀的事吧。」他緩緩勾起嘴角。

「為什麼你還笑得出來？你說的話我一點都不覺得有趣。」

霍閔宇不為所動，只是淡淡的說：「我之前也在想，是不是我錯把習慣當成喜歡。」

我看向他，突然有種不太好的預感，這傢伙好像是認真的……

「不過最近這種類似的情緒不斷反覆出現，實在太令人不爽了。」他瞥了我一眼，毫不客氣的暗指我。

漸大的嗡嗡聲在我的腦袋炸裂開來，我動作僵硬的作勢要揍他，「你還說！玩笑開過頭就不好笑了。」

霍閔宇聽了，痞痞的說：「妳不是說我從沒喜歡過任何人嗎？難得我認真了，妳不配合嗎？」

「霍閔宇，你最近壓力很大吧。」非要把我整死才甘願嗎？

「其實我們早該在一起了，妳看的那些漫畫和小說，不是都這麼發展的嗎？」

「但這裡是現實世界啊！」我覺得自己幾乎要精神崩潰了，所有的一切似乎開始失衡。

「那又怎樣？除了妳爸媽，還有誰比我了解妳？」他偏頭，輕蔑的說道，「學長？還是那個轉學生？」他的笑意未達眼底。

「你為什麼這麼肯定這是喜歡？現在才發覺不是很奇怪嗎？我們都認識那麼久了。」

「對於這點我也相當疑惑，我甚至懷疑我生病了。」他說得極其認真，上下打量我，似乎更加印證了自己的說法，「我怎麼可能……」

我冷下臉，「好了，你給我閉嘴！」

對於我的態度，霍閔宇無謂的聳肩，一臉豁達，「總之，最糟的狀況現在發生了。」

我以為喜歡上一個人，應該是轟轟烈烈、你濃我濃，很想接近對方，又不敢靠得太近。反觀此刻的霍閔宇一臉老大不爽，告白的口氣就跟平常使喚我沒什麼差別，完全摧毀我的少女夢。

這種完全沒有浪漫細胞的男人，怎麼會有女生願意整天繞著他打轉？

這世界真是讓我愈來愈不懂了。

「所以，妳現在打算怎麼辦？」

「你、你在問我嗎？」

霍閔宇歪頭，低眸環視了周圍，「難道這裡除了妳還有別人嗎？」

好，當我沒說。

我焦慮的摳著掌心，抬眼與他四目交接時，對他俊美臉龐早已免疫的我，此刻不知道為什麼突然無法直視他。

我索性將視線轉往他處，僵持了數秒後，覺得這件事好像哪裡怪怪的，便看向他，「不對啊，這種事怎麼會問我？你有經驗，倒是發表一下意見。」

「妳要是沒聾，妳會知道我剛才已經說了很多。」霍閔宇斜了我一眼。

「……」我默默翻了白眼。

他輕嘆，隨後懶懶的說：「我知道妳在想什麼，因為我自己也不是很確定這種感覺，大概是空窗太久，賀爾蒙作祟吧。」

「你根本沒經歷過什麼空窗期。」我露出不齒的表情吐槽他。

他彎起一邊唇，沒有否認，「這種小事不用放在心上，倒是跟我交往這種事，妳從來沒想過吧。」霍閔宇的眼神清亮卻深沉，遮去了他所有的情緒。

我有些愣然的看著他。

見我發愣，霍閔宇忽然一笑，噙起一貫的輕佻笑容，「我也沒想過。」他的上身微微朝我傾靠。

我下意識的退離，指尖因用力而陷進床裡。

霍閔宇將我的倉皇盡收眼底，卻不打算後退，他壓低嗓音，溫柔中帶點沙啞，「我只是覺得，我一個人困擾太不公平了。」

「所以就說出來讓我跟著一起煩惱。」我自然的接話，對於他做壞事唯恐天下不知的惡劣性格，我早就習慣了。

「這樣看來，妳顯然沒有這種困擾？」他的尾音微微上提，聽上去像是詢問，但我卻沒來由的發慌，像是被揭露了一樁心事，所有偽裝在他面前幾乎無所遁形。

「你、你以為大家都跟你一樣，滿腦子就只知道談、談戀愛嗎？」我被逼急了，說話有點結巴。

「確實。」他修長的手指抵著下巴，蹙緊的眉頭忽然笑開了，「還是我們乾脆在一起好了？」霍閔宇口吻輕佻，根本沒在聽我說話。

總覺得很多事對他來說都顯得無關緊要，甚至是別人對他的感情，他也毫不在意，說要就要，說放就放。

究竟霍閔宇都把別人的心意當作什麼了？好像只要他開心就好，別人怎麼樣都不重要。

可是面對感情，不應該是用這種態度的。

對於唐娜的遭遇，此刻的我竟有些感同身受。

「我不要！」我果斷拒絕，他碩黑明亮的目光停滯在我的臉上，我快速瞥過頭，總覺得心裡的躁動聲大得快要被他聽見。

霍閔宇笑了一聲，氣氛再度陷入沉悶。

我拿著棉花棒，另一隻握著他的手有些不自在的鬆了鬆，忽然覺得與他的所有接觸，從現在起都需要經過思慮，「你自己擦。」

經過霍閔宇這番亂七八糟的告白，我都不知道自己到底該把這件事放在心上，還是當作一場鬧劇？

我不自然的想縮回手時，霍閔宇溫熱的大掌在下一秒覆上我的手背，五指微微併攏，圈緊我的手。

「擦完，明天腫了妳要對我負責。」

我的手抖了一下，手背上皆是他灼人的溫度。

見他舉動泰然自若，反而顯得我的考量是多餘的。

我清了清喉嚨說道：「自己要上來挨打，活該。」話雖如此，但我的力道卻不自覺減輕。

面對霍閔宇，縱使有再多的怨言，最後都會變成妥協。

「你也真是的，哪有人像你這樣復合了又分手。」我試著轉移話題，「你到底有沒有心啊？」

「妳忘了嗎？」

「什麼？」

「我現在喜歡的人是妳。」

「……」

「如果我不分手，那就是劈腿。」

「所以我該誇獎你嗎？」

霍閔宇笑容得意，滿臉「快來誇我吧，我等妳」的期待表情。

「我看你根本沒多喜歡人家吧，一點難過都看不出來。」我隨口念了他幾句。

唐娜的個性確實有問題，當初她與霍閔宇分手，攻擊她的言論接二連三傳出，甚至爆出她與霍閔宇交往期間有劈腿的行為。

避開傷口，我握著他的手腕，「你這傷口應該不會留疤吧。」到時迪昊肯定要問話了。

見他沒應答，我下意識的看向他，下一秒便觸及他的笑，眸光深邃發亮。

「那妳倒是說說我喜歡什麼啊。」

微觸上他肌膚的手指更燙了。

「關我什麼事？」

霍閔宇拉出一道長音，瞇眼一笑，「正好，就關妳的事。」

他過於直白的話語讓我頓時招架不住，我啞口無言，感到渾身不自在。明明是他告白，照理來說是他處於下風，然而他非但沒有綁手綁腳，以往的無理取鬧現在都成了理直氣壯。

我試圖收回手，「你自己擦，我手痛。」

聞言，霍閔宇瞥了一眼我手腕上的瘀痕，避開了傷口，指節分明的修長手指撫過我的指腹，寬厚的手掌壓在我的手背，輕而易舉的將我的手包在掌心，我這才驚覺，他的手比我想像中大上許多。

「妳的手好小。」他似乎也注意到了。

「我是女生。」這傢伙真的常常忘記這件事。

他似乎刻意，掌心的粗繭微微摩挲過我的手背，激起我手臂上的點點疙瘩。

「所以意識到這點的時候，才會讓人特別不甘心。」

「喂，你做人不要太過分喔，難道我的性別還得經過你同意！」

他忽然笑道：「就是隨便欺負起來都覺得心疼。」

我愣了一下，手背上那股暖流似乎快滲進我心底。

我再次想抽回手，「你自己擦藥。」

「不要，我手也痛。」

不妙，真的不妙！

晚上，班際籃球賽慶功宴。

我吃得心不在焉，田雅梨一臉賊兮兮的看著我，「妳跟霍果然怎麼了對吧？他下午又在比賽中途離場了。」

「不關我的事，他去處理他的情史。」我扒了幾口飯，也不算說謊。

「包括妳嗎？」田雅梨視線直盯著前方的烤干貝，嘴裡如常的說著風涼話。

我以為自己依然能保持平常心去面對，然而此刻這句話就這麼落進我心底，激起一片漣漪。

慶功宴結束後，我站在公車站牌前等車，抬眼看著滿天星斗，唐娜的哭聲、霍閔宇的決然，始終停留在我腦海裡。

我嘆口氣，不明白自己為什麼要去想他們的事？到底跟我有什麼關係啊……

「怎麼了？心情不好？」

「對啊，」我停頓了下，驚愕的轉過頭，「你怎麼還沒回去？你家不是就在附近嗎？」

任迅暘站在我身側笑了笑，「就是因為很近，我才能在這兒陪妳等車。」

我眨了眨眼，一時間沒聽出他話裡的暗示。

任迅暘不甚在意，朝我伸出手，輕輕替我撥開落在臉頰上的髮絲。

「謝謝。」我的臉頰微微發熱，默默移開目光。

我們有一句沒一句的閒聊，但不知道為什麼，今天的氣氛和以往有點不太一樣。

「你有想過為什麼會喜歡上你的青梅竹馬嗎？」語落，我悄悄觀察任迅暘的反應，發現他很冷靜，脣邊甚至掛著淡淡的笑容。

「縱使知道她的缺點，還是想跟她在一起。」

「就這樣？」

「如果一定要說出一個原因，」他斂下眼睫，輕輕說道，「大概就是當自己說不出原因的時候。」

「我愈來愈不懂了啦！」我撓著頭，「喜歡一個人怎麼會沒有原因？」

任迅暘笑了笑，彷彿看穿了我的心事，「是因為霍閔宇嗎？他做了什麼？」

他的名字毫無預警的出現，令我的腦袋突然當機，連忙大笑兩聲，「沒有啦，我就是好奇，跟他沒關係……」

「那就好。」任迅暘低聲道，深沉的眼眸宛如融進夜色裡，「別去碰觸，後果不是每個人都能承擔的。」

♡

很快的迎來第三次段考，緊接著就是選類組，二年級要重新分班了。

田雅梨呼了一口氣，張開手臂躺在頂樓的水泥地板，「現在分班倒還好，以後上大學，我們就真的得分開了。」

「是啊，不知道那時候的我們會變成怎樣。」

田雅梨噗哧一笑，「妳大概一樣少根筋，闍子昱沒大腦，霍嘛……或許會成為出色的模特兒，參加國外的時裝秀，成為雜誌封面紅人。這樣我們就是名人的朋友，搞不好還會有記者來採訪我們……」她裝模作樣攏了攏長髮。

「他那麼怕麻煩的人，不可能、不可能。」我擺了擺手，「而且做什麼事都要被人管，他又不傻。」

「喔，很了解我啊。」微揚的語調，聽上去心情很是愉悅。

霍閔宇背著光，深俊的輪廓有些模糊，身後是大片的日光，嘴角彎起的弧度特別好看，我瞇了瞇眼，心跳沒來由的加快。

見我沒說話，他的笑意更深了，「確實沒可能。」

對比上回唐娜的事，這對話沒來由的諷刺。

我似乎沒有想像中了解他，有的只是他營造給眾人的模樣，他沒展露的部分比我想像中更多。

意識到這關鍵的想法，我沒來由打了一絲冷顫。

所以他現在是故意讓我察覺這件事嗎？

霍閔宇的模樣在我眼中逐漸清晰，我正襟危坐，埋頭玩起手機，就是不看他。

自從那次他荒謬的告白後，我根本不敢和他單獨面對面，能躲則躲。我知道逃避解決不了問題，可是我也只能這樣了

田雅梨在一旁哀嘆霍閔宇怎麼能隨便放棄成名的機會，他僅是笑了笑。

忽然，霍閔宇側過頭對我說：「喂，我暑假會有一個月都不在臺北。」

「喔。」

「妳會看不到我。」

我疑惑的將目光放在他身上，田雅梨也在旁豎起耳朵偷聽。他在我面前微微彎身，修長的身影籠罩在我上頭，伴隨著清熱的氣息。他似笑非笑，眼眸幽深，帶點慵懶和輕佻。

又來了，心跳不由自主的加快。

「所以呢？」我佯裝鎮定。

「不該說會想我之類的嗎？」

霍閔宇這傢伙一定是瘋了！

要說霍閔宇在我人生中扮演著什麼樣的角色，無庸置疑就是專門來找我麻煩的。

總是出奇不意的丟爛攤子給我，沒心沒肺的要我善後，或是厚著臉皮的欺壓我。

回想這十幾年來，我雖然抱怨他、討厭他，卻從沒對他見死不救。這樣的我，究竟是出於習慣，還是……

我不知道，真的不知道。

第四章　若即若離

暑假開始沒幾天，我去田雅梨家開的鬆餅店打工。

推開店門，掛在門上的鈴鐺叮咚作響，濃郁的鬆餅香味撲鼻而來，店裡播放著輕音樂，薄黃的陽光透過玻璃窗斜斜的照進屋內。

田雅梨丟了一件卡其色的圍裙要我繫上，免得弄髒衣服。

「外場就交給妳了，妳負責幫忙點餐。」

我點點頭，穿戴整齊後便去外場幫忙。

田雅梨家的鬆餅店開在校區附近，加上價格平價，深受學生族群喜愛，客人絡繹不絕

我按了按發痠的肩頸。

叮鈴——

推門而進的是三位男生，我有點驚訝，畢竟喜歡甜食的男生似乎不多。

「歡迎光臨，這邊請。」我彎起專業的笑容走上前，捧著點餐夾為他們帶位。

「第一次來嗎?」

其中一位染著亞麻綠髮色，五官還不錯的男生，微仰頭朝我笑了笑，「不是，但第一次看到妳。」

「我是暑假來打工的。」我將視線移往手上的菜單，「那要現在幫你們點餐，還是我等等再過來？」

「我今天想吃的菜單上沒有。」他看著我撐頰說道。

「沒有嗎？」我反問，心想可能是季節限定的餐點，「可以告訴我是什麼嗎？或許我能推薦你類似的餐點。」

「如果還是沒有呢？」

見我答不上話，他勾起玩世不恭的笑容，「那就給我妳的社群。」

「啊？」

他歪頭，一邊的嘴角上揚，「成交？」雖是疑問句，卻半帶著強迫，讓我想起一個討人厭的傢伙。

我將視線移往菜單，當作沒聽見，詢問道：「請問有沒有偏好甜食或鹹食？」

「甜的，」對方仍彎著笑，「比妳甜的。」

我愣了下，不是很懂現在的狀況。

「應該是沒有吧。」他笑著說，接著朝我伸手。

「什麼？」

「說好沒有的話要給我妳的社群啊。」他一臉理所當然，繼續說道：「別擔心，我是附近男校的學生，顧江，今年高三。」說完還亮出他的學生證。

他的另外兩位朋友在旁豎起大拇指，誇他帥氣。

我感到無語，再次彎起笑容，「不好意思，上班時間我們規定不能聊私事。」

「哦？不是說妳只是來打工的，那應該不需要太遵照規定。」顧江從容的接著說，「再說，我是常客，老闆娘跟我很熟，她人很好，相信不會生氣的，就算會，我也不會讓妳被罵。」

我一噎，剛才真不該多嘴的。

我轉著筆有些猶豫，想了想這好像也沒什麼大不了的，就當多交一個朋友。礙於門口還有客人在等，我直接抽出一張空白的點餐單，寫下第一個字母時，身側忽然有人走過，恍惚間手上的紙筆一空。

我愣愣的仰頭看向身側的人，只見他扣著筆刷刷幾聲寫下一行帳號和姓名，接著微笑的把紙遞給眼前同樣傻眼的顧江。

「比起傳訊息我更偏好見面聊。」霍閔宇笑得令人發毛，修長的手指撫過下巴，「喔！忘了說，我的學校是柳高，今年高二，生日十二月一號，身高一八二，體重……」他朗朗的公布自己的個人資料。

聽著他荒謬的在自我介紹，再看看顧江錯愕的神情，我忍不住想笑，居然有些慶幸他出現了。知道霍閔宇會把事情處理好，我正打算默默退場，趕緊給其他客人帶位，見我要走，顧江連忙起身想拉住我，但霍閔宇一個跨步就擋住他的去路。

「不是想認識我嗎？我還沒說完呢。」

「誰要認識你？滾！」

「我比她還要了解她自己，」霍閔宇彎脣，「不先討好我嗎？」

這話從他口中說出來，怎麼亂引人遐想的。

「你是她的誰？」顧江疑惑的看他一眼。

「難道會是她爸嗎？」

「……」

替所有等候的客人點完餐後，我將點餐單夾在廚房窗口前，同時提醒田雅梨一些餐點的特殊要求。霍閔宇也走了過來，儘管唇角是上揚的，但我卻感到一陣冷風竄過。

「霍，你來啦。」田雅梨趴在廚房窗口向他打招呼。

霍閔宇看了她一眼，抬了抬下巴，表示收到，隨後停在我面前，眼眸沉沉的對上我，下一秒就發出嘲諷聲，「人家問妳什麼，妳還真的就回答什麼啊。」

我慢半拍的會意過來，「不然要怎麼辦？他不讓我走，還有其他客人在等我啊。」

「什麼怎麼辦？平時對我動不動就用拳腳問候，遇到別的男生這些都不管用了？」

我一時語塞，只能用力瞪他。

霍閔宇也不甘示弱的擺臭臉給我看，一臉「我錯他對，最好給我反省」的眼神。

田雅梨見怪不怪的看著我們鬥嘴。

「小侑，等你們吵完，妳去拿件圍裙給霍，今天外場就交給你們了。」

我收回瞪視，「妳也有找他？」

「不然他看起來像是來探我班的人嗎？」田雅梨撇嘴，「妳不知道霍差別待遇有多明顯嗎？」她將手覆在嘴邊，意有所指。

「妳在自己家的店上班，還要人家探什麼班。」我吐槽她。

「別吵啦，外面不能沒人。」她推著還在互相鬧彆扭的我們進員工休息室。

礙於霍閔宇的身高太高，我四處翻找都找不到適合他的圍裙，頭一抬，發現三層架最上方還有一個箱子，我藉由一旁的梯子爬了上去。

聽到動靜的霍閔宇轉頭看向我，立即說道：「下來，我拿。」

我賭氣的不肯讓他幫，用食指嘗試勾住箱子的一角，直接回絕道：「不用麻煩，我快拿到了。」

「我說下來！」霍閔宇在下方有些生氣的喊道。

雖然順利勾到箱子，但我被他突然放大的音量嚇到，身體一抖，梯子立刻重心不穩的搖搖晃晃，「喔！喔！哇啊——」腳底一滑，我的身體往後倒。

我下意識的閉上眼，下一秒耳邊傳來一聲悶哼，一雙結實有力的手臂承受住我的重量，周圍傳來東西砸中地板的巨響。我的雙手自然的環住他的肩頸，死死的抱住他。

靜默幾秒，看著倒在前頭的梯子，我默默吞了吞口水，腳底一陣涼。

我吐了一口氣，回過神才發現，我居然緊緊的環住霍閔宇的脖頸，霍閔宇則一手托著我的屁股，另一手抵著我的背，防止我滑落。

耳邊傳來他的低喘，一陣羞恥感湧上，我尷尬的往後退離他的脖子，看了看他，發覺他正氣急敗壞的瞪著我。

深知大難臨頭，我撇過臉不敢直視他，心臟仍因剛剛的驚險瘋狂跳動。

我掙扎了下，想要從他身上下來，孰料他卻攬得更緊。

「喂……」我輕輕推了推他的肩膀，示意他可以放我下來。

只見霍閔宇板著臉，下一秒竟說出不符合此刻氣氛的話：「抱我。」

接收到我驚恐的眼神，他揚眉，「嗯？」

我怯怯的問：「你的頭被東西打到嗎？」

「我覺得我受到驚嚇。」

「但從上面摔下來的人是我。」

「所以我嚇到了。」

我看著他，心情有些複雜，覺得最近有些情緒總是不受控制，腦袋裡常常浮現一些不該有的畫面。

我很害怕，彷彿一閃神，就會堅守不住自己的腳步。

這時，田媽忽然打開門，「怎麼了？我聽到好大的聲音……」看到我們攬在一起的模樣，她立即改口：「抱歉、抱歉！阿姨就是來看看發生什麼事，你們繼續、繼續啊……」

霍閔宇鬆開抱住我的手，待雙腳一著地，我就跳離他幾公尺遠，忙著向田媽解釋剛才發生的事。

「那我先去外面招呼客人。」說完，我一溜煙的跑走。

原本想避免和霍閔宇眼神接觸，盡量保持距離，無奈鬆餅店的空間就是這麼大，想躲也躲不掉。

見我們一起出現，田雅梨忍不住笑了出來，我沒好氣的說道：「七桌客人的鬆餅不要加蜂蜜。」

「好。」

「一桌要加點。」

「一桌？我記得這桌剛加點過。」

霍閔宇聳肩，拿了點餐單給田雅梨看。

她挑了挑眉，「那一桌是不是都是女的？」

「沒注意。」

她嘆口氣，然後轉頭看我，「有客人在候位嗎？」

「五點有訂位。」

她點點頭，「霍，該去清場了，一桌客人的用餐時間到了。」

我晃悠到外頭去幫客人加水和結帳，見霍閔宇走到一桌，我看了看，果真如田雅梨猜測，全桌都是女的。

我在櫃臺撐著臉頰，準備看好戲。

「不好意思，因為妳們的用餐時間到了，所以不提供再次加點的服務。」霍閔宇彎起不冷不熱的笑容。

「不能再待一下下嗎？」其中一名燙著大波浪捲的女人央求道，甚至嘟起小嘴裝可愛，一點都不符合她濃妝豔抹的外表。

霍閔宇微微笑，耐心說道：「很抱歉，還有其他客人在候位。」

她立刻誇張的四處張望，「沒有人啊！我們不能等到那些人來了再走嗎？我很喜歡待在這裡。」她露出勾人的笑容，白皙的小手藉機攀上霍閔宇的手臂。

霍閔宇仍保持風度的微笑，我忍不住皺了眉，待回過神才驚覺自己反應過大，連忙收起表情裝忙。

「恐怕不行。」他仍堅持立場。

「真討厭。」她嬌氣一嗔，眼眸卻不見怒氣，吆呼其他姊妹起身。

見其他人去結帳，她趁機挽住霍閔宇的手，貼身的襯衫將她的曲線展露無遺，傲人的胸部呼之欲出。

對於她大膽的行為，我忍不住吞了吞口水，眼睛發愣的看著他們。

「你覺得姊姊漂亮嗎？」纖纖細手摸上霍閔宇好看的下巴，她的姿態撫媚妖嬈。

「嗯。」

「你喜歡嗎？」

「還行。」

見霍閔宇回得直接，我不禁暗罵他無恥，卻不由自主的低頭看了看自己的身材和穿著，還真的是沒有什麼女人味。

我搖了搖頭，不對啊，我有沒有女人味關他什麼事！用力按了按點餐屏幕，我撐起微笑替客人結帳。過程中還不小心聽到他們在一旁的對話，內容大膽直接，我都忍不住感到害羞。

「這是發票，歡迎再度光臨。」結完帳的同時，霍閔宇迎面走來，身後跟著那位女客人。

我正打算從櫃臺溜走，忽然，霍閔宇喊住我：「替這位客人結帳，她要外帶十份香蕉巧克力鬆餅。」

「十、十份？」

霍閔宇點頭，「我進去廚房和田雅梨說一聲。」他轉身正想走。

女人忽然拉住他的手，「你來替我結帳吧。」她意有所指的看著我，「讓她去就好了，你在這裡陪我。」

霍閔宇看了我一眼，似乎覺得無所謂，「也好，那就妳去吧。」

我抽了抽嘴角，擠出笑容，「好……」在美女面前就對我呼來喚去，我忍不住捏緊手中的筆。

經過那個女人身邊時，她像是故意的突然勾起霍閔宇的手臂，笑靨如花，臉都快塞進他的胸膛裡。

走進廚房的途中，我極力壓抑著怒氣，好不容易走到客人看不見的地方，我低低叫了幾聲。

「怎、怎麼了啊？妳是不是累了？」田雅梨慌張的從窗口探出頭，接著看了一眼牆上的時鐘，「吼！再撐兩小時就放妳走了。」

「真是氣死我了！」我順了順呼吸，「外頭有客人要外帶十份香蕉巧克力鬆餅。」

「十份？看來是大客戶，要好好巴結一下。」

「不用，已經有人先妳一步。」

「霍？」

「隨便啦！我現在就是個任人使喚的小妹。」說完，我氣呼呼的走出去。

才剛踏出廚房，便看到不遠處那兩位談笑風生的礙眼生物，我胸口的一團無名火又熊熊燃起。

本想再進去廚房，無奈看到有其他客人按了服務鈴，雖然不願意我還是得走出去。

我從廚房順道捧了一壺檸檬水走出來，這時霍閔宇也走進來打算拿做好的鬆餅。我一個閃避不及，就這麼撞進他的胸膛，檸檬水灑了一身。

「啊——」我叫了一聲。

他似乎也嚇一跳，立刻俯下身想查看我的狀況，「怎麼了，我看。」

我皺著眉，抱著水壺，一手甩著手上的水，「不要！」就是不想被他碰觸。

我越過他要走回廚房重新拿一壺檸檬水，霍閔宇一個跨步就擋住我的去路，手一伸就想拉開我抵著額頭的手。

「說了不要看！」我生氣的遮擋他靠過來的手，閃避的意味明顯，「你不要碰我！」

「如果沒事那就給我看。」

「不要！」

「為什麼？」

「就不想啊！」

「妳在生氣？」

「因為你撞到我，害我衣服都溼了。」這話說得沒底氣。

「就因為這樣？」

「對啦！奇怪，走路不看路。」

「妳脾氣什麼時候變那麼差了？」

這句像是拿我和別的女孩子比較的話，直接惹火了我，「我就是脾氣差啊，要你管！」難道只有溫柔的女生才值得被好好對待嗎？真是莫名其妙！

霍閔宇被凶得無辜，倒是一旁看著的女人相當不滿，「妳這乳臭未乾的醜八怪，自己不好好走路，憑什麼在這邊大小聲啊！我們閔宇有什麼錯？」她惡狠狠的指著我罵道。

我們閔宇？

不對！她居然罵我醜八怪！

雖然內心髒話滿天飛，但我還是秉持著「以客為尊」的態度沒有回嘴，但她似乎認為自己有理，瘋狂朝我叫罵：「我們閔宇都已經好聲好氣跟妳說話，妳還不領情？」尖銳的音量成功引起其他客人注意。

「這位客人，麻煩請妳降低音量，避免影響其他人用餐。」我極力保持良好氣度和她說話，「何況，這應該是我們兩個人的事。」我決定將話題點到為止，好給彼此臺階下。

但她一點也不領情，繼續用咄咄逼人的口吻對我說話：「你們兩個人的事？閔宇性格多好，我怎麼不了解？就是有妳這種見人好欺負，就想藉機纏上對方的人吧！」

語畢，我和霍閔宇面面相覷，他笑得有些得瑟。

好性格？好欺負？

霍閔宇這人絕不容許別人欠他，一定會連本帶利的討回來。

「妳可能有點誤會他了，依照我對他的認識，他絕對不是那種人。」

霍閔宇斜了我一眼。

「認識？妳不會要跟我說妳是他女朋友吧？」女人輕蔑一笑，「唉唷，還真是什麼人都有，話都可以隨便亂講，也不害臊。」

在聽到對方的挑釁後，我一時氣不過，竟脫口而出：「對，就是！怎麼了嗎？」說完立刻就後悔了。

對方紅唇微僵，下一秒發出尖銳的嗤笑聲，明顯不相信我的話，她眉開眼笑的向霍閔宇求證。

他的眸光沉沉，嘴角彎起張揚的弧度，富有興致的看著我，然而我說出口的謊言早已覆水難收。

我朝他溫柔一笑，給自己找了臺階下，「自己看著辦啊。」瀟灑俐落轉過身，我悲憤的閉上眼，這激不得的個性要改！說什麼都要改！

「抱歉啊，我女朋友被我慣壞了，脾氣變得很差，希望妳別介意。」

他言笑自若的語氣讓我幾乎想要挖洞把自己埋了，我扶額，真不該讓他自己處理啊……

女人顯得氣憤，美眸瞪大，指著霍閔宇，「你在耍我嗎？剛才你不是這麼說的！」

「妳很美也很性感，是男人都會喜歡。」他不置可否，「但喜歡和想得到是兩回事。」

霍閔宇的話表明了自己對她毫無興趣。

發現自己被耍了，女人氣急敗壞道：「你、你怎麼可以這麼對我？你以為自己很了不起嗎？不過就是有一張好看的臉而已！」

「這位阿姨，妳剛剛好像不是這麼說的喔。」

語落，我咳了一聲，試圖掩蓋嘴邊的笑意。果然不能和霍閔宇脣槍舌戰，鐵定輸得很慘。

「阿姨？」她失控的叫道。

「我還是對乳臭未乾的醜八怪比較有興趣。」他將手上的十份鬆餅遞給她，笑得燦爛，餘光有意無意的掃我一眼，「門口在正後方，阿姨請小心慢走。」

女人氣得直發抖，鬆餅也沒拿，跺著跟鞋用力的走了出去，「告訴你，這家店我絕對不會再來！我一定要上網給負評！」她邊叫囂邊甩開大門，憤恨的離去。

聽到爭吵聲，田雅梨急忙從廚房裡跑出來了解狀況，「喂！你們這一伙把做了什麼事？怎麼莫名氣走一個客人？」

「沒事，對方請客。」霍閔宇晃著手上的鬆餅，「十份。」

「可是她剛才說要給我們店負評耶！」

他環顧了下四周，「我看你們店裡的刊物該更新了，過幾天我拿TOP的限量雜誌過來。」

田雅梨揉揉鼻子，原先還氣著的小臉立刻斂起，「好吧，既然霍都這麼說了，那就一定沒事，只剩一小時，別再給我惹事了。」

霍閔宇沒兩下就擺平難搞的田雅梨，我不禁在旁搖頭讚歎，隨後轉身打算進休息室換件乾淨的圍裙，卻發現後頭跟著人。

我有些不自在的加快腳步，然而霍閔宇卻加速跟上，我一個閃神，不小心被自己的腳絆了一下。

「走這麼快幹麼呢，等等妳男朋友啊。」他俐落的拎起我的手臂。

一失足成千古恨！我恨！

「我剛才被奇怪的阿姨騷擾，妳在旁邊看戲？」他一臉大爺審問的表情，我被他抓著走不了。

「我看你很樂在其中。」

霍閔宇發出讚歎的長音，勾起玩味的笑容，「那麼遠妳也看得到？」

我朝他微微一笑，「我沒瞎。」斂起笑容，我轉身要走。

他故意往後扯住我的手臂，我踉蹌幾步，後背直接靠上他的懷裡，姿勢看起來就像他從後環抱住我。

霍閔宇忽地沉著嗓，溫和的靠在我耳邊說話，尾音挑起，特別撩人，「很在意？」

「關我屁事！」

「我是不是該哄哄妳？」他吐出的氣息溼熱溫暖，油然而升的曖昧，我的脖子處感到一陣麻癢，耳邊全是他的笑。

我真的要瘋了！

我試圖掙脫他圈住我的手臂，但他根本沒打算鬆手，反而惡質的加深力道。「霍閔宇！」我生氣的側頭想瞪他，卻在轉身之際，軟唇摩擦過他因低垂著頭而與我平行的那抹溫熱。

整件事發生得太快，我根本來不及反應。

我瞪大眼，時間流動得比想像中慢，我不知道該做什麼反應，是要尖叫還是直接逃跑？

霍閔宇的眸色泛深，沒有一絲困窘，唇邊蕩漾著笑，修長的食指曖昧的摩挲著自己的唇。這小小的舉動讓我的唇感到一陣滾燙，唇上彷彿縈繞著他的氣息。

「夏羽侑妳真是絕了。」

通常得到他的稱讚都不是好事，接下來絕對是不堪入耳的話。

「等等！你別說話，你……」

「直接來，果然是最快的方式。」

晚上八點，客人比較少了，田雅梨從廚房窗口探頭讓我們準備下班。

田媽給了我們今日的時薪，欲轉身時，忽然說：「阿姨就知道你們兩人一定有什麼，雅梨還說你們兩個不可能，結果……」阿姨聳肩，一副她早就料到的模樣。

霍閔宇看了我一眼，笑得春光明媚，然而我卻感到背脊異常發冷。

田媽咯咯笑，帶著曖昧的眼神回到廚房，田雅梨正好從裡頭走出來，一臉疑惑的看著她，「我媽在爽什麼？笑得那麼曖昧。」

「不知道。」我們很有默契的搖頭。

坐公車回家的路上，我們異常沉默，事實上我不敢與他眼神接觸，剛才那場意外根本是我一輩子的汙點。

下了公車，霍閔宇自然而然讓我走在內側。

盯著腳底的影子，他頎長的身影緩緩與我交疊，腦海很快閃過剛剛接吻的畫面，我嚇了一跳，連忙站住腳。

原先往前走的他，見我不動，疑惑的停下腳步，側過頭問：「怎麼了？」

我的視線忍不住停留在他一開一合的脣上，趕緊撇開眼神，「沒事。」我向前繼續走在他後頭，微微和他拉開距離。

看著霍閔宇修長挺傲的背影，我才意識到我們已經好久沒有一起走回家。

夜幕低垂，街燈暈黃，想起小時候，我和霍閔宇總是在這條巷口比賽，誰先跑到家，就要給對方自己存起來的所有糖果。

霍閔宇從來不會讓我，所以每次我都輸得好慘，只能在一旁乾瞪眼，看著他吃著我努力存下的零食。

有一次，他又提議玩這個遊戲，我說不要，他就笑我不敢。自尊心使然，我再次答應了。

當他倒數完後，我使勁全力向前跑，心裡想著無論如何一定要贏，書包裡的書，匡啷匡啷的晃動著。

當我發現他已經跑在我身旁，我更是拚命的向前衝，倏地，雙腳配合不上過快的速度，我向前撲滑，手掌和膝蓋摩擦地板，破了皮滲出血。

我趴在柏油路上，情緒還處於愣然和無措之中，直到霍閔宇慌忙的回頭，向我跑了過來。

那一刻，他精緻深邃的五官皺成了一團，墨黑的瞳孔填滿慌亂，稚嫩的嗓音還有些怒氣，「妳怎麼搞得，很痛嗎？我看！」

直到現在我還是不懂，那時候跌倒的人是我，痛的人也是我，為什麼他還要對我發脾氣？

當時的他微微嘆氣，小小軟軟的手掌朝我伸來，「我牽妳。」

我搖頭，許久，慢慢的說：「揹我。」

霍閔宇愣了愣，顯然是拿我沒辦法，立刻將書包掛在自己胸前，微屈著膝蓋，「上來。」

我露出還缺著牙的笑臉，蹦蹦跳跳躍上他的背，他悶哼了一聲，看似軟弱無力的手臂，穩穩的托住我的腿。

我在他背上晃著腳丫，心情愉悅的哼著歌，霍閔宇有些吃力道：「妳根本就沒事。」

聽他這麼說，我作勢摸了下身體，痛苦的哀號：「好痛喔——」

「妳摸的地方沒受傷。」他瞥了我一眼。

我立刻心虛的摸向腳，可憐兮兮的喊痛。

「知道了啦，我會把我的糖果分給妳。」

「真的嗎？」

「不相信？好啊，那我……」

「我要！」我立即在他背上舉手大叫，開心的直笑。

「吵死了，我沒聾。」

霍閔宇給了我他所有珍藏的糖果，從那之後，我們再也沒有玩這個遊戲。我想，那次我受傷真的嚇到他了吧，怕我去跟霍姨告狀，畢竟天不怕、地不怕，世界他最大的霍閔宇，唯獨最怕霍姨。

我不自覺失笑，十幾年的光景，我和他除了外型上的改變，就連內心也悄悄蛻變成熟。

以前說笑就笑，想哭就哭的勇氣，似乎在不知不覺中消失了。

路燈將我們的影子拉得修長，天空像是灑上一層藍黑色的油漆，上頭鑲滿了閃爍的星鑽。

霍閔宇穩穩走在我的前頭，白色上衣將他的身影襯得發亮，他時而放慢腳步，等著我跟上。有他陪伴的這一刻，胸口處暖和的不可思議。

走到家門口時，我想都沒想的準備進屋，餘光瞥見身後的人影緊跟著上前，「喂，你跟過來幹麼。」停下腳步，我轉頭，看見霍閔宇逐漸靠上的胸膛，我反射性的彈開，差點就在門口摔倒。

他垂眼，表情彷彿在看馬戲團的猴子表演一般，晃著從店裡帶回來的鬆餅，「我不吃甜。」晃著從店裡帶回來的鬆餅。

「十份太多了。」都怪剛剛那位阿姨買了又不拿，田雅梨就直接送給我們，「我們平分。」

「不要，會胖。」

「這句話應該是我說的吧！」從我有記憶以來，霍閔宇的體重一直都很標準，天生就是個衣架子。

「你全部丟給我，我才真的會肥死。」

「沒差。」

「什麼沒差？」

「反正有人要就得了。」

我本來打算反擊，突然會意過來他的意思，支支吾吾的說：「我不管，一人一半。」

「我現在這樣都沒人要了，要是胖了會被唾棄。」

像是聽到天方夜譚，我冷嘲道：「誰敢唾棄你啊？你是霍閔宇耶，不喜歡你的人估計審美觀有問題吧。」這傢伙分明就是要我誇他，為了分攤鬆餅，我只得順順他的意。

霍閔宇微微挑眉，上下打量我，隨後點了點頭，「所以我說，妳的腦子一定有問題。」

「……」

見我窘促的不知如何是好，他倒也覺得有趣，隨後瞇起眼說：「妳果然是被寵壞了。」語氣還有些得意。

他勾起笑，從紙袋中拿走五個鬆餅，將袋子塞進我懷中，臨走前還伸手摸了摸我的頭。

「晚安。」

看著他轉身離去的背影，腦袋上還殘留他手掌心的餘溫，我不自在的順了順頭髮，臉微微發燙。

♡

幾縷光線穿透過落地窗蔓延至我的眼皮，我下意識的用棉被蒙住頭。

「侑侑起床了，小宇今天回來。」樓下傳來媽媽的聲音。

小宇回來關我什麼事！我踢了踢被子的尾端繼續呼呼大睡。

不出半刻樓梯便傳來震撼的腳步聲，大聲到我無法忽視，眼看威脅愈來愈逼近——

「夏羽侑！趕快下樓！」老媽繫著圍裙，很有氣勢的拿著遙控器準備開罵，發現我已經躲進浴室，才溫柔的改口：「小宇今天從高雄回來，霍姨他們今天都得上班，才拜託妳去車站接他……」以下省略她誇讚霍閔宇的話。

我含著牙刷，忍不住腹誹，都這麼大的人難不成還會迷路？還是被壞人拐走？

踏出家門時，忽然被一股拉力給揪回來，「別一見面就跟人家鬥嘴，這樣小宇會不喜歡的。」

「我又沒有要他喜歡。」語落，我頓了下，夢魘般的接吻畫面再次佔滿我的腦袋。

八月，霍閔宇去高雄工作，進行一連串的拍攝，他不在的這段時間，只要接觸到有關他的事，這段接吻畫面就不斷回放，讓我覺得丟臉不堪。

「真是的！人家小宇哪裡不好？」

「是不是霍姨又跟妳說了什麼？」我斜了一眼老媽，只見她支支吾吾說不出個所以然。

果然就是霍姨，她總是想把我跟霍閔宇湊成一對。

霍姨應該是世界上最希望我跟霍閔宇在一起的人，至於我媽一直是採取中立，提倡自由戀愛。只是霍姨不愧是學校行政人員，擁有三寸不爛之舌，說什麼是什麼。總是能把沒見過世面的家庭主婦——夏女士，給唬得一愣一愣。

導致我們夏女士最近老是覺得，我跟霍閔宇要是不交往，就會出大事。例如霍家斷了香火，厄運不斷等等。

不過說真的，這到底關我們夏家什麼事？

走出大門，正巧看見老爸心情愉悅的在修剪花草。

「爸，早啊。」

「早！路上小心，幫我和小宇問好。」

嘖，誰要管他！

早餐店裡，田雅梨再次提醒我：「妳不去接霍？」

現在是怎樣？全世界都要我去迎接他。

「他只是去高雄一個月。」

「你們第一次分開那麼久，按照『情意』來說應該很想念對方吧？」田雅梨咬了一口起司蛋土司，噙起曖昧的笑容，「至於是什麼情？什麼意？我就不知道嘍！」

我沒好氣的看她一眼，「我對他無情無意。」

我以為這句話我已經說得習慣，然後這回卻沒來由頓了一下，感受到脣瓣一陣熱，我下意識的咬脣，赫然發現這個動作更加羞恥，連忙喝了好幾口奶茶試圖掩蓋心慌。

怕被田雅梨看出端倪，我又補了一句：「他不在的期間，不會三不五時闖我房間空門，少了他那群粉絲的騷擾，我的世界一片光明。」

田雅梨無所謂的聳聳肩，顯然我的補充有點多餘。

然而，我還是無法解釋自己內心的變化。

自從運動會後，我跟霍閔宇雖然還是如常打鬧，但在面對他時，我變得會先思考，例如：哪句話該講？哪個動作不能做？

這意味著，我開始在意他的想法了。

我不知道我跟霍閔宇究竟是哪個環節出了問題，即便經過那次脣碰脣的意外事件，他對我的態度仍舊，說話依然故我，舉動毫無分寸，標準的看心情行事。

所以有問題的……應該就是我了。

「霍這次去高雄，似乎是和他班上的元柔馨一起工作？」

田雅梨的話打斷了我的思緒。

「喔，對啊。」元柔馨家裡經營的網拍服飾，在高雄有實體店面，聽說最近要拓展分店，因此在暑假準備了一連串的拍攝與廣告，準備進軍北部。

星園長期和TOP合作，加上霍閔宇和元柔馨又是同班同學，找他合作也不令人意外。

「這麼說……他們這一個月都待在一起?」

「大概吧。」

霍閔宇很少用社群軟體，他覺得有什麼重要的事，打電話或見面直接說比較有效率。以前我跟他幾乎天天見面，平時也很少傳訊息。這一個月他去高雄工作，我才突然意識到，原來我很久沒和他聯絡了。

「妳都不好奇嗎?我才不相信跟霍親近的女生，對他沒有非分之想。」

「這也沒什麼大不了的吧，他本來就是個不能沒有異性的人。」

「我倒不這麼認為，我覺得霍不是一定要跟誰交往。」田雅梨沉吟了下，彈了聲響指，「比較像是在尋找什麼，妳看他歷任女友的類型，幾乎都不太一樣。」

「搞不好是靠感覺啊。」

田雅梨像是想到了什麼，「我記得閣子昱跟我說過，他和霍在填高中志願時，霍曾看著志願表說『所有猶疑到分離面前果然不值得一談』，然後就填了柳高。」

我愣了下，畢竟以他當時的成績是穩上第一志願的。

然而，我卻想起霍閔宇曾在李桀閔面前說：「都是男生的學校有什麼好羡慕，男女合校不是更好玩嗎?」

我忍不住翻白眼，「他只是不想去男校吧。」

田雅梨點點頭，覺得我的話也滿有道理，「嗯，所以霍到底想表達什麼?」

「我怎麼知道，我又不是他。」

和田雅梨閒聊了幾句，最後她問起我：「妳這個暑假和任迅陽似乎走得很近?」

「別把我們說得那麼曖昧好不好，我們只是在補習街巧遇，之後就順便一起吃晚餐。」

暑假我報了短期先修班，怕選了三類開學後會跟不上進度，恰巧碰上同樣也去補習的任迅暘，也就成了一起吃晚餐的夥伴。

「妳不知道吃東西也能吃出感情嗎？」

「都怪閻子昱大嘴巴。」某次在路上被他撞見我跟任迅暘走在一起，當時我沒看見他，他便直接在我們的四人群組裡問起這件事，還拍下照片上傳群組，搞得我們像是見不得人的地下戀情。

「我們清清白白，一心都在課業上。」

「我是沒關係啦，誰知道其他人看了會怎麼想。」田雅梨一臉想看好戲的樣子，「霍我是招架不來，任迅暘雖然長得不錯，但花美男不是我的菜。」

「這麼說起來，妳喜歡陽光運動型的閻子昱？」我刻意驚叫。

田雅梨臉一綠，差點被土司噎到，沒預料給自己挖了個坑。

吃完早餐，雖然很不甘願，但我還是到車站去等霍閔宇。見時間還沒到，我晃進附近書局打發時間。

今天要見他，我內心是有點緊張的。

霍閔宇就像是人間蒸發似的，整個八月一點消息都沒有，雖然群組的訊息他都已讀，但都沒認真回。

發現自己又開始想他的事，我連忙打住。前腳才剛要踏出書店，天空忽地閃過一片白光，四面八方的烏雲聚集成一團巨大的棉絮，飄浮在空中發出幾聲悶雷，好像有什麼東西即將要從雲層中灑落。

嘩啦——

「不是吧……」

本來想繼續待在書店裡躲雨，餘光突然瞥見一抹熟悉的身影，對方這時也轉過頭來，我驚慌的低下頭。

是李桀閎。

過了一段時間，想著對方應該走遠，我悄悄抬眼，確定沒看見對方後，我在心底鬆了一口氣。

「嗨，怎麼裝作沒看到呢？這樣我會很難過。」李桀閎在我身旁自然的站定。

我瞪著眼前的人，不自在的微微後退幾步。

「我本來是想在畢業前找妳聊聊，但一直沒機會。」他苦笑，「想不到要和妳說個話都這麼困難。」

我在心底翻了白眼，「我們應該無話可說。」

「不是要找妳麻煩。」李桀閎忽然一笑，「是想好好謝謝妳。」

「沒什麼好謝的，當初我就是單純不爽唐娜的態度，沒有要幫你的意思。」

他聳肩，絲毫不介意我的酸言酸語，「怎麼每次我喜歡的女生都是傲嬌型，難不成我是M？」這句話像是在問我，但更多的是自嘲。

「你高興就好。」我敷衍道。

礙於外頭傾盆大雨，我只能傻愣愣站在騎樓等雨勢變小，李桀閎似乎也不趕時間，陪著我站在原地。

靜默了幾分鐘，他用著輕鬆的口吻說道：「妳喜歡霍閔宇吧。」這句話一點都不像是疑問句。

「……」我一時語塞。

他轉過頭看我，彎彎的笑眼似乎快從我的眼裡看出什麼似的，我突然感到有點心虛。

「你想太多了吧。」半晌，我才吐出這沒底氣的話。

「不是嗎？還是說，那傢伙喜歡妳？」

我垂放的手驀地握緊，指甲掐進皮肉，音量不自覺加大，「我們怎麼樣關你什麼事？你操心自己跟唐娜就好了。」

他無謂的聳肩，「反正唐娜現在恨死霍閔宇，再說最近我對她也不那麼有興趣了，所以當然比較關心我的學妹嘍！」

我不齒的睨他一眼。

自從上次李桀閎在我面前露出了真面目，他變得愈來愈做自己，任何無恥的話都說得出口。

我不想理他，只想趕快離開這裏，比起和這種倒胃口的人站在一起，我甘願淋雨。

「說的也是，妳和霍閔宇怎麼可能？看著就不適合。」他悠悠的說道，「既然妳對他沒興趣，你們應該也不會有什麼進展。霍閔宇也不是那種會自討沒趣的人，雖然看起來總是老神在在，但對於沒把握的事，他絕不會碰。」

看似漫不經心的話語，卻充分表達了對霍閔宇的了解。

我邁開的腳步不自覺停住，聽見他的否定，我的內心像是被堵了一塊大石，悶重得難受。

「他喜歡誰，誰倒楣！」我出聲。

李桀閎笑出聲，「究竟霍閔宇適合怎麼樣的人呢？」他富有興致的看了我一眼，「而妳和他究竟能夠走到什麼程度，我真的好想知道喔。」他的語調微微上揚，像是迫不及待想看我和霍閔宇的結局。

「完美的結局在人們心中是留不久的，兩敗俱傷才會印象深刻。」他的語氣愉悅，帶著掩藏不住的期待，「妳不這麼覺得嗎？」眼眸一深，微笑探進我眼底。

本來我應該很篤定的告訴他，我腦袋燒壞了才會去喜歡霍閔宇，但看著李桀閎逐漸斂起的嘴角，我忽然什麼話都說不出來。

「怎麼不說話？」他面帶微笑，瞳孔彷彿深不見底，有種無形的壓迫感籠罩在我的四周，像是掐著我的脖子要我說真話。

李桀閎向我走近，笑得我背後竄起一股涼意。我不清楚他想幹麼，但直覺一定不是好事。

叮鈴——

我下意識的摸出口袋裡的手機，看了一眼來電顯示，「喂、喂……」聲音不自覺顫抖，洩漏我此刻的惶恐。

電話那頭的霍閔宇先是頓了一下，而後揚起輕佻帶笑的嗓音，「我說妳啊，下雨天就別亂出門了吧。」

面對他突如其來的電話，以及這一個月的疏離感，一時之間我不知該如何反應。

「還不過來？」他的聲音低了幾分。

「嗯？」我愣愣的抬頭。

此刻的霍閔宇一手撐著透明傘，高挑的身影直立於對街，神情還是一貫的高傲和討厭。

然而，我緊張的心卻逐漸緩和下來。

我咬了咬脣。

斑馬線上的號誌轉為綠燈，霍閔宇放下手機，行走在黑白相間的斑馬線，即便打扮休閒，深邃的五官卻還是讓人忍不住多看他幾眼。

照以往來說，我一見到他，肯定會立刻衝上去抓住他這個救命符，然而暑假分開了一個月，再怎麼熟稔，還是有些不習慣。

霍閔宇在我們之間站定，高大的身形遮去了我的視線。他看了我一眼，黑眸轉向李桀閎，嘴角提著笑，「好久不見。」

「差點認不出你來。」

「怎麼會？」霍閔宇笑了笑，「我可是到哪都惦記著學長。」

只見李桀閎面色僵硬的抽了抽嘴角，隨即轉移話題，語氣輕鬆道：「聽說你暑假去高雄工作拍廣告，你這小子頭腦好、人又帥，拜託讓點機會給我們這些平凡人啦。」

李桀閎站上前拍了拍霍閔宇的肩膀，想展現友好的相處模式。

「讓？我讓得還不夠多嗎？」他扯了扯嘴角，眸色閃爍，「不然學長現在怎麼還有機會站在這裡和我說話？」

火藥味很濃啊！我在旁默默抹掉額角的冷汗。

雨停了。

我像個被奴役的小跟班，拉著霍閔宇的行李箱，屁顛屁顛的跟在他身後。

好不容易解決完李桀閎，又馬上天降一個更難伺候的大魔王，「唉——」我不自覺嘆口氣。

這時，前頭挺拔的身影倏地停下腳步，我眼明手快站住腳，手背在身後，像個做錯事怕挨罵的小孩。

「妳嘆什麼氣?」霍閔宇側過頭，不似以往總是兜著圈罵我，直接冷著一張臉，「覺得可惜嗎?還是我打擾到你們好不容易獨處的時間?」

「幹麼啊……突然這麼凶。」

「妳的腦子到底有沒有問題?」霍閔宇冷笑，「到現在還不知道李桀閎是怎麼樣的人嗎?」

「我跟他又沒怎樣，只是偶然遇到，然後……」我說得委屈，不過仔細想了一下，「奇怪耶!我幹麼跟你解釋，這又關你什麼事?」我真是受夠了!

「什麼?」

我走上前將行李箱丟還給霍閔宇，「說到底不就是因為我被指使出來接你，才會遇到學長嗎?遇到他已經夠倒楣了，我們隔了這麼久才見面，你有必要這樣擺臉色給我看嗎?」我推開他，嘴裡不滿的碎念。

霍閔宇顯然很錯愕。

我這是招誰惹誰啊，大家都覺得我好欺負是吧!

大概是被我突如其來的火氣給嚇到，霍閔宇愣愣的站在後頭沒有出聲。

見他沒跟上，我怒氣沖沖的回頭，「站在那幹麼?不回家嗎?雖然我現在也不是很想跟你一起回家，但我家有位你的忠實粉絲，很不幸的位階比我高很多，我無法忤逆，所以快點跟上!」

霍閔宇的臉色一陣青一陣白，手臂的青筋若隱若現，我好像可以聽見他咬牙切齒的聲音。

回到家後，老媽熱情的留霍閔宇一起吃午餐，完全不過問自己的親生女兒臉怎麼這麼臭。

霍閔宇當然還是維持著一貫的笑臉，說著「阿姨的飯最好吃」，「在高雄的一個月最懷念阿姨手藝」之類的諂媚話。

飯後，我上樓將剩下的暑假作業寫完。

滑開手機時，看到任迅暘一小時前傳來的訊息，內容大概是說我們昨天討論到一半的數學題目。

接著看見田雅梨傳來了二年級分班名單。

我躺在床上興沖沖的打開，以至於沒注意到有人已經正大光明的開門而入。

甩了甩因緊張而開始冒汗的手，我忐忑的點開名單，密密麻麻的黑體字在我眼前亂竄，然而我第一個找的不是自己的名字，而是「霍閔宇」。

以往分班時，別人擔心的是分不到好班級，而我是害怕會不會和霍閔宇同班，畢竟這攸關我的學生生涯是否能平安無事的過完。

找到了！霍閔宇，二年五班。

咦，名單中也有任迅暘，他們居然同班了。

這讓我想起霍閔宇成天嚷嚷他遲早都會認識任迅暘，我隱約有種不好的預感。

我緩口氣，開始查看女生的名字。

元柔馨。

田雅梨。

我的第六感告訴我事情不太妙……

同時，聊天視窗跳出田雅梨的訊息，而我的視線也停在分班名單倒數的幾個名字上。

夏羽侑，二年五班。

「**我們同班**。」田雅梨的訊息緩緩消失在屏幕上。

我也失去了求生意志……

這時，耳邊傳來窸窸窣窣的聲響，接著感覺到床的一角微微下陷，我翻過身，映入眼簾的是霍閔宇俊俏的臉孔，濃密纖長的睫毛，和他銳利深沉的眼眸，距離近得彷彿能感受到彼此的呼吸。

霍閔宇掃了一眼我的手機螢幕，看出是分班名單，下一秒他笑得我心底發涼，「巧啊，我也五班。」他的那群狐群狗黨肯定幫他查好了。

我悲憤的繃著一張臉，卻沒辦法凶他，分班靠的是機率，不關他的事。

看我一肚子氣無處發洩，霍閔宇倒很樂在其中，忽然伸手碰了碰我的臉，灼熱的掌心撓著我的皮膚，有些酥麻。

就在這時，李桀閎的話突然浮上我的腦海——

「兩敗俱傷才會印象深刻。」

我驚嚇般的跳起身，間接閃避了他的碰觸，「你為什麼進我房間？」邊說邊挪動屁股，離他遠遠的。

霍閔宇看了我一眼沒說什麼，接著躺平闔上眼，「睡覺，看不出來嗎？」

「但這裡是我的房間。」

「阿姨讓我上樓休息。」

「要睡覺回你家去睡啊。」

「我沒帶鑰匙，回不了家。」他說得順口，完全把我家當作自己家，長臂一伸準備拉走我身上的棉被。

他扯了幾下，我就是不給他。

霍閔宇原本就缺乏耐性，這樣沒結果的一來一往他也煩了，雙眸一張，俐落快速的勾上我的脖子，我還來不及反應，已經被他壓回床上。

回過神來，他已經抽走我身上的棉被。

從接他回家到現在，霍閔宇就沒給我好臉色看，就連現在睡我的床也是理所當然。

我最討厭他總是凌駕在我之上，讓我沒有選擇權，好似他給什麼，我就得全盤接受。

「霍閔宇！你真的要這樣嗎？」我很氣。

「怎樣？」他將手臂枕在後腦杓，閉著眼，佔著我的床。

「算了！床都給你。」我憤憤的起身，打算橫跨過他的身體下床。

然而也不知道他神經哪裡有問題，伸手便扣住我的腳踝，我嚇了一跳，重心不穩的往後仰。

「啊——」我尖叫出聲。

霍閔宇豁然張開眼，虛靠著床板起身，快速抓住我在空中亂揮的手臂，另一手環住我的背，讓我直直的撲在他懷裡，接著連人帶被和我重新躺回床上。

我驚魂未定，趴在他寬實的胸膛，忍不住罵道：「你在幹麼？我差點跌倒了！」用力捶著他環住我的手臂。

「我好累啊。」他微微喊道，將蓋在我身上的棉被往上拉了拉。

我掙扎道：「睡啊！我都說要把床讓給你睡了。」

「所以妳別再耍脾氣了。」

我一臉疑惑，盯著他閉眼的模樣，口氣不自覺緩了緩，「一見面對我發脾氣的是你！」

霍閔宇沉默了一陣子，在我以為他大概睡著時，他的嗓音微微響起：「我不喜歡李桀閎。」

「我知道啊。」

霍閔宇是個愛恨分明的人，待人處世直接、不囉唆。

「我真沒和他約好，我現在已經完全看清他的本性了。」

他應了聲：「我指的不是這個。」

「不然呢？你還討厭他什麼？」

他瞥了我一眼，「他喜歡妳這點。」

我一愣，瞬間就來氣，「你這人也管太多了吧，還不准別人喜歡我，我都沒說你那堆前女友我一個都看不順眼！」驚覺說了不該說的話，我緊張的別開眼。

耳邊驀地傳來霍閔宇愉悅的哼笑聲，「怎麼不順眼？」他竟意外的想探究。

「我只是覺得不公平。」我答得快，不想在這敏感的話題上兜轉，「我知道你是為我好，但有些事我自己也看得明白，所以我們真的沒必要因為這些事吵架。」

對於我們居然會聊起感情這件事我還滿訝異的，對於霍閔宇的情史，我不曾主動詢問，至於原因是什麼，只覺得從他口中聽見別的女生的一切，我便無法心平氣和。

大概是習慣作祟吧。

「哦？自己看得明白啊。」霍閔宇嗤之以鼻的重複我的話，指骨分明的手指若有似無的劃過我的背脊。

被他碰觸的地方彷彿燃起了零星火花，我的雙頰頓時有些燙，這才後知後覺的發現，趴在他身上的這個姿勢過於親暱。

我連忙從他懷裡爬起身，試圖掩蓋又失序的心跳聲。

「你起來，我們好好談談。」

霍閔宇皺了皺眉，閉著眼懶懶的癱在床上，「要談什麼晚點再說，我睏死了。」

「不行不行！我們之間真的有很大的問題。」我使勁抓著他的臂彎，往上拉起，「起──來！」

「躺著說。」他不想動。

「快點起來！不然我把你踢下去喔！」

霍閔宇懶得和我爭吵，不甘願的坐起身，靠在床頭，雙手環胸，眼神中帶著疲倦，「說吧。」

我深吸一口氣，盤腿坐正，「好，以下這些話不代表我對你有任──何非分之想，我只是想釐清一些事，你懂的。」

「不懂，講重點。」

我清了清喉嚨，「我問你，你是不是喜歡我？」

「沒錯啊。」他答得很快，「這不是很早之前就討論過了。」

面對霍閔宇既直接又肯定的答案，我有些反應不過來，原以為他會恥笑我腦補過剩，或是嘲諷我覬覦他之類的。

見他要躺回去睡，我立刻阻攔他，「等等！那你為什麼不說喜歡我，或是問我想不想跟你在一起？」

「我喜歡妳。」他狡黠的停頓了一下，而我腦袋再度當機。

他得逞般的咧嘴一笑，「喜歡妳我說過了，至於要不要在一起，很明顯的妳不想要吧？」

我刻意移開與他對望的視線，就怕不小心洩漏了什麼情緒。

我咳了一聲，「喔……對啊！你一定沒多久就膩了，只是想追求一時的新鮮感，你這種行為我看太多了。」

霍閔宇對於一切總是喜歡嘗鮮，一旦激情退去，說聲再見就走，從來沒想過對方的心情。不了解他的人就算了，我可是從小和他一起長大的青梅竹馬，得保持理智，謹慎應戰才行。

「什麼時候會膩我不知道，但我現在對妳確實跟別的女生不太一樣。」霍閔宇毫不隱瞞的說。

「我們那麼熟，當然不一樣。」我反駁。

「不是朋友間的友好，而是男女關係。」他的聲音沉了幾分，緩緩飄進我耳裡。

見我沒有說話，霍閔宇將手臂枕在後腦杓，輕鬆的說：「還有什麼要問的？快點喔，我真的很累。」

我重振氣場，「好！我覺得一定要導正你一些觀念。」我強迫他與我面對面坐好，他稍嫌不耐煩，但還是勉強配合。

「首先呢，我覺得這根本不是喜歡，只是一種習慣。畢竟我們一起長大，朝夕相處下，感情自然會比其他人來得深。」

見他沒說話，我開始鉅細靡遺的解釋給他聽：「一旦遇到真正喜歡的人，我們之間這種模糊不清的情感就會消散，就像你以前交女朋友……」

我沒來由的頓了一下，至於為什麼會停在這奇怪的點上，我完全沒頭緒，甚至感到心慌，就好像我說的都是違心之論一樣。

我在心裡順了幾口氣，忽略腦海中呼之欲出的答案，「我跟你說，我們做人不能太隨便……」

下一秒，霍閔宇微揚嘴角，扯脣笑了一聲，墨黑的眼眸中映出我慌亂的表情。

「我就問妳幾個問題，妳談過戀愛嗎？」

我回過神來，不甘心的說：「沒有。」

「再來，你喜歡過誰嗎？」他揚眉，身體微微向前傾，繼續問道，「還是現在有喜歡的人？」

看著霍閔宇傲然探究的目光，我緊張的撇開眼。

和霍閔宇豐富的情史相比，我確實是個戀愛白痴，雖然有過李桀閎這個意外插曲，但和霍閔宇相比，我明顯處於弱勢。

「我、我……」

霍閔宇眼眸一暗，「既然都沒有，那麼妳到底是憑著哪一點指正我？」

「喜歡一個人說起來容易，但從來沒有人能控制好。」他的表情一如往常的輕佻，卻說出令我震撼的話。

是啊，感情從來就是不受控制的。

對霍閔宇的印象，我似乎一直停留在以前，總覺得他還是當初那個不經事、愛玩的小男孩。現在突然發現，他早在我不注意的時候，變成一個有想法的大男孩了。

「還想說什麼？」他看向我，一臉勢在必得。

我心裡又有點不平衡。

從小到大只要是和霍閔宇比較，我永遠都不會贏，但在對待感情的態度上，他的行為錯得明顯，我無法苟同他的行為。

「我為什麼不能指正你？難道你覺得自己的愛情史很光榮？花心濫情到底有什麼好驕傲的？只是降低你的格調而已。」

霍閔宇的眼神一凜，眸光熠熠閃爍，脣邊掛著漫不經心的笑，氣氛突然一片安靜。

「我的確沒你有經驗，但至少我知道，喜歡一個人應該是真心誠意。」我望進他墨黑的眼裡，「說穿了你只是怕寂寞吧，想要有個人陪。」

我滿意的看著他逐漸垂下的嘴角弧度，徹底堵得他啞口無言，接著朝他坐近，神色凝重的看著他。

「你是不是有什麼煩惱？還是有難言之隱？例如渴望母愛之類的，畢竟從小常常被霍姨追打，幼小心靈難免會受創。」我用堅定的眼神告訴他，「你可以放心告訴我，我絕不會和霍姨說。」

霍閔宇的表情驟然冷下，對於這低壓的氣氛，我開始擔心是不是又把話說重了。

我們沉默對視，他的眼底像是溺出了一片海，無邊無際，安靜卻肆意。

我率先感到不自在，轉開了視線，「你不說也可以，我沒有一定要——」

「夏羽侑。」

他打斷我的話，我下意識的看向他。

霍閔宇抿了抿脣，陽光透過窗戶落下斑駁的碎光，在他的側臉描繪出一道好看的弧線，一瞬間讓我有點暈眩。

他的眼角拉出了笑意，「要不，妳來終結我？」

♡

兩個月的暑假結束了。

開學第一天，我沒有賴床，興奮的換上制服，蹦蹦跳跳奔下樓。

「爸、媽早啊。」

「早。」

「起得真早。」

我微微頓了下，對於這突兀的聲音思索了幾秒，一個旋身，裙襬隨之揚起。

「你為什麼又在這裡？」瞪一眼正慢條斯理享用咖啡的男孩，雖然嘴上這麼問，但我也沒太驚訝，從他面前抓起早餐就跑去客廳窩在沙發看電視。

過一會兒，感受到一雙長腿輕易的橫跨沙發，一屁股坐在我隔壁，我看電視看得正入迷，自動的往旁邊挪動。

忽然一絲細軟的黑髮拂過我的肩頸，隨後一股沉沉的重量壓了上來。我嚇了一跳，下意識的移開身軀，孰料那人還很不要臉的貼了上來。

「霍閔宇！」我叫他，不耐煩的動了動肩膀，試圖甩開他。

「太早起床，讓我睡一下。」

「你這人看到我不是喊餓就是要睡，真以為我是你保母啊？」霍閔宇身上有股暖烘烘的氣息，讓人心浮氣躁的。

腦海又浮現他前幾天沒個正經的話，雖說我早該習慣他以惡趣味為樂的輕佻性格，然而那天我還是不爭氣的呆愣住。

雖然最後他被我狠揍了，但我感覺到心裡的某些地方正在崩塌，我都忍不住想，這傢伙會不會根本就是故意的。

我推開他靠上的沉重身體。

他臭美的說：「不是人人都有這種福利。」

我正準備要開罵，老媽走出飯廳見到這一幕，竟用著慈母的嗓音緩緩說道：「妳別又和小宇吵架，平常他對妳那麼好，偶爾讓他一下不會怎麼樣，女孩子家要有氣度。」

我默默收起掄起的拳頭，小臉臭得和便祕很多天一樣。

我撐起笑容，用力勾住他的脖子，聽見他痛苦的哼出聲，滿意的將他的頭用力壓在我肩上，咬牙切齒道：「我知道！小宇平常工作很累，我會讓他在我肩上多睡一點！」

「真感動啊。」

臭傢伙，別以為我沒看見你在偷笑！

踏進校園，遠遠的就看見公布欄前聚集了一票人，大多是高二生，要不就是和朋友十八相送，或是一群人開心的手舞足蹈，慶幸又被分在同一班。

這時一道人影跑了過來，咚的一聲就撲進霍閔宇懷裡，我震驚的看著這一幕，暗自佩服霍閔宇男女通吃的魅力。

「霍！嗚嗚，我好孤單喔，新班級都沒認識的。」闇子昱哭喪著臉說道。

後頭跟上的田雅梨翻了翻白眼，「闇子昱你有完沒完啊！一個籃球隊隊長哭哭啼啼的像話嗎？」田雅梨搓了搓浮起的疙瘩。

「你們同班倒好，我一個人被邊緣化。」

霍閔宇扯了扯脣，「隔壁班而已，不遠。」

但闇子昱依舊還是像個無尾熊巴著霍閔宇不放。

看著青晨從不遠處走來的身影，霍閔宇拔開閻子昱纏在他身上的手，「青晨，你們同班，把他帶走。」

將燙手山芋丟給青晨後，霍閔宇拍了拍制服的皺褶，雙手隨意的插放口袋，保持一貫慵懶清冷的模樣走進大樓。

即便什麼也沒做，霍閔宇依舊牽動著眾人的目光。

站在後頭看著他漸行漸遠的背影，我悄悄伸出手，手指輕輕的描繪著他的身形。

他的耀眼，無人可及。

頎長高䠷的身影忽然止步，霍閔宇回身，擰起俊傲的眉，淺淡的語氣，順著風向我襲來，「不過來嗎？」

我愣了下，一旁的田雅梨上前勾住我的手，「走吧。」

「嗯。」

高二生活正式開始。

第一次和霍閔宇同班，沒什麼特別的，但就是覺得有點奇怪。

以前在學校可以不用常常見到他，現在的我們幾乎無時無刻都能說上話、對到眼。

例如，此時此刻。

「做什麼？」霍閔宇撐著下巴橫了我一眼。

我搖頭，接著說：「這教室有三十個座位，你為什麼非要坐我旁邊？」

他不屑的哼笑出聲，「這教室有三十個坐位，我怎麼就不能坐妳旁邊？」

煩人！

我環顧了周遭的同學，幾乎都是熟面孔，忽然餘光瞥見一人走進教室，四處張望似乎在找什麼，下一秒我們四目交接，對方漾起笑意，一股暖風徐徐而來。

「小侑。」

「任迅暘，早安。」我興奮的朝他揮手，「來坐我後面。」

任迅暘點頭，笑著走上前，忽然一隻腳從我面前輕輕一伸，咚的一下，抵著我後方的桌腳。

「霍閔宇你幹麼?」

他的俊臉盈滿笑意，「這個位子有人坐了。」

「明明就沒人，任迅暘你別理他，安心的坐吧。」我瞪霍閔宇一眼。

他彎起笑意，腳卻沒有移開，任迅暘在旁也不知該不該坐下，雙方僵持著，直到霍閔宇忽然開口：「來了!」朝門口招手，「妳坐這吧。」

他的聲音引來大家的注意，眾人齊齊看向門口處。

處在門口的元柔馨接收到眾多好奇的目光，臉瞬間紅了。

我本來準備要繼續罵霍閔宇，但發現元柔馨的造型，似乎和高一時的呆板乖巧形象有很大的不同。

她拆下亞麻辮，燙了一頭及腰的長捲髮，剪了眉上瀏海，厚重的眼鏡換成隱形眼鏡，整個人清爽許多，精巧的五官顯現而出，讓人不禁多看幾眼。

元柔馨眨著水潤的大眼緩步走來，將長髮勾至耳後，帶著溫順與恬靜，一舉一動透著矜持。

教室裡有幾位男生目不轉睛的盯著她，元柔馨害羞的加快腳步，甚至慌張的拿起書包遮住自己的臉。

外表變了，膽小害羞的個性倒是一點都沒變，她縮著嬌小的身軀，快步越過講臺，途中不小心拐了一下，所幸霍閔宇眼明手快的扶她一把。

「謝謝……」元柔馨小聲道謝，溫柔如水的嗓音讓周遭的男生們徹底投降。她的視線才剛與霍閔宇對上，便嬌羞低下頭，快步走至我身後的座位。

第一堂課，老師簡單的自我介紹和提醒大家開學的注意事項後，便開始安排我們選幹部。霍閔宇在學校人氣很高，沒見過本人也聽過名字，不意外立刻有人起鬨，提名他當班長。後來班上全數通過，他順理成章的成為班上的主導人物之一。

我頓時覺得我的高二生活堪憂啊。

氣氛逐漸熱絡，田雅梨開心的提名元柔馨當副班長，大家看她溫柔乖巧，看上去也細心，很快就全數通過。

我稍稍放心，至少元柔馨感覺上挺負責的，我們班不至於被霍閔宇搞垮。

見沒我的事，我懶懶的趴在桌上玩起前方田雅梨的頭髮，而我身旁剛上任的班長大人忽然舉起手。

難得霍閔宇這麼積極參與班上事務，挺好的。

「活動長，我提名夏羽侑。」

我聽了手一滑，扯了田雅梨一撮頭髮，她痛得哀哀叫，手舉起來準備轉身揍我。大家看了田雅梨的動作，誤以為投票已經開始，紛紛舉起手，轉眼間似乎過了半數。

「十四票。」

正當臺上的同學準備寫下我的名字時，我站起身立刻制止，「沒有過半數，不算。」班上三十位同學，扣除不能投票的主席，總共是二十九票，超過半數應該是十五票才算數。

這種時候數學都會特別好。

哼！該死的霍閔宇，想拖我下水門都沒有。我得意的朝他吐舌頭。

只見他笑得一臉風光燦爛，舉起手，「這樣就有了。」他挑眉看了我一眼，惡質的抿嘴笑。去你的！

活動長分成正副兩人，老師讓我自己選，不過因為規定要由一男一女分別擔任，所以我想陷害田雅梨的計畫直接失敗。

我沒好氣的瞪了一眼還在幸災樂禍的霍閔宇。

忽然我想起一個人，朝斜後方看去，人群中就屬他最耀眼，「我選他，任迅暘。」

突然被點名，他的表情有些驚訝，久久不語，貌似有點困擾，在我以為要被拒絕時，他緩緩點頭，「好。」

我朝他露出感激的笑容。

坐下之後當然不忘再送個白眼給霍閔宇，只見他撐頰，露出一抹意味深長的笑容，看上去怪可怕的。

下課後，班導召集所有幹部過去，提醒完禮拜三有幹部訓練後，就讓大家自行解散。

回座位時，我眼尖的發現任迅暘的手指邊緣泛著血絲。

「你的手……」

他舉起手來看了幾眼，淡淡一笑，「大概是被通知單劃傷，不礙事。」

「等我一下喔。」從書包拿出隨身攜帶的藥膏和OK繃，我將任迅暘的手拉了過來，抹上藥膏，最後再貼上OK繃，「小傷也不能疏忽啊。」

我抬眼，發現任迅暘正一瞬不瞬的看著我，鬱鬱眸光散著溫和的光暈，卻看不清被他穩穩掩藏在眼底的情緒。

我下意識的說：「以後受傷就來找我吧。」聽起來像是詛咒他天天受傷一樣。

我憨笑幾聲，「不是啦……我是說萬一你受傷，有我在不用擔心。」這麼說好像還是有點奇怪，正想著要不要繼續解釋時，一直盯著我的任迅暘突然笑了，笑聲清脆潺潺。

「我知道了。」他把手放在我的頭頂上拍了拍，「知道受傷時會有人在的感覺真好。」

星期三幹部訓練，負責帶活動長的老師，簡單說明這學期的工作，其中最重要的就是十月的校慶園遊會，今年恰好是五十週年校慶，因此活動將會盛大舉辦。

「各班活動長請負責籌備自己班上要賣的東西，一年級是遊戲，二年級是吃的。」

聽到是這麼麻煩又慎重的事，我的臉都垮了下來，心裡不斷咒著霍閔宇。任迅暘大概也發現了，笑著對我說：「別緊張，我會幫妳。」

我微笑回應，好險那時選了一個神隊友。

我甩著單子，有點懊惱的說：「你覺得我們班該賣什麼？」

「讓班上投票吧，相信他們會有好建議。」

「如果要得名，應該要特別一點。」我摸著下巴、瞇著眼認真的思忖道，「畢旅能出去夜遊這個獎勵太吸引人了。」

我想得太入神，忽然聽到任迅暘笑出聲，我皺眉問：「笑什麼？」

任迅暘好不容易止住笑意，拍著我的頭說：「沒什麼，就是覺得妳認真的樣子很可愛，想得到獎勵的行為就像小孩子一樣單純。」

我臉一熱。

任迅暘白皙的臉龐充滿暖意，竟過分的好看，說真的我很少見他笑得這麼自在。一直以來他對任何人都有一條無形的界線，不會過度表現自我，不會傾訴，更不會依賴誰，彷彿藏著一個很深的祕密。

而我的直覺告訴我，是與他的青梅竹馬有關。

下一秒我們的視線交會，他的脣邊還蕩漾著笑，我的臉驀地炸紅，說話也不自覺結巴，「哪、哪有啊！我這是替全班爭取機會，你信不信等等他們聽到這個消息，絕對比我還興奮，搞不好會暴動！」

「嗯，信。」

見我明顯停頓了一下，他又說：「妳不會騙我，所以我信。」

我登時反應不及，只是定定的看著他，不知該如何回應，過了幾秒，我才說：「不要這麼相信一個人。」

「為什麼？」

「因為很容易被拐啊。」我憤憤的說道，「我就是太相信田雅梨他們，所以老是被騙！」

任迅暘張大眼，頓了幾秒，隨後噗哧的笑出聲。

「幹麼又笑啦？」我不解的叫道，「這是很嚴肅的問題耶。」

任迅暘笑開懷，肩膀不可遏止的顫動，節骨分明的手指握著拳抵在脣上，露出白燦燦的牙齒，笑起來乾淨清爽。

「妳這樣毫無顧忌，某人要不安了。」任迅暘忽然說了一句不相干的話，笑笑的用手指劃開我的瀏海，語氣很淡，眸光淺而薄，「或者該說，他快要按捺不住了。」

我皺了皺眉，不明白任迅暘話中的意思。

他看似有話要說，然而我眼尖的發現不遠處站著幾位熟悉的人影。

田雅梨雙手插腰，表情明顯就是想看好戲，「喂！在學校公然調情是會被抓的喔！」

任迅暘收回手，窗口流瀉而出的陽光使得他的膚色更加白皙，卻也增添了疏離感。

「我太明白他的感受了，」任迅暘維持著臉上的笑意，壓低嗓音，語氣平穩，我卻聽出隱藏在字句中的一絲得意，「所以知道怎麼做會讓他失控。」

我略為驚訝的看向任迅暘，他的眉目依舊清淺溫和，然而口中吐出的話卻透著森冷與嘲弄，伴隨著巨大的壓抑。

我竟有一瞬間覺得喘不過氣。

我別開眼，故作鎮定的端起如常的笑臉，對著田雅梨嚷道：「妳別亂說！」

「誰知道呢？我這裡又看不清楚。」田雅梨用著口型，刻意瞄了一眼她身後的霍閔宇，放慢了語速，「妳、死、定、了！」

第五章　亦友亦戀

「我是不是幫了妳一個大忙啊。」

教室前，一抹高䠷的人影，交疊著長腿，倚著門框，擺明就是來堵我的。虧我還刻意晚了十五分鐘才回教室拿書包，沒想到他會等我。

霍閔宇桀驁不馴的模樣，笑得既懶散又不經心，卻看得我心裡發毛。

我繞過他，自然的忽略他的問題，「你不用去TOP嗎？今天禮拜三。」我提醒他。

他跟了上來，語調意外的輕鬆，「妳不覺得該謝謝我嗎？」

我裝作沒聽見，逕自收起筆袋，將抽屜的參考書擺放整齊，最後拉上書包拉鍊，「遲到我可不會幫你掰理由喔。」揹上書包，我準備踏出教室。

這時，霍閔宇高大的身形如同一陣狂風，掃過我面前，門碰的一聲關上，他佇立在我眼前，雙手環胸，歪著頭。

我第一個反應就是先看看有沒有其他出口，幸好前門還開著，外頭走廊還有三三兩兩的學生。確保不會被殺人滅口後，我深呼吸，接著說：「我不知道你在生什麼氣。」

「生氣？」他嗤了一聲，彷彿聽到天大的笑話般用力的哼笑出聲，「我為什麼要生氣，我看起來像在生氣嗎！」

為了避免說錯更多話，我順著他大爺的意，「好，沒生氣，你看起來很開心，所以我可以走了吧？」

我再次要繞過他，想趕快脫離暴風圈。他擋住右邊，我就往左，他往左靠去，我就改往右走，來來回回幾次後，我的耐性終於被磨光了。

「霍閔宇！你不想走我不會管你，但我想走！」

自從與他同班後，我幾乎只剩半條命。

好比，下課居然讓我去領他直屬學妹送的禮物和卡片，通常這種主動找上門的，百分之兩百是看上霍閔宇，要不然我的直屬學妹怎麼從來沒找過我。

我看霍閔宇根本連對方是誰都不曉得，學妹看到是我出來拿，小臉瞬間都青了，我只能微笑哈腰，簡直裡外不是人。

而他大爺醒來第一件事就是不知廉恥的抱怨桌子硬害他睡不好，下午沒心情工作，然後終歸就是我害的，最終靠在我肩上睡著才停止抱怨。

外頭跟著學妹來的壯膽小團體，都快衝進來把我滅口了，有幾個人還當場落淚。

還有！

已經不知道是第幾次被班上同學問，我跟霍閔宇是不是在交往？

每次我很誠懇的向他們澄清，他們就會露出一副「我們懂、我們知道，你們只是不好意思說明白」的表情。

其中也包括田雅梨那個幸災樂禍的人。

「夏羽侑同學，請問妳和霍閔宇同學是不是有什麼不可告人的關係?」她將考卷捲成條狀當作麥克風，遞到我面前。

我沒好氣的睨她一眼，「我建議妳乾脆去當記者算了。」

田雅梨用手上的假麥克風打了我幾下，「我是跟妳說認真的。」

「我也是啊。」

見田雅梨又要揍我，我在心底深深嘆口氣，忽然好想念和閻子昱同班的時候，至少我挨打的次數會減少。

看他在新班級似乎混得不錯，打球時，偶爾還會有學妹送點心給他，樂得他現在經過我們教室時，總是滿面春風，走路大搖大擺。

受不了田雅梨反覆的詢問，我把她帶去廁所，確認四下無人之後，便將霍閔宇告白的過程一五一十的告訴她。

田雅梨聽完，狠狠倒抽一口氣，語氣十足認真，「霍這男人以後不得了。」

「現在是稱讚他的時候嗎?都不知道我多困擾。」

「困擾什麼?答應他啊!」

我嘖她一聲，「我和他是可以在一起的那種關係嗎?」

這句話反倒讓田雅梨困惑了，反問我:「不是嗎?」

「我們怎麼可以在一起!」

「霍有什麼隱疾嗎?」

我看她一眼，「沒有吧。」

「霍對妳不好嗎？」

「還行吧。」

「霍會對妳家暴嗎？」

我愣了一下，「我們不是一家人。」差點被誆。

「喔！腦袋滿清楚的嘛。」田雅梨讚歎道。

突然，田雅梨問了一句：「妳喜歡霍嗎？」她低頭想了一下，又說：「或者應該問的是，妳不喜歡霍嗎？」

她的話讓我為之一震，彷彿所有旁觀者都知曉我和霍閔宇的感情非同一般，只有我從來不承認。

話語一落，這句話就像觸上了霍閔宇的地雷，他的眼神轉為凌厲，口氣凍人，「說不到幾句就要走，妳就這麼想避著我？」

雖然我也在氣頭上，但我更怕霍閔宇生氣，因為他從不計較後果，想要的東西非要占為己有，不順心的事一概絕情剷除。

我瞭解他，也就明白我更應該堅守最後一道防線。他試圖越界，我就後退，待到退不開，我便離開。

只因我知道，所有與他的結果我都承擔不起。

「對！」

因為害怕。

最後，我和霍閔宇不歡而散。

我疲憊的走出校門，從沒想過有天我們會談起感情，遑論是我和他的感情。

我隱隱約約有種不好的預感，覺得事情愈來愈不受控，我甚至不敢想像往後的發展。

「小侑！」聞聲，我愣愣的回頭，見任迅暘小跑步而來。

「你還沒走啊？」剛才怕霍閔宇生氣，所以和他協議分開回教室，雖然最後還是惹毛他了。

「剛才班導找我過去，要我在校慶的開幕典禮上演奏鋼琴。」

「太好了。」

「妳看起來臉色不太好。」他自然的朝我伸手，白皙的指尖在餘暉之下像是纏著一道溫暖的光，然而觸上我的臉頰時我卻微微縮了一下。

他誤以為我抗拒，有些慌張的縮回手，「抱歉，不自覺就……」

我趕忙搖頭，看著彼此僵在原地的模樣，突然就笑了出來，緊繃的心情瞬間放鬆不少，「怎麼總是在最無助的時候遇上你呢？」

任迅暘僵硬的臉龐柔和許多，眼底散著細碎的光點，彎起若有似無的笑容，「大概我們都很愛逞強吧。」

晚上吃飯的時候，老媽問起我和霍閔宇在學校的事。

「妳跟小宇在班上相處得好嗎？」

我挾了一口菜，第一個問題就讓我食不下嚥，因為就在幾個小時前，我們才剛吵完架。

「不好嗎？」見我遲遲沒回答，老媽比我還緊張，「老實說，妳又做了什麼事惹小宇不高興？」

我嚼了幾口飯，點頭說：「就跟以前那樣，沒什麼。」如果照實說出來，免不了又要被念。

吃完飯，我上樓打算回房間寫功課時，手機忽然響了。

「喂？」

「羽侑嗎？」

我翻了翻白眼，聽出是霍閔宇經紀人迪昊的聲音，「怎麼了嗎？」

「請問閔宇現在人在哪裡？」

「他又沒去工作？」

迪昊嘆口氣，「今天六點有他的拍攝，但現在都八點了他還沒出現，手機也打不通，我們實在沒辦法才來打擾妳的。」

聽完，我大概也猜到霍閔宇蹺班的原因，只是沒想到他可以任性到這種程度。

「今天的拍攝我就先幫他請假了，聯繫到他我再跟你說。」

「看來也只能這樣了，那臭小子我行我素的個性再不改改，我真的會被他氣死！」迪昊口氣無奈，「謝謝，麻煩妳了。」

掛了電話，我馬上打給霍閔宇，果不其然進入語音信箱。

我立刻傳了訊息給青晨，然而他也沒有霍閔宇的消息。

之後，我又分別問了閻子昱和田雅梨，但一樣沒有結果。

「幹麼？吵架了喔？」田雅梨賊賊的問，「我不懂妳在堅持什麼？有什麼好不能在一起的？別人是求之不得，妳還把人推出去。」

「我跟霍閔宇……」光是把我們的名字擺在一起都覺得怪，「怎、怎麼可能在一起！」

我懊惱的敲著手機螢幕，他到底去哪了？

嘴上說不管他，但轉眼間我卻出現在公車站牌。青晨跟我說了幾個他跟霍閔宇平常會去的地方，我決定先坐車去市區找找看。

夜晚的市區燈光璀璨，人聲喧騰。我在附近轉了幾圈，還是沒有找到霍閔宇。

我煩躁的抓著頭，開始假設各種狀況。

難道是被前女友們報復？或是被紛絲纏住？還是他出了意外……

我愈想愈擔心，嘗試再打電話給他，這次沒有進入語音信箱，但依舊響了很久，久到我都覺得霍閔宇會不會根本就沒帶手機時，電話接通了。

「喂？霍閔宇嗎？你現在人在哪裡？你怎麼沒去公司？你知道大家都很擔心你嗎？」我劈里啪啦的說了一長串。

誰知竟得到他無情的回應：「吵死了。」

「什麼？我是擔心你耶！要是被阿姨知道你又要被禁足了，你到底在想什麼啊？」

「隨便，我要掛了。」

「你人在哪，我去找你！」見他要掛斷，我急著朝著手機大叫。

他不耐的嘖了一聲，微微哼口氣，「妳後面。」

我被動的回頭，霍閔宇高大熟悉的身影出現在我前方，一手持著手機，一手插放口袋，書包隨意的掛在肩上。

我掛了電話跑了過去，焦急的問：「你去哪裡了？」

他將手機放回口袋，抿著唇，不發一語。

「為什麼不說話？你……還在生氣嗎？」

「我沒有生氣。」他的表情倨傲冷淡。

他現在是在跟我鬧彆扭嗎？

「你知道你今天蹺班沒去工作，已經造成公司的困擾了，你不能總是想怎樣就怎樣。」我語重心長的說道。

「妳不是說不要管我。」霍閔宇面不改色，「那麼我想怎麼樣，到底關妳什麼事？」

他這句話幾乎是一秒就惹毛我，我在心底反覆做了幾次深呼吸，最後朝他擠出笑容，「是不關我的事，但是阿姨他們會有多擔心，還有迪昊……」

他哼笑出聲，打斷我的話，「那妳呢？擔心嗎？」

我愣了下。

我承認我會擔心，但是要當面說出口，忽然就不是那麼容易。

見我沒答話，霍閔宇斂下眼，帶著冷然疏離的口吻說：「妳回去吧，我和別人有約了。我媽問起就說我十點前會到家，其餘的都說不知道，不要害自己又被牽連，我不想擔這個責任。」

面對他的直白冷漠，我一時之間也沒反應過來。

待他轉身離開後，我才看見不遠處站著一個人，貌似在等他，或者該說他們剛剛本來就是在一起的。

元柔馨看向我，微微向我頷首，沒有一絲羞怯。

而直到最後，霍閔宇都沒有回頭看我。

回家的路上我幾乎無法思考，腦海裡不斷重播霍閔宇的話，以及元柔馨在燈光下一閃一滅的臉孔。起初還有點生氣，覺得霍閔宇莫名其妙，但待情緒平復，才發現這樣的自己實在很可笑。

我知道霍閔宇想要什麼，也知道周遭的人為什麼認為我們應該在一起，因為我們夠熟悉彼此。但是在一起後的我們，會不會因為一些爭吵就鬧分離，會不會因為在乎的比以往多，變得小心翼翼而感到有壓力。

如此一來不就失去當初兩人想在一起的意義。

隔天上學，霍閔宇沒有等我，聽霍姨說他一早就去學校。霍姨沒和我抱怨什麼，看來他把事情處理得很好。

到教室時，出乎意料的沒看見霍閔宇，元柔馨也還沒到。田雅梨看我來了，拉著我就往外掃區去。

我也沒多想，放下書包就跟她走。

早自習鐘響，我們準時回教室，霍閔宇的座位還是空的，大概是蹺課了吧。元柔馨似乎也還沒來，她是個認真乖巧的女生，肯定不會做違反校規的事，也許只是剛好請假。

只是為什麼這麼湊巧，兩個人都還沒來呢？

發現自己開始胡思亂想，我搖了搖頭，都說不會再干涉霍閔宇了。

我從抽屜拿出歷史課本，這時後門也有些動靜，霍閔宇和元柔馨兩人揹著書包，眉眼帶笑的走了進來。我不自覺多看了他們幾眼，恰巧對上霍閔宇的目光，一時半刻來不及移開眼神。

直到伸進抽屜的手觸到一絲黏稠冰涼的液體，我嚇得縮回手，瞬間站了起來，膝蓋敲上桌底，我忍不住露出吃痛的表情。前方的田雅梨嚇了一跳，轉過來劈頭就要罵我，隨後便看到從我抽屜邊緣流出的咖啡色不明液體，緩緩流向地板。

田雅梨也嚇得趕緊起身，順便把呆呆站在一旁看的我拉開。她罵了一聲：「這什麼東西？」全班似乎也開始騷動，紛紛聚了過來。

我蹲下身近看，試圖伸手去摸，就在快碰到的時候，手忽然被拉起，我轉頭，看見霍閔宇有些冷淡的神色，「別用手。」

「看起來是巧克力。」走上前的任迅暘忽然出聲。

聽他一說，不少人也意識到空氣中真的瀰漫著巧克力的香味，班上同學開始議論紛紛。

田雅梨小聲問我：「妳最近又招惹到誰了？」

我一臉無辜。

才開學一個多月，我連自己班上的同學都還沒混熟，學弟妹個個都不認識，我能惹到誰？

語落，霍閔宇像是察覺什麼，逕自走向自己座位，手伸向抽屜，果不其然摸出了一些東西，定睛一看全是拆過的巧克力包裝。

班上同學的抽氣聲此起彼落，議論聲漸大，霍閔宇的表情一貫的淡定，甚至覺得可笑。

「這是栽贓嗎？」田雅梨嘲諷道，「哇啊！這凶手很厲害呢，連續劇看真多。」

我沉默看著黏答答的課本，黏膩的巧克力甜味撲鼻而來。

唉——平靜的日子，總是少得可憐。

我花了一個早自習的時間收拾殘局，抽屜裡的課本無一倖免，桌子也去地下室重新搬了一張。

班導同情我，幫我出了一半的書錢，也提醒我要小心，最近多注意自己的東西，也特別找了霍閔宇去談話。

「老師，霍閔宇不是凶手。」

班導還未開口，霍閔宇倒是冷瞟我一眼，「妳怎麼知道？」他平靜的說，「我現在的確不爽妳。」

語落，他走到教室外，班導也沒再多問什麼，大概是看見我尷尬的表情吧。

中午吃完飯，我打算去趟學校書局把書買齊。任迅暘也說想買幾本參考書回家寫，於是我們約好一起去。

途中正巧碰上從導師辦公室走出來的霍閔宇，自從早上他被老師叫去談話後，幾乎每節下課他都去找老師報到。

我擔心班導會不會真把霍閔宇當作犯人，依照他現在對我生氣的程度，難保他不會意氣用事去頂罪。

我很著急，卻不知道如何問起。

本來以為我們會擦肩而過，孰料霍閔宇在我們面前停下腳步，雙手插放口袋，「妳去哪？」頤指氣使的口吻和平時差不多。

沒料到他會問，我愣了下，照實回答：「書店……」

他沒有思考太久，拋下一句：「我也去。」就跟上了。

於是，我走在任迅暘和霍閔宇之間，走廊上經過的學生皆對我們投以好奇的目光。此刻的氣氛實在太讓人感到壓迫了，周圍的空氣好像突然變得稀薄，讓我有些呼吸困難。

一踏進書店，我飛也似的衝到擺放課本的區域，心想，終於得救了！

挑好想要的課本後，任迅暘舉著兩本筆記本迎面而來，他輕喊道：「小侑，妳覺得我該買哪一本？兩本我都很喜歡。」

我思索了下，話還沒出口，就被後頭不知從哪冒出來的聲音給捷足先登，「粉紅色那本，」霍閔宇刻意停頓了下，說得字正腔圓，還附帶一抹輕蔑的微笑，「娘。」

我轉頭斥責他，隨後立即看向任迅暘，笑了笑，「我覺得粉紅色很好看，淺淺淡淡的就像你給人的感覺，很溫柔。」

面對霍閔宇的惡言，任迅暘不在乎的聳聳肩，他笑著看了我一眼，「那我就買粉紅色了。」

我點頭，見他轉身去結帳才鬆了一口氣。我真的很怕他們吵起來，所幸任迅暘修養好，不會跟霍閔宇計較。

「別再這樣了。」我忍不住對身後的霍閔宇說道，「任迅暘沒惹你。」

「就只是建議而已，這麼受不了打擊，人生會有多困難啊。」他噙起笑，眸光幽遠，「因為太懦弱。」

禮拜三就要交園遊會的主題了，剛好社團課下週才開始，趁著全班都在，我和任迅暘趕緊讓大家討論班上要賣的東西。

大概是夜遊的獎勵太吸引人了，每個人都很踴躍發表意見，沒多久我們就有了最終決議——賣鬆餅。

女生們想要賣甜點，而田雅梨家剛好開鬆餅店，需要的材料、器具取得方便，製作方法更不用擔心，幾乎都投了鬆餅這個選項。

男生們雖然意見連連，說甜食和他們的男子氣概一點都不搭，有損他們的形象，但卻始終提不出更好的提議。

一開始他們還巴望著那位男性班長能夠說些什麼，但霍閔宇根本就在睡覺，所以最後就被女生以太沒建設性而否決。

我把票選結果寫在攤位表上，總算解決了一件煩心的事，開心的甩著單子準備拿去學務處。眼角瞥見一個人影跟著起身，我沒有太在意，直直的朝門口走去，這時任迅暘的聲音傳了過來：「小侑，我跟妳一起去。」

我回頭應聲：「好……啊。」本以為跟在我後面的是任迅暘，卻發現是不知道何時跟來的霍閔宇，我尷尬的看了他一眼。

「不用，我跟她一起去。」他連頭都沒回，盯著我，回絕了任迅暘。

我沒吭聲，只能朝任迅暘露出抱歉的眼神。剛睡醒的霍閔宇，脾氣說來就來，不能和他硬碰硬。

「我其實可以自己去……」我怯怯的說。

霍閔宇銳利深沉的眼眸望著前方，語氣冷然，「我是班長。」言下之意就是班上同學的事，就是他的事。

加上前陣子的巧克力事件，坐在我旁邊的他一定有發現，最近我將手伸進抽屜前都會猶豫一下，這件事確實造成我一些陰影。

我喔了一聲，沒再回話。

認識十幾年，我第一次覺得跟霍閔宇相處原來壓力這麼大，若有似無的疏離與冷漠，不斷澆熄我想搭話的衝動，氣氛超級沉悶。

記得國小的時候，我們都習慣一起上下學，記得有一次放學，我怎麼等也等不到霍閔宇，想著他大概又去哪裡玩了，索性直接回家。

到家後，我很快的寫完作業，洗了澡，就等著吃飯。此時，門口響起一陣急促的電鈴聲，我懶懶的上前應門，從監視器中看到的是霍閔宇倉皇的小臉。

我打開門，面露不善道：「霍姨沒說你今天來我家吃飯啊。」每次這傢伙一來，我最喜歡的菜都要分給他。

只見他晶亮清澈的大眼微閃，像是鬆了一口氣，隨即氣急敗壞的說：「妳怎麼沒跟我說妳回家了？」

出現在他臉上的，不是我預期的輕鬆表情，我愣愣的說：「我沒等到你，以為你先走了，所以我就回家了。」看著他墨黑的髮被汗水浸溼，根根貼在他飽滿的額頭上，「你……該不會等我等到現在吧？」平常最會欺負我的他，怎麼可能這麼笨。

見霍閔宇遲遲沒有答話，我簡直不敢相信，「該不會是真的吧？」

現在是晚上六點，從放學到現在，至少也超過了兩個小時以上，他都在找我嗎？

「社會課睡覺，被罰放學掃廁所。」他說了晚到的理由。

我眨了眨眼，不知道該說什麼。

「不過我也就晚了個十分鐘，妳就這樣丟下我？」

我驚愣，想不到霍閔宇在這種情況之下，頭腦還很清楚，不過他還是說錯了——我只等了五分鐘。

「有嗎？我等很久耶！我以為你跑出去玩了。」我佯裝思考，立即裝傻，「誰叫你的前科太多。」

「妳知道一個人回家多危險嗎？老師說現在外面很多壞人，還有壞小孩成群聚集在校門口，妳要是被抓走怎麼辦？」他一口氣說了一長串，連氣都沒喘半下。

發現霍閔宇原來這麼擔心我，實在很令人感動，但我還是忍不住想說：「你不是也自己一個人回來嗎？而且你這麼晚，霍姨現在一定拿著竹子在等你。」

霍閔宇聽了恍然大悟，軟嫩的臉應聲垮了下來，「我要進去……」

聽他這麼說，我立刻擋住大門，用行動表示拒絕。老媽見我和霍閔宇在門口說話，馬上要邀他一起進來吃飯。

我笑嘻嘻的說：「不用了，霍姨一定準備得很豐盛在等他。」嗯，很大一頓竹筍炒肉絲。

只見他小臉一黑，氣鼓鼓的。隔天儘管我怎麼討好他都沒用，他還是氣得好幾天都不跟我說話。

我在心裡嘆口氣，霍閔宇小時候多可愛啊，怎麼樣都沒像現在這麼臭跩。

去學務處需要經過一小段一年級的區域。

小高一還帶著國中時期的青澀與調皮，這棟樓明顯吵雜許多。有的學弟妹甚至趁著班導去開會，在走廊玩起潑水遊戲，一群人嘻嘻哈哈的在洗手臺前互相攻擊。

我們才剛經過，一灘水突然直接朝我們灑來，我來不及避開，下意識的低頭，將通知單往懷裡一塞，就怕被波及。

我感到手臂被人往後扯了一下，一道黑影籠罩住我全身，霍閔宇伸長手臂在空中擋下那灘水。

學弟妹見潑到人紛紛嚇壞了，「學、學長！對不起！我們不是故意的！」

霍閔宇沒回話，反而轉身看了看我，雖然臉很臭，但語氣卻出乎意料的溫和，「還好吧？」

我愣怔的點頭，看了一眼他溼了半邊的制服，「你衣服都溼了。」

霍閔宇不甚在意的瞥了一眼，「嗯，沒什麼。」語落，他繼續往前。

學弟妹也不敢再嬉鬧，雙手垂放兩側站成一排，目送我們離開。

霍閔宇連看都沒看一眼，我跟在他後頭，小聲的提醒他們：「下次別在走廊玩水了，被教官發現會被罰寫悔過書的。」

只見他們乖巧的點著頭，頻頻道歉。

我想，大概是霍閔宇看起來太陰沉，嚇壞他們了。

交了單子，學務處的老師說了一句很期待我們班的成果，便讓我們回教室。

看向牆上的時鐘，發現還有一點時間，我拉著霍閔宇的手臂往前走，「我們去保健室。」

他瞇眼，「妳受傷了？」接著就要檢查我的四肢。

我急忙搖頭，指著他的制服，「弄乾再回教室。」

他聽了也就沒說什麼，任由我拉著。

走進保健室，我跟護士阿姨借了吹風機，讓霍閔宇坐在床上，拉起他的白襯衫袖子，下一秒他自動解開胸前第一顆鈕子，我登時停下動作，驚恐的問：「你要幹麼？」

他平靜答道，修長的手指繼續捏著鈕子俐落解開，胸前的肌膚若隱若現，「脫下來吹比較快乾。」

我立即阻止他，「有阿姨在，你不要亂來！」

「所以阿姨不在就可以？」他刻意抓我的語病，原先嚴肅冷漠的面容柔了幾分，多了一些惡趣味。

我瞪他，要他快點把鈕子扣上，要是被誤會就糟了。

大概是鬥嘴的聲音太大，阿姨背對著我們故意說道：「現在的學生不知道是怎麼了，都流行在保健室約會?」

我連忙閉嘴，打開吹風機蓋過尷尬的氣氛，拉起他的襯衫仔細吹乾。

「你們吹風機用完就放回原位。」阿姨轉過身來，本來要交待什麼事，但看了一眼我身後的霍閔宇，像是想起了什麼，「同學，我記得你。」

霍閔宇彎唇，「很正常。」

我默默在心裡翻了一圈白眼，自戀。

「上次你……不對，是上學期，你跟我借了醫藥箱對不對?」

「有嗎?我不記得了。」霍閔宇皺眉，看不出是真忘記還是裝的。

阿姨起身，「就你這臭小子，剛開學時跟我借走一盒，結果沒拿來還!」她氣沖沖指著他罵道，「為了怕其他同學來保健室沒藥可以擦，我還自己買了一盒備用……」

霍閔宇似乎有些不耐煩，直接說了句他會賠，阿姨才停止碎念。

走回教室的途中，我隨口問霍閔宇：「你為什麼借醫藥箱?」

「忘了。」

「喔，好吧。」我沒再追問，畢竟我們的關係好不容易好轉，不想因為小事再次弄得彼此不愉快。

如果是上學期和人打架受傷去借的，還能理解，但阿姨說是開學的時候，難不成這傢伙在混幫派嗎?看他一邊維持課業，一邊工作，難道因為壓力大就跑去揍人發洩。

接收到我探究的眼神，霍閔宇瞄了我一眼，「怎樣?」

「沒事……」

見他要走，我跟在他屁股後，忽然想起迪昊的話，趕緊提醒他：「你這個禮拜六一定要去攝影棚，上次大家都因為你而搞得人仰馬翻。」

「不要！」霍閔宇落下這句話，兩手插著口袋就走了，沒打算等我跟上。

我小跑步到他面前，一邊倒退走路，一邊說服他：「不要給別人造成困擾。」

「大不了就辭職，我也不是要做一輩子。」

「你是生理期來了是不是？動不動就鬧脾氣。」

霍閔宇懶得理會我的調侃，側身閃過我，加快腳步就要回教室。

我因跟不上他的步伐，情急之中被自己的腳絆住，下一秒整個人往後仰。我還來不及尖叫，霍閔宇敏捷的撈起我，抓到支撐物的我為了保命，也不管什麼自尊心，雙手死死的纏住他的腰。

「差點跌死……」我呼了一口氣。

回過神，對上霍閔宇熾熱的眸眼，我吞了吞口水，雙唇微張，忘了抽身。

霍閔宇也不退，緩慢的俯下身。

面對他靠近的鼻息，我絲毫不敢移動半分，視線停留在他逐漸貼上前的柔軟唇瓣。我的腦袋亂糟糟的，卻也沒有推開。

「喔！是剛剛的學長姊。」一群學弟妹叫道。

聽到他們的聲音，理智以光速回歸，我們立即放開對方，假裝沒事的拍了拍制服的皺褶。

發現我們異樣的氣氛，學弟妹紛紛掩嘴偷笑，「我們只是想再次為剛剛的事跟學長姊說聲抱歉。」他們幾個一邊說，臉上的笑容卻十分怪異。

我咳了一聲，「啊，不要緊，我們沒放在心上。」我揮了揮手。

見霍閔宇已經走掉了，我忍不住大喊：「等我啦！」

♡

星期六的拍攝，我以「個人助理」的身分被霍閔宇差遣到現場幫忙——否則他就不去。

雖然他要不要去工作根本不關我的事，但我已經不想和他爭辯了。

一早我們坐著迪昊的車到拍攝現場，理所當然霍閔宇在車上被念了，但那傢伙偷偷戴上耳塞靠著我的肩睡著了，等於是我一個人在忍受這些鬼打牆的碎念。

一下車，他大爺伸了懶腰，看上去睡得很飽，我則怨恨的看了他一眼。

這是我第一次來到拍攝現場，雖然今天的模特兒就霍閔宇一個人，但幕後有不少工作人員。攝影大哥忙著架設攝影機，化妝師姊姊招手要霍閔宇過去上妝，造型師準備每一場的衣服搭配，所有人都十分忙碌。

我目不轉睛看著現場的運作，雖然現在是秋天，但雜誌社已經開始拍攝冬季服裝。

霍閔宇身穿羽絨外套、長褲，腳下是一雙黑色皮靴。

我在一旁讚歎之餘也覺得不公平，怎麼有人就是可以長得這麼好看，穿什麼都適合。

「今天有五家廠商要拍，大家加油！」攝影大哥抬手，確認所有工作人員都就定位，「OK！開始！」一聲令下，所有人皆退到鏡頭外，留下霍閔宇一人。

「閔宇就照以往那樣，隨興發揮，不需要管鏡頭。」

他點頭。

「好！三、二、一！」

當最後一個數字落下，閃光燈開始閃閃爍爍，霍閔宇站在一大片搖曳生姿的花叢之中，蔚藍的天空和他周圍的雪白形成對比。他站在兩者的交界處，深俊的五官，渾然天成的傲冷氣息，形成一種獨特的清冷孤傲。

霍閔宇熟練的變換動作，嚴肅高傲、陽光溫暖、帥氣可愛，短短幾分鐘內，我看到他好多不同的一面。他就像天生活在鎂光燈下的人，自信從容，看不見一絲猶豫和害怕。

小時候曾有一段時間我相當忌妒他，覺得他好像什麼都有，而我卻要很努力很努力才能得到。所以我習慣在他看不見的時候努力，熬夜看書、早起晨跑，就是想在他面前表現的游刃有餘，讓他知道我一點都不比他差。

可是這麼做到底是為了什麼？

自尊心？

好勝心？

還是……

忽然一隻手從我眼前伸來，「喂，水。」

看著霍閔宇，我一時半刻沒有反應過來，他再次晃動在我眼前的手，微微蹙眉，我才意識過來，「喔……」

喝完後，他關上瓶蓋，開始和攝影師討論起照片的效果還有肢體動作，我則閒來無事的四處晃，偶爾滑個手機。

霍閔宇很有效率，半天下來已經拍完四組了，拍攝幾乎都是一次搞定，在我暗自開心可以早點回家休息時，工作人員忽然一陣慌張，「原本說要來的女模特兒得了腸胃炎，沒辦法來了！」

「這樣的話，先延期吧。」

「這組照片明天就要交，今天不拍真的來不及。」

「有沒有其他模特兒？」

「星園這期要拍的是冬季情侶衣，模特兒有些限制，這麼臨時的找人有點困難。」

攝影師敲著桌子，現場陷入一片焦慮氣氛。

我在旁安靜的看著，想起星園正是元柔馨家經營的網拍店，霍閔宇似乎成了他們家的代言人。

「那邊有一個。」一道聲音劃破寂靜，大家尋著聲音的來源，發現是霍閔宇，接著再看向他手指著的對象。

咦？是我耶……

我錯愕，驚嚇的站起身，朝霍閔宇陰狠的使了眼色，警告他把手指收回去，否則我折斷它！

全體工作人員紛紛將視線投向我，似乎真要把霍閔宇的提議納入考慮。

「稍微打扮一下其實不差。」

「身材比例還算不錯，如果衣服搭配得好，可以讓她的比例更好看。」造型師在遠處對我比劃著手，已經開始在想穿搭方式。

攝影大哥率先打斷眾人的討論聲，直接下了結論，「我看妳和閔宇的關係不錯，拍情侶系列應該不會有太大的問題。」

他簡單下了指令，大家紛紛開始動作，「十五分鐘後開拍。」

「妹妹，來這邊坐！」化妝師姊姊打開一個三層化妝箱，五顏六色的化妝品映入眼簾，光粉底液就有將近十種選擇。她開始在我臉上塗塗抹抹，髮型師也加入，動手拆掉我的馬尾。

「喂，等等……我好像還沒答應吧？」

「不要亂動！」姊姊們一聲喝斥，我立即乖乖的坐好，閉上嘴巴不敢說話。

造型師拿了一件灰色帽衫讓我換上，下身穿著牛仔吊帶褲，腳下搭著全白運動鞋。因為時間緊迫，定裝完後我便就定位。

「模特兒就位！」造型師替我順了順眉上瀏海，朝我豎起了拇指要我加油。

看著眼前好幾臺攝影機器，我頓時笑不出來，見工作人員準備退離拍攝範圍，我慌張的想逃跑。

「去哪？」背後傳來霍閔宇的聲音，一整天的拍攝讓他已經有點累了，口氣明顯不佳，「不要浪費時間。」

我側過頭看他，同款帽衫，下身是牛仔長褲，襯著他的腿更為修長筆直。我愣愣的看著他走來，心跳莫名加快。

深色眸子百無聊賴的掃了我一眼，最後什麼也沒說，直接示意攝影大哥可以開拍了。

「一樣不用在意我的鏡頭，自然就好。」攝影師的倒數聲在我耳邊響起。

什麼自然就好？被要求自然就是一件完全不自然的事啊！

當第一聲喀嚓聲落在我耳裡時，霍閔宇已專業的進入拍攝狀態，伸手搭上我的肩，而我僵直著身體，全身都使不上力。

周圍數十雙眼睛盯著我看，沒有拍攝經驗的我覺得渾身不舒服，全身的血液彷彿回流一般，身體動彈不得。別說是情侶之間該有的親密動作，我完全呈現肢障的狀態。

「等等！羽侑妳太僵硬了，這樣拍出來的照片不會自然！」攝影大哥停下拍攝，大聲喊道，「休息十五分鐘，待會兒再繼續，唉！」他扶額看著剛才的照片，嘆氣聲似乎更大了。

進入休息時間後，工作人員便湧上來替我們補妝，搭配衣服。霍閔宇喝了一口水，一邊讓工作人員替他整理服裝，相較之下我就顯得礙手礙腳，場面一片混亂。

霍閔宇冷冷一笑，「搞什麼？再這樣下去，我們都不用回家了。」

聽到他的冷嘲熱諷，我一肚子火竄了上來，雙手插腰站在他面前，「我大可現在走人，又不是我的工作。」

他聳肩，比我更加無所謂，「走啊，反正困擾的又不是我。」

聽到這不負責的話，我顯然高估他的人格，「我又不是專業的模特兒，總要給我一些適應時間啊，拍不好又不是我的錯……」

「難道是我嗎？」霍閔宇挑釁的歪頭，徹底燒光我的理智。

「怎麼會，你什——麼也沒做錯！」我微笑踹了他的膝蓋骨一腳，決定去周邊的矮房子晃晃，不理會他在後頭的辱罵聲。

難得來到一個這麼漂亮的觀光景點，居然還要忍受霍閔宇那傢伙的傲慢無理，早知道就不該答應他的要求，來這受他的氣。

走沒多遠，我發現了一家農舍，裡頭飼養著雞鴨、小豬，最特別的是居然也有兔子。

一旁負責飼養的婆婆見我一臉新奇，拿了牧草讓我餵食牠們。「來！過來我這裡，好可愛喔——」

小兔子動了動鼻子，聞到食物的氣味後小心翼翼的探出頭來，沒多久我身邊就聚集了四、五隻兔子爭先恐後的吃著牧草。

我看到一隻特別肥的兔子，毫不客氣的撞開其他兔子，咬著我手上的牧草不放。我努嘴對牠說：

「你不能這麼貪心，要分一些給別人，你看你，吃這麼多長了好多肥肉啊。」

我捏了捏牠的肚子肉笑得很開心，而牠似乎被我扯痛了，不耐煩的直接從我眼前跳開。被牠突如其來的動作嚇了一跳，我下意識叫了一聲，一屁股坐在地板。

不遠處正要走來的霍閔宇蹙著眉跑來，「怎麼了？被咬了？」

我哀怨的瞅了他一眼，伸出手，他略微緊張的想拉過我的手，我隨即閃避，頑皮的在他眼前動了動四肢，「沒事！」

他先是呼了一口長氣，接著深深的閉上眼，隨後扯出一抹燦爛的笑容，蹲下身就是扣住我的脖子。

「啊！你幹麼？小兔子都被你嚇跑了。」

「說謊都不怕被抓走？嗯？」

「你騙霍姨那麼多次也沒被抓走，還不是繼續在這裡欺負善良老百姓……啊！」

霍閔宇惡質的將我的腦袋瓜塞進他的胸口，我幾乎動彈不得，旁邊的婆婆呵呵笑，直說我們感情很好。

我勉強從他懷中探出頭來，「誰跟他好？他都這麼狠心對我，把我當男的使喚，有沒有天理啊……」

「我就是理。」

霍閔宇似乎是玩上癮，伸手搔了搔我的腰際，惹來我直笑和大聲呼救，婆婆又笑得更大聲了。

我試圖逃跑，然而卻忘了他手長腳長的，立刻被他拎了回來。他抓住我的手臂往後扯，我撲進他懷中，感受到從他胸口傳來的震動，聽見他略沉的笑聲，我的嘴角一揚，也跟著笑了。

「你要不要餵餵看，很好玩。」

聽了我的話，霍閔宇從婆婆手中接過一些牧草，果不其然小兔子又重新聚集在我們面前。他似乎也感到有趣，俊逸的臉龐染上一層笑意。

我推了推他的手臂，指著其中一隻兔子，看了霍閔宇一眼，再看向那隻兔子，「嗯，你們滿像的。」

他抽了抽嘴角，「哪裡像？」

「臉啊，」我指著他逐漸沉冷的臉色，「超臭。」愈說愈覺得他們真的好像，噗嗤一聲，忍不住哈哈大笑。

霍閔宇的臉這下真的超臭。

「夏羽侑。」

「嗯？」我疑惑的轉頭，眼前毫無預警的是他逐漸放大的深邃臉孔，同時脣邊感受到一絲冰涼與柔軟，我倏地瞪大眼，溫熱的溫度烙印在我的嘴角上，像塊滾燙的印記久久不退。

待他退開身，我後知後覺的摀住嘴，婆婆早已在一旁笑得合不攏嘴。

我眨了眨眼，映入眼簾的是他逆光的邪氣笑容，他偏頭帶著壞笑，耳邊是他一如往常的任性口吻，毫無歉意，「抱歉，我不想忍。」

啪擦！啪擦！啪擦！

不知何時我們周圍已成了拍攝地點，一大票工作人員圍繞在四周，攝影機的燈光閃閃爍爍，如同日落晚霞般絢麗。

我完全僵化在原地，瞪著大眼，一瞬不瞬的看著霍閔宇，身旁的攝影師朝著空中比劃著手勢，「準備拍下一套衣服。」

接到命令，三、四位工作人員噠噠的跑上前，「不好意思。」他們將我拉起身，面色波瀾不驚，完全展現敬業的精神。

全場大概只有我還處在震驚之中，霍閔宇俐落起身，整理了下衣服，髮型師替他整理稍稍亂掉的頭髮，讓他換上新的服裝。

「三分鐘後開拍！模特兒請先就位！」攝影大哥粗聲粗氣的喊，轉過頭就和其他工作人員討論待會兒要怎麼拍，打光板要怎麼放。

從頭到尾我都是恍神的，造型師拉上拉下，化妝師姊姊替我化上新的妝容，而後思緒漸漸接上，腦海不斷重播著霍閔宇剛剛的舉動。

我從羞怯、不知所措，逐漸轉為憤怒，我愈想愈氣，一把無名火在我心裡延燒開來。

我們又親在一起了。

雖然不是嘴碰嘴，但怎麼可以在沒有交往的情況下……

何況我怎麼想，對象都不應該是他啊！

化妝師姊姊補妝完畢，確認一切都沒問題後，將我推到攝影機前，對著攝影大哥比了OK的手勢就退下了。

我見霍閔宇悠悠的從座椅起身，拉了拉外套兩側，短短幾步路，走得氣勢磅礡。

我在嘴裡碎念道：「臭傢伙，耍什麼帥！」

霍閔宇朝我走來，有了剛剛的肢體接觸，我下意識的後退幾步，試圖和他保持安全距離。

他睨我一眼，看出我的閃避，不惱也不怒，「站那麼遠，我們是在拍個人照？」他嘲諷的說道，臉上掛著討人厭的笑容。

我不爽的抿著嘴，礙於人身安全，還是繼續與他保持距離。待攝影大哥示意開拍，我才慢慢朝他走近。

所謂報仇，要快、狠、準！

伴隨著倒數聲，我仰頭衝著霍閔宇微笑。他愣了愣，我隨即變臉，「你死定了！」礙於身高限制，我只能很弱的踮著腳，一手勾住他的脖子往下壓，就像他平常鬧我的樣子。

而我從來沒對霍閔宇做過這種事，也就不知道原來這舉動實際做起來居然這麼高難度，因為我的手根本不夠長啊！

現在我的手等於是毫無殺傷力的勾著他寬厚的肩膀，因為踮腳，我們的距離更近了，呈現一種曖昧的姿勢。

他垂頭，眼神原先還有些摸不著頭緒，發現我打的壞主意後，轉而帶笑睇視著我。下一秒手臂得寸進尺環住我的腰，輕輕一施力，我重心不穩的靠向他。

「很好！很好！感覺有了。」攝影大哥稱讚道，猛按快門捕捉畫面。

我感到錯愕，怎麼跟我預想的畫面不太一樣，不但沒有成功讓他求饒，反而還順了他的意。

「放開。」我極力彎著笑，小聲說道。

他笑了笑，刻意收緊擱在我腰間的手臂，我被迫更貼近他的胸口，隔著衣服都能感受到他熾熱的體溫和氣息，「拍照呢。」

「霍閔宇，你真的想被我打是嗎？」我撐著笑，一邊看鏡頭，一邊咬牙切齒的威脅他。

「試試看。」他挑釁。

我的理智下一秒被他絞斷。

我用盡力氣，好不容易掙脫他的禁錮，霍閔宇遊刃有餘的鬆開圈住我腰際的手，轉而走到我身後，有技巧的閃過我想踢他的腳。

「閔宇，你的手搭著羽侑的肩。」攝影大哥指揮道。

我瞪著他伸過來的手，他彎唇一笑，「是攝影大哥的命令。」

「動作快點！沒時間了！」攝影大哥喊道。

霍閔宇再次聳肩，一臉無辜。

我在心底咒罵他，不甘願的讓他碰上我的肩。只見他下一秒直接勾住我的肩膀，微微施力，將我的身體壓在他寬實精壯的胸膛，兩隻手臂則擱在我的鎖骨處收牢，遠遠看上去像是他從後抱住我。

我感受到背後一陣灼燙，心跳聲大的似乎要傳到他的胸口了。

「喂！攝影大哥只說搭肩吧。」我用氣音說道，礙於攝影機在前，只能竭盡全力的假笑。

「我們是拍情侶照，不是家庭照。」

我暗自撇嘴，怎麼有人說話的口氣，總是有一種唯我獨尊的傲視感，顯得問話的人像是智商不足。

「做做樣子就可以了。」

霍閔宇偏頭，微溫的氣息拂過我的脖頸，曖昧而自然，「有人說我工作態度很不敬業，愛來不來。」他沉吟一聲，微微皺眉，顯然是故意說給我聽，「所以我得表現的認真一點，讓她知道我不是一個隨便的人，也不是一個有餘力去做不喜歡的事的人。」

我知道自己講不贏他，索性閉上嘴。

但我還是因為我們的動作太過親密而感到不自在，才想悄悄推開他的手時，眼尖的攝影大哥忽地說道：「羽侑這樣很好，抓住閔宇的手，隨興一點。」

我頓了一下，碰著他手的動作就這麼定格，也聽見霍閔宇在後頭的竊笑聲。

我僵著笑，用力扯下他的手握住。他的手大而厚實，透著彼此肌膚的接觸，暖烘烘的手心溫度緩緩傳遞而來。

我不自在的吞了吞口水，手心也開始冒汗了。

忽地，霍閔宇微微傾身靠在我耳邊說話，伴隨著呼出的熱氣和玩笑：「握好一點，這種機會不常有。」

他突然的靠近，讓我起了一陣疙瘩，我側身想罵他，視線卻觸及到他好看的唇。

我連忙轉過身，臉頰沒來由的發燙，聽見他不可遏止的笑聲，我氣不過的用力踩了下他的腳，最後還旋轉一圈，連本帶利討回來。

看他痛得齜牙咧嘴，我笑得洋洋得意，學他的口氣說道：「笑好看一點，我可不隨便跟人拍照的喔。」

♡

眾所期待的園遊會就是下禮拜了。

與霍閔宇拍攝完的隔天，我和任迅暘相約一起吃早餐，討論園遊會各類事項。

我們將班級的同學分為美宣組、烹飪組、採購組以及機動組，要求大家這幾天放學留下來幫忙布置教室，製作店面看板。

田雅梨負責教烹飪組製作鬆餅的方法，我則去支援美宣組，協助將手做的鬆餅招牌掛在窗口，任迅暘則去監督採買組。

園遊會前一個禮拜是宣傳週，各班可以帶著海報到指定的地方張貼和宣傳。

「小侑，我們等等要去跑宣傳，有點缺人手，需要有人幫忙。」周曉亮說道。

我從上色到一半的看板中抬頭，一縷髮絲自耳際滑落，環顧四周發現大家都在忙。

「不然我去好了，美宣組差不多了。」我起身，解開隨意紮起的馬尾，用手指順了順頭髮。

「好啊。」周曉亮點頭，帶著不離身的單眼相機，積極的為大家留下回憶。

機動組準備好宣傳的海報和訂購單，我捧著兩三卷海報，經過任迅暘時，順便和他說了下目前教室布置的進度。

「紙板就剩上色，我先跟機動組去宣傳，馬上回來。」

「好，教室這邊交給我，辛苦妳了。」他笑著伸過手，自然的替我撥開垂落在眼前的頭髮。

我微微愣了下，揚起笑容，「謝謝。」

「走了！」霍閔宇的語氣特別鏗鏘有力，我看了過去，他雙手插放口袋，顯然等得不耐煩。

我朝任迅暘做出加油打氣的手勢，急忙跑到霍閔宇身邊，他拿過我手中的海報，下一秒便粗魯的揉亂我的頭髮，轉身就走。

我停下腳步，一邊整理頭髮，一邊生氣的朝他背影大叫：「你幹麼！」

「醜死了。」

「要你管！」

「誰要管妳。」

「神經病！」

「妳沒病還這樣。」霍閔宇側過身，露出悲天憫人的神情上下打量我，好像我真的沒救了。

面對他無緣無故的針對，我一氣之下衝上前從後推他一把，他懷中的海報險些飛出去，待站穩身體，他不客氣的橫了我一眼。

我立刻裝出乖學生的模樣，雙手揹後掠過他，走沒幾步知道他肯定不會善罷甘休，我拔腿就跑，順便對他做了個鬼臉。

宣傳的時候，大家都一致推派霍閔宇為發言人，無疑是利用他的長相優勢，為了班上業績，即便要他做一點犧牲也是合理的。

聽著霍閔宇的介紹，底下不少學弟妹開始竊竊私語，會討論代表有購買的意願，我自然很開心。

只是後來我開始發現，他們討論的似乎不是鬆餅，而是偷偷的在打量我，發現我回看的視線，他們便會馬上別開眼，回頭和周遭的朋友說悄悄話。

我有種不太好的預感。

宣傳到最後一個班級時，我在旁收著預購單，順手看了一眼單子上的資訊，確實有不少人填單，但愈看到後面愈不對勁。

「喂，霍閔宇，這是什麼？」

「帳號啊，看不出來嗎？」

「我知道，我是說為什麼會出現在預購單上？」

他聳肩，一副事不關己的樣子，我瞪了他一眼，肯定是他剛剛又去勾搭別人。

忽然一陣小聲的爭執聲傳進我們耳裡。

「你看他們制服裡的衣服，不就是雜誌上那套情侶衣？」

「都說不要留帳號了，我就說他們是男女朋友啊！待會兒要是學姊生氣了找妳約談，我可不陪妳。」

「吼！妳剛剛幹麼不用力阻止我！怎麼辦啦……」

同樣聽到她們對話的霍閔宇，餘光瞥過我，馬上就明白是怎麼回事了。我帶著悲憤的心情低頭看了一眼自己白色制服內的便服。

對比起我的驚慌他顯得泰然，還意有所指的冷笑道：「跟我穿著情侶衣，結果一早還和別人勾三搭四，夏羽侑妳還真不怕遭天譴啊。」

「亂說什麼！我只是今天出門來不及，剛好穿到這件。」我下意識將訂購單捧在胸前，試圖遮擋制服內與他同款的衣服，「你才是呢，明明有一堆廠商送的衣服，幹麼偏偏挑這件？」

「衣服就是拿來穿的，哪有分什麼時候穿。」霍閔宇覺得好笑。見我們鬥嘴，學妹情緒激動的指責她的朋友，「他們連情侶照都拍了，交往的事怎麼可能會是空穴來風？」

聽到關鍵字的我再次擰眉。

「別再說了啦！現在怎麼辦？我要不要馬上請假躲回家……」那名似乎就是寫下帳號的學妹，用力揪著頭髮，還不時心虛的望向我們這邊，發現我的目光，她嚇得瑟瑟發抖。

「那個學姊哪有妳們說得那麼可怕，她人很好！」一位學妹打斷她們的交談，激昂的替我辯駁，她周圍的朋友也跟著附和。

我認出他們是上回在走廊玩水的學弟妹。

霍閔宇在旁勾起笑，「妳哪裡來的粉絲？」

我狠狠瞪了他一眼。

待下課鐘響，我立即攔住他們，想問個清楚，殊不知他們反先向我邀功。

「學姊，我們剛剛做得很好吧！」他們一臉驕傲，「妳不知道學長在學校有多夯，妳千萬不能掉以輕心！」

霍閔宇在旁點頭，不知道附和個什麼勁。

其他人也紛紛點頭，豎起大拇指，「我覺得你們很配！」

「誰跟你們說我們是男女朋友？」

「不是嗎？大家都這麼說啊！」他們的表情充滿疑惑。

其中一位學妹從書包偷偷拿出這期的TOP雜誌，趁著周圍沒人的時候，趕緊翻開，「前幾天出刊的雜誌，學長姊明明就在上面，還是拍情侶裝。」

我從她手中接過雜誌，霍閔宇也湊上來看，照片確實是我們上次拍攝的情侶裝，不知道是攝影師技巧好，還是化妝師功力強大，我幾乎認不得照片裡的自己。

我甚至回想不起來當時我們真的有做這些動作嗎？

照片中的我們親密的彷彿是真的情侶，無論是勾肩擁抱，還是望著彼此的笑容，每個瞬間都自然的讓我以為——我們一直都是這樣。

霍閔宇在旁讚賞道，語調輕揚，「嗯，還滿上相的。」

「對啊！你們都不知道這幾款情侶衣多轟動，很多情侶都搶著要購入了。」學妹開心的闔起雜誌，趕緊塞回書包，就怕被老師看到要被沒收了。

中午，我愈想愈覺得不妥。

若任由謠言紛飛，我們的關係真的會愈描愈黑，不能讓事情這樣發展下去。

我吐了一口長氣，思忖著該如何解決這些傳言時，任迅暘走了過來，「我將園遊會的事回報給老師了，她說當天能夠開車幫忙載製作鬆餅的器材。」

我心不在焉的應了聲，腦子還在想著怎麼解決和霍閔宇的謠言，感受到右手臂被人扯住，我仰頭，便看見任迅暘溫和的笑臉。

「怎麼了？」

「我們別回去午休了。」

「那我們要去哪裡？」我的思緒一時還轉不過來。

他沉吟了一聲，「去噴水池吧。」

「噴水池？」沒等我同意，他拉著我就走，「為什麼要去那裡？午休時間教官會巡樓。」

任迅暘回過頭，朝我揚起笑臉，「不被抓到就行了，走吧。」他拉了拉我的手。

我原先還有些擔心，但看任迅暘難得露出孩子氣的笑容，也不自覺被他影響了，甚至跑得比他還前面，「快快快！你太慢了，一下就被抓到了。」我笑道。

「妳總算笑了啊。」

「嗯？」

他順手摸了摸我的頭，「走吧，我們去佔領噴水池。」本來是句玩笑話，任迅暘卻用極為認真的語氣說道。

我忍不住被他逗笑，「噴水池是公共區域。」

任迅暘透澈的雙眼如玻璃珠般閃耀不已，「跟妳在一起，好像什麼事都變得可能。」

水池折射出七彩的倒影，水裡的硬幣閃著銀光，彷彿流竄在地的銀河，水花濺起的水珠飛揚在空中，一道隱隱約約的彩虹架在水池上。

我側過頭問他：「為什麼要來這裡？你想許願嗎？」

「嗯。」任迅暘點頭，從口袋摸出一枚硬幣，將它握在掌心然後手指交扣。我看著他閉上眼動了動嘴脣，而後微微張開眼，俐落的將手中的硬幣彈了出去。

噗通一聲，硬幣沒入水中。

「你許了什麼？是關於你的青梅竹馬嗎？」我小心翼翼的猜道。

見任迅暘神態自若的搖搖頭，我暗自在心底鬆了一口氣，對這件事他似乎逐漸釋懷了。

「那是什麼？園遊會？」我再猜。

「不是。」

我皺眉，「我猜不到了，你直接告訴我吧。」

他微微一笑，朝我伸出厚實的掌心，輕緩的揉著我的頭髮，「妳覺得許願池靈驗嗎？」

「當然啊！」我篤定的點頭，「這是有根據的！好多屆的學長姊都許過，最後都成真了。」

任迅暘聽了，喉間發出沉沉的笑聲，「原來許個願還有根據啊。」

「所以你許了什麼願？是很困難的嗎？」

「事實上我也不知道。」他垂眸，眼中浮現出我的倒影，「不是我能決定的。」

「什麼意思？不能告訴我嗎？」我感到好奇，「你之前答應過會跟我說的，我可是記得很清楚喔。」

見我自顧自的抱怨，任迅暘笑而不語。

我睇眼看了他一眼，玩笑般的威脅他，「真不告訴我？」

他移開在我頭頂上的手掌，嘴角噙著笑意，輕緩的啟脣，宛如秋風拂過的低喃，撓過我的耳際，字字句句落進我的心底。

「我們在一起好不好？」

落進水中的水流糊了一池的平靜，霧狀的水氣落在我的眼睫，模糊了任迅暘的笑容，陽光折射的光點侵滿了我的視線。

「這就是……你的願望？」

「嗯。」

我感到心跳異常快速，像是呼吸不到空氣，緊緊揪著制服，張口想說些什麼，話到嘴邊又膽小的縮回去。

看出我的不知所措，任迅暘急忙安撫道：「我說出來並不是要給妳壓力，我只是有點擔心……」

我抬頭看向他。

「我也有青梅竹馬，所以了解妳和霍閔宇之間的情感，明白妳的混亂。」他頓了頓，「我知道要切斷你們之間的牽絆很難，我也不會要妳這麼做。因此我能做的事，就是告訴妳我的感受。」

我一時說不上話，只是愣著眼盯著任迅暘看，事情發生得太突然，我根本不知道現在該說什麼才不會讓場面變得尷尬。

這陣子霍閔宇的事確實讓我身心俱疲，處在同一個班更是避不開。我不確定他會做到什麼程度，因為就我對他的認識，他就是個極端的人。

他上心的事誰也攔不了，相對的，他不屑一顧的時候，誰也無法逼著他屈就。

任迅暘見我走神，接著說：「雖然我不是很確定，但我知道妳不討厭我。」

我被動的點頭，算是認同他的話。

「難道是同情？」

我即刻搖頭，「當然不是！」

任迅暘看似鬆了一口氣，隨即又撐起苦澀的笑容，「我知道比起霍閔宇，我跟妳相處的時間不長，論了解肯定也是比他少，但這些我都可以努力……」

我連忙打斷他的話，「你不需要這麼去比較，感情不是誰了解誰多，就能走到最後。」

在我的人生中，霍閔宇的存在確實是無法被抹滅的。

我斂下眼，腦袋亂哄哄的，甚至有些迷茫。我應該果斷給任迅暘答案，他溫柔又善解人意，比起霍閔宇的三心二意，任迅暘專一深情。

「妳不必現在給我答案。」

「可是……」

「告訴妳這件事的目的，只是希望讓妳可以不必花心思猜測我的心意。」

關於任迅暘的溫柔，我一向有著說不完的感動。

「對妳的感情，我既然說出口，便能給妳我的所有。」他的眼神堅毅，濃烈情意自一貫儒雅的眉目傾洩而出，深切的似乎要將人淹沒。

「我……」面對這突如其來的壓迫，我感到一瞬間的窒息，竟找不到合理的解釋。

「我知道妳現在煩惱著妳和霍閔宇的關係，我雖然不是你們，但我已經是最壞的示範結果。」任迅暘彎起自嘲的笑容，再次提醒我他的親身經歷。

我的心恍然一震，那種心情該有多痛。

「我知道，但我不能讓你一直等我。」我說道，「我需要一段時間來釐清。」

任迅暘勾起淺淺的笑，「好，我等妳。」

♡

園遊會當天，教室吵吵鬧鬧，各班都忙著利用最後的時間做最後的準備工作。

「喂？」

「我到學校了，妳找些人來幫我拿鬆餅的材料。」田雅梨說道。

「好。」

掛上電話後，我看了一眼四周，男生幾乎都被差遣去將好不容易做好的招牌掛在教室周圍，於是我找了手邊沒事的女生幫忙，一起下樓抬器具。

「小侑。」元柔馨在後頭小跑步跟上我，「我跟妳一起去。」

「好啊。對了，妳的傳單發得怎麼樣？」元柔馨和霍閔宇都是機動組，負責宣傳和支援。

「前幾天都發給各班了，也特別給了任課老師，拜託他們來捧場。」她開心的回道，細心謹慎的態度，果然將所有事都處理得妥貼。

元柔馨擔任副班長後，本來還擔心她柔弱的個性肯定鎮不住班上那些調皮的男生，但因為有班長霍閔宇坐鎮，基本上大家都挺安分的。

想起她之前還是那個說話小聲，有些畏縮的女生，但自從升上二年級改變了造型後，整個人明顯活潑不少，偶爾還能感覺到她自然流露出的自信。

「我能問妳一個問題嗎？」

「當然。」元柔馨眨著大眼，笑容美好。

「妳怎麼會突然想要改變？」我指著她的外貌，「是因為有什麼特別的原因嗎？」

她看了我一眼，有些害羞的順了順長髮，「唔……因為、因為想要變得漂亮一點，再更勇敢一點。」

我疑惑的看著她，「為什麼呢？」

元柔馨猶豫了下，欲言又止。

「啊，別勉強，不想說也沒關係！」

她緩緩的搖頭，用力吸了一口氣，像是鼓起了勇氣，「我個性太膽小了，很多話都不敢說，遇到事情第一個想法就是退縮，我不喜歡這樣的自己。」

我安靜的聽著，看著她嘴角漾起坦然的笑，很明顯她喜歡現在的改變。

「這樣很好，妳看上去比以前更有自信也更快樂了。」我羨慕的說道。

大家都想成為更好的自己，但有些人是愈想愈自卑，而有的人卻積極的自我突破。

「其實有一部分的原因是，我有一個喜歡很久的人，我希望他能夠注意到我……」她看向我，柔美的臉蛋都紅了，水潤的眼神中似乎有些話沒有說完。

我撇開自己腦中奇怪的想法，好奇的問：「結果怎麼樣？」

她捲著垂落至胸口的長捲髮，臉上的笑意彷彿就快要滿溢而出，「嗯，還不錯，比起以前，現在的我們說了更多話，偶爾也會一起出去，他會送我回家。」

「哇啊──聽起來很有機會喔！對方是我們學校的學生嗎？同年級？」

只見她低垂著腦袋，面頰紅潤的點頭，我微微一愣，不知道為什麼有種不好的預感。我笑了幾聲，「那個人……我認識嗎？」

元柔馨圓潤的大眼與我四目交接，在我印象中即便新學期有了變化，但多數時候她依舊害臊不多言，然而我卻在這一刻清楚感受到她微微探出的敵意與冷意。

她噙起笑，眼底的笑意有點疏離，彷彿看穿了我的心思，以及那些我未曾對誰提過的事。

只因我和她是一樣的。

意識到這些衝擊性的想法，我有些發愣，聲音哽在喉頭，這時不遠處的叫喚打斷了我的思緒。

「喂，妳們站在那幹麼？」霍閔宇捧著一箱器具，「田雅梨在門口等了。」

我下意識的轉頭看他，深鎖的眉頭來不及褪去，我的眼眶因這沒來由的心亂有些熱紅。霍閔宇敏銳的發現了，輕擰了眉，人就要走了過來。

見他這樣，我更慌張了，急忙出聲：「喔！好！我過去幫忙。」

我匆忙走下樓梯，卻聽見後頭的元柔馨對著霍閔宇說：「很重吧？我來幫你。」

「沒事，我可以。」

「不然我幫你揹書包吧，你今天不會又是壓線到學校吧？」

「昨天工作太累了。」

「應該可以和公司請假幾天吧，段考也快到了，這樣子身體會吃不消。」

「嗯，我也是這麼想。」

確認霍閔宇不會追上來後，本該慶幸的心情卻異常的低落。他們說笑的聲音，不偏不倚的傳進我耳裡，就像是關係親密的朋友，有些事我甚至都沒聽霍閔宇提過。

我根本不知道昨天的他，明明幫忙布置教室到很晚，居然還去工作了，依照他按喜好做事的個性，我以為他肯定會蹺班。

我不自覺閃神，腳下忽地一空，「哇啊——」

「小心。」

任迅暘拉住我的手，讓我失去重心的身體倚靠在他身上，不至於跌倒。

「謝、謝謝。」

「走路小心，要是受傷怎麼辦？」任迅暘關心道，「是不是太累了？」

感受到身後探究的沉沉目光，我立即撐起笑，連忙搖頭，「沒有啦，我就是在想有沒有漏掉什麼東西，所以走神了。」

「是嗎？要是太累了一定要跟我說。」任迅暘還是不放心。

「嗯……」我始終沒有勇氣回頭，「我去幫田雅梨拿東西。」彎起笑，轉彎的時候悄悄用餘光瞥了一眼樓上兩人的身影，卻發現只剩他們並肩遠去的背影。

沒有人停留。

我抹去心中異常煩悶的情緒，趕緊下樓幫忙。

園遊會九點開始，我們在倒數半小時前結束所有準備工作，田雅梨也試做了幾塊鬆餅。

「小侑，妳來吃吃看。」任迅暘叉了一塊金黃色的原味鬆餅遞給我，很貼心的替我吹涼。我受寵若驚，但還是在他充滿期待的眼神下咬了一口。

「覺得怎麼樣？」

「嗯，很好吃！」我開心的豎起大拇指，同時也感受到周遭同學投來的曖昧目光。田雅梨看了我一眼，無奈的搖搖頭，顯然已經不太想管我們的事。

完蛋了……

我藉由餘光瞥向霍閔宇站的位置，卻發現他根本沒在看這邊。節骨分明的手慵懶的撐著桌，長腿隨興的倚著桌沿，輕勾著嘴角，眸光盈盈的望著他身旁笑顏如花的元柔馨。

陽光斜斜的落在他們身上，褪去了霍閔宇的驕傲，柔軟了他的目光，沉靜且美好。

心口一股難以言喻的酸澀感逐漸蔓延開來，我佯裝鎮定的移開眼，卻在下一秒撞進任迅暘幽深的眸光。

他什麼也沒說，僅是彎起溫和的笑顏，拍了拍我的頭，「園遊會要開始了。」

「嗯……」

第六章　近在咫尺

熱鬧歡騰的園遊會正式開始了，走廊滿是五顏六色、稀奇古怪的布置，奇怪的口號聲此起彼落。

二年級這棟樓縈繞著食物香味，我開心的四處張望，順便回頭朝自己的班級精神喊話：「大家衝了！營業額前三名的話，畢旅可以去夜遊喔！」

全班聽了立刻士氣滿滿的互相加油打氣。大家各司其職，採輪班制顧攤，為了確保鬆餅的製作能夠順利進行，田雅梨他們是第一組顧攤。

我和任迅暘、霍閔宇和元柔馨都是機動組，我有些擔心會出現突發狀況，所以打算讓任迅暘先和同學去逛一圈。

「你先去逛吧，我留在這兒幫田雅梨。」

「我也留下來吧。」

我揚起笑，知道自己一定勸不動他，「好吧，那我們就一起——」忽然，我準備綁馬尾的手被人拉過，我疑惑的回頭，「你幹麼？」

「他不是要留下來嗎？既然這樣，我們就去逛。」霍閔宇掃了我一眼。

「不行啦，怎麼能丟下任迅暘一個人……」我抗拒的想抽回手，孰料他卻怎麼樣都不放。

他挑眉，冷冷的扯起嘴角，「所以就可以丟下我了？」

我一時間無話可說，霍閔宇這傢伙又是哪條神經沒接好？他這人朋友那麼多，根本不用怕落單。

正想罵他時，我慢半拍的感受到空氣中傳來的異樣氣息，果然一轉頭，班上同學的視線全落在我們上演的拉扯秀。

唯獨淋著鬆餅麵糊的田雅梨一臉鎮定，悻悻然道：「慢走不送啊。喔！我想吃章魚燒、烤香腸，看到的話就順便幫我買。」

「好。」霍閔宇快速答道，我還來不及說話，就被人強行拖走。

一旁的元柔馨貌似有話要說，卻立刻被一旁的田雅梨叫住：「柔馨，妳可以幫我顧這臺鬆餅機嗎？」

她愣了愣，「好……」看了我們一眼後，她走向田雅梨身旁。

看著她失落的表情，我心裡沒來由的不安。

「走了。」見我分神，霍閔宇一把勾住我的肩頭。

「唉唷！我自己走啦！」我拍開他的手臂。

霍閔宇聳聳肩，誰知這一鬆手，我們直接被迎面而來的人群擠開，他無奈的看著我被人浪困在原地動彈不得的模樣，「過來。」

「很多人啊。」我忍不住抱怨，懊惱的盯著人流，「你別催。」待我回過神來，才發現自己的語氣竟然有點嬌嗔。

霍閔宇笑了一聲，也不知道誤會了什麼，下一秒，長臂一伸直接將我圈在他懷中，納入他的保護範圍。

溫熱的氣息湧上，一抬頭就看見他橫在脖子下的漂亮鎖骨和上下滾動的喉結，我下意識的吞了吞口水，趕緊撇開眼。

「跟好。」沉沉的嗓音自我的頭頂飄下，我僵硬的點了點頭，目光馬上被其他班的攤位吸引過去。

「是女僕餐廳！」第一次見到這種真人版的女僕與執事，我新奇的拉著霍閔宇的袖口，「你想不想進去？」

「我有選擇權嗎？」

我轉頭朝他微微一笑，「沒有。」

我帶著期待的心情走進教室，果然門口站著一排穿著蕾絲澎澎裙的美麗女僕，和身著西裝的優雅執事。他們畢恭畢敬，面帶微笑的朝我們敬禮，「主人，歡迎您回來——」

我強忍住尖叫的衝動，再度扯了扯霍閔宇的手臂，「真的和漫畫上的一樣耶！」

他搖頭，「妳到底平常都在看些什麼東西？」

我們在他們的指引下入座，身旁幾桌客人都被他們指定的女僕和執事逗得心花怒放。很快的，我身旁也來了一名執事，謙和有禮的遞給我一份菜單。

「大小姐，需要我為妳介紹餐點嗎？」聽到被稱為大小姐，我撫著胸口，心情瞬間飛揚了起來。

「好啊。」我抬頭，見他眼熟得很，「你不是青晨嗎？」

青晨笑得痞，比起霍閔宇偶爾的生人勿近，他顯得親和力十足，「是，沒想到被妳記住了。」

他朝我彎起笑容，傾身向我靠近，微熱的胸口抵上了我的肩膀，我頓時有點不自在。

我正想稍微拉開和他的距離時，對面的霍閔宇忽然出聲：「這裡應該可以指定人吧？」

他身旁的女僕同學立即緊張的說：「難道主人不喜歡我的服務嗎？」尾音嗲聲嗲氣的。

霍閔宇轉頭朝她歉然一笑，「不是說妳。」

女僕同學一陣歡喜，嘴角漾起溫柔的笑容，伸出白皙的手臂劃過霍閔宇好看的下巴，替他翻菜單，嘴裡主人主人的喊，不知道為什麼我心裡就是有股氣很旺盛。

青晨看向霍閔宇，隨後也看了我一眼，黑框眼鏡後方的雙眼清明帶笑，似乎明白了什麼。他笑了笑沒說話，立刻後退幾步，舉起了雙手，「換女生？」

我愣了愣，來這種地方，換一個女僕給我幹麼啊？

「換成後面那個吧，笑得很白痴的。」霍閔宇擅作主張。

我好奇的轉頭，果真從中看到一位笑得特別愚蠢的執事，「閻子昱？」差點忘了他和青晨同班。

「霍，小侑侑！我好想你們啊！」下一秒他就像隻哈巴狗似的，巴著霍閔宇的手臂不放，只差沒舔他的臉。

於是，我對女僕同學露出抱歉的眼神，「對不起喔，這是他的興趣。」

對方了然的點點頭，露出恨鐵不成鋼的表情，滿臉寫著「人長得再好看，果然都還是會有些缺陷」的表情。

霍閔宇一邊安撫閻子昱失控的情緒，一邊努著下巴示意青晨可以離開了。

我無語，他還真當自己是大爺啊。

之後我們大概聽了閻子昱無限輪迴他一個人在這班級多無聊，人生多無趣後，霍閔宇的耐性大概也被消磨殆盡，彎起笑容，優雅起身，「我們要走了。」

「這麼快？」

「也待了二十分鐘了。」我補充，轉身就要逃離現場，再待下去，難保閻子昱不會搬出他的生活札記，一篇一篇念給我們聽。

「再陪我一下啊……」他一臉哀怨，隨即說道：「不過你們什麼時候變得這麼要好了？」

我跟霍閔宇很有默契的停下腳步，朝他眉一皺，接著轉頭互看對方一眼。

我歪頭，發自內心的問霍閔宇：「你朋友？」

「不是。」他果斷否認。

「喔，這樣啊，那走吧。」

「喂！這是什麼排擠人的鬼默契啊！」閻子昱在後頭鬼吼鬼叫，「田雅梨呢？你們該不會也排擠她吧？都說談戀愛眼裡沒朋友，嘖嘖！」

「想她啊？」

「可以去我們班，」霍閔宇很自然的接話，「田雅梨會很開心。」

「因為沙包來了。」語落，我和霍閔宇帥氣的擊掌。

「走了，不用送。」他朝著閻子昱和青晨舉起手。

青晨笑了笑，也朝霍閔宇舉了手。

「你們果然有姦情！」閻子昱氣得七竅生煙，「我才沒有想那個臭八婆，她不在的時候，我過得多快活呀！喂！聽我把話講完啊！」

霍閔宇拉過我的手，穿過人群。

我在心裡盤算要另外給田雅梨買什麼回去，依照她大食怪的食量，區區烤香腸和章魚燒怎麼可能餵飽她？

「要不要順便幫田雅梨買杯飲料？」

走在前頭的霍閔宇拉著我的手，憑著人高馬大的身材優勢，輕鬆的替我隔開洶湧的人潮，隨後淡淡的回道：「妳決定。」

「那就幫她買吧！算是犒賞她今天的辛勞。」

「好。」

語畢，我忽然覺得這種日常的對話，有種說不上的感覺，不是這話哪裡不對，而是好像情侶間在詢問著對方的意見。

有了這種念頭之後，我忽然意識到我們現在的相處模式，不只是說話像，就連行為、外在表現都親密的過於自然，我略為緊張的想抽開他的手，卻被他抓得更牢。

拉扯之間霍閔宇忽然鬆開手，失去重心的我驀地向後倒。他的脣角飛揚，眼明手快將手環過我的腰際，輕輕一施力我便貼上他的身側。他噙起一抹笑，眼裡盡是得意與調侃，「原來妳比較喜歡這種方式。」

他身上的氣息鋪天蓋地而來，幾乎淹滅我所有的感官，「喂……會被誤會啦！」

「這麼多人，誰看我們？」霍閔宇不以為意。

「大家。」我嫌棄的推了推他高大的身軀，他毫無影響，步伐依舊從容，卻與其他人保持一定的距離，避開那些不必要的碰觸。

果不其然我們黏在一起的模樣，馬上就引來側目。

因為園遊會的熱鬧氣氛，讓平時嚴謹的校風多了一些自由，走廊上隨處可見情侶的蹤跡，所以我們不會是最顯眼的一對男女組合。

前提是那個人不要長得太招搖。

耳邊已經隱約可以聽到一些談論聲，大庭廣眾下我也不好繼續與他爭辯，只會引來更多注目而已。

「學長！學姊！」

我們聞聲停下，才轉身就被他們臉上的妝容給嚇了一跳。看著教室門口刻意營造出廢墟的老舊感，顧攤的學生皆穿著染著紅色顏料的制服，臉上盡是血肉模糊的逼真傷口。

「不記得我們了嗎？就是上次在走廊不小心潑你們水的學弟妹啦！」

「喔，你們化成這樣我還真的認不出來……你們班這次是用鬼屋啊？」我不敢直視他們。

「是闖關活動。」

教室裡頭被遮得烏漆抹黑，還不時傳來闖關者的尖叫聲，和讓人感到陰森發毛的背景音樂，看起來好可怕。

我是絕對不會花錢嚇自己的！

「既然學長學姊都經過了，就捧個場嘛！」他們小聲的湊到我們面前說道，「特別優惠，不收你們錢。」

女生只要聽到「免費」或是「買一送一」這些關鍵字，好像都會忘了自己本來的目的與人生宗旨。

我頭上的雷達馬上嗶嗶響起，無意識的點頭答應。

「總共有三關喔，學長學姊加油！」

我扶額，看著門口隨風飄盪的碎布，如同我搖搖欲墜的膽子。

我抬眼看向面無表情的霍閔宇，笑得燦爛，「你自己進去沒問題吧？」我舉起握拳的小手，「加油喔！」語畢，轉身就要走，想當然他也回我一抹明媚好看的笑容，二話不說把我拎回來。

「這句話應該是我說的，妳答應的妳負責，我走了，加油。」他翹起嘴角，眸眼含笑，當真要走人。

「喂！不要走啊！拜託陪我進去啦……」我趕緊抱住他的手臂，彎起笑眼，使勁討好，「嗚，我真的不想死在裡面。」

霍閔宇不自在的咳了幾聲，擰起眉宇淡淡說道：「妳要是真的死在裡面，他們更害怕。」

我倏地斂起笑，狠狠瞪他一眼，虧我還放下尊嚴拜託他。我放下纏住他的手，強詞奪理道：「不管喔！誰叫你說要來逛園遊會，當然要一起共患難啊！」

「平常不都恨不得和我劃清關係？現在怎麼就要一、起啦？」他的嘴角浮起輕佻鄙夷的笑意，墨色的眼眸滿是囂張氣燄。

眼看後頭已經一堆人在排隊了，我也沒有那個臉皮和他在大庭廣眾下吵架，只好用力擰了一下自己的大腿肉，僵硬的牽起唇瓣，特別溫柔的說：「是呀，我發覺我真的不能沒有你。」

語落，霍閔宇唇邊的笑意忽然沉下，落在我臉上的眸光瞬然凝滯，失去平時該有的傲慢與張狂。

我其實沒想到他反應會這麼大，但也顧不了那麼多，趁他分神之際，直接將他推了進去。

眼前是一片無止境的漆黑，唯有隨風搖曳的蠟燭光影忽明忽暗，耳邊不時傳來詭譎的音樂和巫婆尖銳的笑聲。我緊挨在霍閔宇身旁，不敢輕舉妄動。

「歡迎來到死亡宿舍……」陰暗的空間忽然亮起一道薄淡的光，一顆人頭霎時浮了出來，伴隨著氣若游絲的聲音，雙眼真實的淌著血水，嘴角也緩緩滲出鮮紅的血。

我微微一愣，驚恐的吞了吞口水，真心想往外逃，然後付錢給學妹說我們反悔了。

眼前的學弟似乎很久沒遇到這麼配合的客人，居然變本加厲朝我伸出血淋淋的手，嘴裡吐出低沉的喘息聲，我差點哭了出來，才知道現在扮鬼的都這麼會刷存在感。

我嗚咽出聲，撇開視線，索性看到什麼就抓住什麼，極度想把自己塞進霍閔宇的身體裡。

我的雙手緊環著霍閔宇的腰，似乎沒想到我反應這麼大，他高大身軀微微一震，哭笑不得的攬住我瑟瑟發抖的肩，抬眼便讚揚學弟道：「做得好。」

我掐了一把霍閔宇精瘦的腰，聽見他哼笑出聲。

被稱讚的學弟高興的搔了搔頭，馬上咳了一聲，恢復敬業的態度，「有三個莫名死亡的學生，要由你們負責解開這死亡的謎題，如果在限定的時間內未能給出解答，後果自行承擔。」學弟詭異的咧嘴一笑，替我們撥開了布簾，眼前就像是通往地獄的通道，「希望你們能平安歸來，嘿嘿嘿……」

我的頭皮瞬間發麻，緊緊的抓著霍閔宇的制服，就怕一個不注意，我們就要走散了。

霍閔宇受不了的斜了我一眼，掰開我捏住他衣服的手指說道：「制服都被妳弄皺了。」

「小氣巴拉。」我不滿的哼他兩聲，但是不抓著他，又覺得下一秒我就會落單，因為他每次都不負責任的丟下我。

「喂。」

「幹麼?」他漫不經心的答，對裡頭的布置似乎很感興趣，完全不怕誤觸什麼可怕的機關。

「你等下真的不可以偷跑喔。」

霍閔宇覺得好笑，「我是能跑去哪?這裡只是一間教室的大小。」

我不滿意的跟在他屁股後，總覺得背後一陣涼意，很沒有安全感。我亦步亦趨的跟著霍閔宇，還好幾次不小心踩到他的後腳跟。

他不耐煩的嘖了我一聲，轉過頭想罵我時，在微弱的光線下看到我愁著一張臉，眉頭像是打結似的，懶懶的瞟了我一眼，「這麼害怕，就牽著我啊。」

我無辜的噘起嘴，「你又不讓我拉著你的衣服。」

霍閔宇沒好氣的睨了我一眼，「我是人，有手有腳有身體，為什麼要緊抓著我的衣服不放？」他抿脣挑眉，「這麼喜歡我的衣服？好啊，我脫給妳。」

見他修長白皙的手指輕盈的劃過鈕扣，接著俐落的拉下領帶，一顆接著一顆在我面前解開。當下我不知道是該顧好我的眼睛，還是先阻止他繼續做這種賣身之事？

不過這裡這麼多人，不知情的人還以為我們在做些什麼見不得光的事。

我立即上前抓住他的手，慌亂之中我們的手指交纏在一塊，指腹觸上他微熱的胸膛，「你、你發什麼神經？幹麼對著衣服生氣啊？動不動就要脫衣服，到底把我當成什麼啊？」

變態？花痴女？上回在保健室也是，怎麼可以面不改色的做些煽情挑逗的事？霍閔宇不愧是情場高手，改天應該跟他好好學一學才對！

霍閔宇盯著我，忽然不說話。

「不拉就不拉，這樣也要生氣？」我邊替他扣上釦子邊嘀咕幾句，打算收回手時，卻發現他反手扣住我的手不放，「幹麼？不是不給碰？」

平常和異性相處碰肩碰手都無所謂，我就是拉著他的衣服，也沒碰到他任何一吋肌膚，立刻引來他這麼大的反彈，愈想愈覺得心口處堵得慌。

「當成……」

「嗯?」

「不能沒有的人。」

我的嘴角微僵，慢半拍的問道：「你、你說什麼?」

儘管只透著稀透的亮光，他毅然深邃的眸光依然清晰真實。面對我的遲疑，他冷然的掀起嘴角，「不能負責，就不要隨便給承諾。」

經他這麼一提醒，我才想起我在外頭對他說的話，沒想到他居然還回頭反將我一軍，「那、那只是……等等!說到『負責』這兩個字，你才是最該重新好好學習的人。不對!你應該要重新投胎做人了!」

霍閔宇百無聊賴的掏了掏耳朵，牽著我向前走，「喔，就算重來一次，」他扭頭，朝我勾起魅惑的笑容，「我也還是不會放過妳。」

以前小學常聽國文老師說，當老師的人上輩子都是將軍，因為殺人無數，所以這輩子要不斷被學生氣。

我想跟那位親愛的國文老師說，就算上輩子身為平民老百姓，也不保證有幸福安穩的人生，因為鄰居也是會來惹你!

所以我一定要先幹掉霍閔宇!

「你閉嘴，我可不想再遇到你。」

「哦?不是說人死了之後，如果思念太深，下輩子還會再見面嗎?」他揚起脣畔，促狹的眸光帶著輕微的挑釁與妄為，「但我覺得這根本是胡言亂語。」

「本來就是啊。」我分神的回道，「你不要在這裡說這種話啦，我會很害怕……」我提高警覺四處張望，就怕有人會趁機跑出來嚇我們。

「要是真是如此，不需要等到下輩子。」

我下意識的抬眼，探進他幽深的黑眸。

「這輩子我就不會讓它發生。」他說道，語氣帶著一絲笑意與邪氣。

我真的打從心底發毛。

我看著他，思緒紛亂，正想開口說些什麼的時候，唰的一聲，地板忽然溢出陣陣霧狀的乾冰，

我嚇得趕緊湊近霍閔宇。

「歡迎來到第一關。」一道女聲幽幽響起，平淡沒有起伏的聲音傳來寒氣與涼意，「吼！怎麼這麼慢？」

「呃……我們迷路了。」總不能說來的路上一言不合就吵起來吧。

霍閔宇睨了我一眼，不想承認這種低能行為，「只有她。」

我一陣無語。

學妹臉上有著見骨的傷口，醜陋扭曲的刻在她蒼白的小臉。我不敢正視她，暗自讚歎現在的化妝技術實在太厲害了。

「我在一堂數學課因為解不出一題數學題目而暴斃，請利用六十秒的時間，將這道題目解出，否則後果自行負責。」她發出尖銳淒厲的邪笑聲，迴盪在我耳際。

我看著她身後的講臺，上頭放著一個正方形木框，裡頭有一到九的數字方塊。

「看樣子要按照順序排出來。」霍閔宇悠悠的說道。

倒數計時器滴答滴答的在耳邊響起，我手忙腳亂移動著上頭的方塊，「是這樣嗎？不是，順序不

對，還是這樣？也不是……」我焦急的抓著頭。

眼看只剩下三十秒的時間，伴隨著學妹詭異的笑聲，我的冷汗直冒，等下會不會被女鬼抓走啊……

「我來。」霍閔宇無奈的拿開我的手，看了三秒，節骨分明的手唰唰的移動方塊，上下左右快速調整。

我看著計時器已經進入最後倒數。

「五、四、三……」陰冷的聲音，一聲一聲敲在我緊縮的心臟。

叩！

方塊碰撞的聲音戛然而止，霍閔宇優雅的抬起手，氣定神閒的說：「好了。」

「哎呀！學長不愧是高手！」看了一眼確認是正確的順序後，學妹拍了拍手，面露失望，「手伸出來蓋章後，你們就可以前往下一關了。」

替我們蓋好印章後，她掀開前往下一關的簾子，「慢走。」

我拍了拍胸，緊繃的心情緩和不少。

第二關看起來是歷史題，眼前的學弟穿著一身古埃及裝，露出結實精壯的上半身，手裡攥著法老王的權杖，古銅色的膚色讓我看得目不轉睛，總算遇到一個比較賞心悅目的裝扮了。

「歡迎來到第二關。」

我像個好學生般點點頭，目光盈盈的盯著他，難得遇上這麼不讓我害怕的鬼，我的臉上盈滿笑意。

大概是對於我裸露的視線感到不自在，學弟咳了一聲，準備說話時，霍閔宇一掌壓在我臉上，寬實的掌心完全遮住我的視線。

「喂！幹麼啦？我看不到了。」

不理會我的反抗，霍閔宇抬眼看著學弟，「直接講重點，趕時間。」

「喔，好。」本來還一臉嚴肅的學弟，被霍閔宇這麼一聲令下，立即變得謙和有禮，語氣恭敬的說：「我在去參訪古埃及文明時，受到死亡的詛咒，他們將我的眼睛、鼻子、耳朵都割了下來，請你們找出這三樣東西，以解除我的怨念，謝謝。」

他用著像是在念教科書的口吻，字正腔圓的導讀完畢之後，示意我們可以開始找了。

「在哪裡呀？」我一邊翻找，一邊佩服學弟怎麼能把這麼恐怖的事，說得像是童話故事一樣。

「喂！給點提示。」霍閔宇踢了書櫃一腳，發現沒有東西掉下來，轉頭不耐的問著學弟。

「哪有什麼提示啊，你不要提出一些讓他為難的要求好不好？」我罵道，繼續找著有沒有被遺漏的小地方。

霍閔宇橫了對方一眼，「有吧。」嘴角勾起笑。

學弟抖了一下，「在、在我身上。」

霍閔宇走上前，大掌直接摸向他腰側放著匕首的袋子，果然找出一隻眼睛，「剩下的呢？」

「霍閔宇！你這樣問，我們還闖什麼關啊？」

「遊戲規則又沒說不能威脅關主。」

算了，我不管了！不關我的事！

之後，學弟在霍閔宇的微笑注視下，「親自」找出其餘兩樣東西，最後在霍閔宇面前雙手奉上。

這是什麼詭異的畫面啊！

「謝啦。」霍閔宇得意的翹起一邊的嘴角，「蓋章，我們要去下一關了。」

嗯，我什麼都沒看到。

終於來到最後一關，我的腳步也跟著輕快了起來，大膽的鬆開霍閔宇的手，忘記自己身處隨時都有怪東西跑出來的地方。果不其然，下一秒就見遠處一團不明物體趴在地上。

我的腳步剎那停住，好奇心迫使我想看清楚那是什麼東西，不明物體倏地動了動，定睛一看是一位長髮披肩的女生，她的五官被頭髮遮住，我隱約能聽見從她嘴裡發出的啜泣聲。

「妳沒事吧……」話還沒說完，她就飛也似的朝我爬了過來，滿嘴鮮血，嘴裡還發出彷彿什麼東西碎掉的喀喀聲。

我嚇得驚慌失色，轉身就跑回霍閔宇身邊，揪著他的衣襬兩側，死死的抱住他，「嗚，好可怕！」

霍閔宇失笑，將我圈在他懷裡，拍著我的背，「活該愛亂跑，沒有我看妳要怎麼辦。」

匍匐在地的女鬼尷尬的起身，撥開長髮，露出了抱歉的笑容，「啊，好像嚇到妳了。」

我聽了這聲音，疑惑的從霍閔宇懷中探出頭，「你、你是男的？」

「對呀！」學弟站起身，調整了頭上的假髮，垂落在臉上的兩串長髮被他隨意的撥至身後，他抓了抓脖子，「嗨，歡迎來到最後一關。」

看著眼前如此違和的畫面，我忍不住讚歎，學弟妹為了嚇人真是豁出去了！

「這一關有一點不一樣，」學弟的語調輕揚，與周遭陰冷的布置完全不相符，「你們必須完成我的願望。」

我眨了眨眼，「什、什麼願望？」

「這位漂亮的姊姊別急。」學弟一臉正經，伸出滿是血和泥巴的手。

「我現在的願望就是你直接讓我們出去。」一旁的霍閔宇淺淡的開口，脣邊的笑意不減，我卻感到周圍空氣一片稀薄，冷意直升。

學弟再度咳了一聲，一臉正色道：「仔細聽好了！來跟我比、腕、力！」

「我們出去。」霍閔宇雙手插放口袋，直接邁開長腿。

「喔，好。」我跟上。

「喂、喂！」學弟焦急的擋在我們面前，表情無辜，「我生前因為是邊緣人，沒有人跟我當朋友，你們完成我這個願望很難嗎？」

我一邊忍住笑，問道：「只要贏你就可以了嗎？」

只見學弟搖搖手指，得意的說：「我考慮。」

「走了。」

「嗯。」

「喂！喂！到底誰是關主啊？你們真難伺候。」學弟雙手插腰，「來，漂亮姊姊妳過來。」

「我嗎？」指著自己，「讓我跟你比腕力？」

「當然啊，闖關可不是這麼容易。」

我緊張的走了過去，覺得這一切根本就是整人遊戲。

眼前有一張桌子，學弟架式十足，站姿像是要打太極，甚至撥開自己的裙襬，露出結實的小腿肌。

我失笑，「你會放水嗎？」否則我根本不可能贏他。

「不然學姊親我一下，我就無條件讓妳過關。」學弟油腔滑調的說道，配上臉上那堆駭人的傷口，我不由自主的笑了。

「我考慮。」學他得意的語氣，將手肘放上桌面，「來吧。」

「學姊看起來勢在必得喔！」

「好說好說，就拜託你讓一下了。」我們的手碰上。

近距離看著他，真的好可怕，尤其當他張嘴笑的時候，滿嘴鮮紅。我閉上眼睛，心想只要忍耐一下，牙一咬就過了。

出乎意料的，學弟並沒有讓我，所以我們得完成他第二個願望。

「現在猜我心裡在想什麼？」

霍閔宇雙手環胸，笑容完全提不起來了，學弟似乎也看出他心情不好，撓頭一笑，「我開玩笑的啦！」

我發誓，我真的聽到霍閔宇理智斷裂的聲音。

「剛剛都只是小小的熱身，」學弟手一攤，「現在要來說一下我真正的願望了。」

我屏息等待。

「我會死是因為慘遭情變！」

我到底是為什麼會來玩這種鬼遊戲。

「因為承受不了失戀的打擊，所以我跑去跳樓，但因為自殺是不能投胎的，所以我必須每天重複跳樓，我命好苦啊——」學弟刻意拉長音，抖著嗓子哭喊道，讓我一陣毛骨悚然。

「所以你的角色是男是女？」霍閔宇擰眉。

我沒好氣的看了他一眼，總是有人可以搞錯重點。

「沒禮貌！人家當然是女的啊！」學弟拉高嗓音，似乎因為變音變得太過頭而咳了幾聲，我忍不住笑出來。

霍閔宇冷瞟我一眼，伸手就拐住我的脖子，讓我瞬間喊痛。

「咳！咳！所以你們要完成我的遺願，我才能安心走。」學弟的眼神忽然變得幽暗，伸出滿是血水的手，冷冷的指著霍閔宇，「我的遺願就是，拿學姊的男伴來換！」

「什麼？」

他的嘴邊勺起嗜血的笑容，讓我的背脊一陣涼，「把學長給我，我就讓妳出去！」

我愣了幾秒，消化他說的話，最後毫不猶豫的點頭說：「好啊。」

「學姊，妳都不掙扎一下嗎？他要代替我下地獄耶！」

我搖頭，反正霍閔宇作惡多端，早就該下去了，「沒關係，這樣我就可以出去了嗎？」指著透著微光的布簾，終於來到終點了。

學弟傻眼的看著我，「學姊，妳確定嗎？」他走上前真的要把霍閔宇帶走，「學長會受到最嚴厲的懲罰喔。」

我皺了皺眉，看了霍閔宇一眼，發現他也不發一語的望著我，「如果說不給的話會怎麼樣？」

「你們兩個就要一起受罰。」學弟陰森森的說道。

我面有難色，就怕他說的懲罰，是有數十隻鬼追著我跑的那種恐怖畫面。

我猶豫半晌，如果把霍閔宇一個人留在這兒，就顯得我太無情。

上頭的燈光一閃一滅，周圍傳來陰冷的氣息，我吞了吞口水，實在不想在這裡多待一秒。眼一抬，再度對上始終未表態的霍閔宇，深沉的眸光與室內的灰暗交疊。

如果是他的話又會怎麼選呢？

「放她走吧，她不喜歡這裡。」半晌，霍閔宇淡然的開口，雙手插放口袋悠然的問道：「懲罰是什麼？」

我壓根兒不認為霍閔宇會對我這麼好，平時肯定是死活都要拖著我一起共患難，今天難道是他生日，長了一歲，所以人性也跟著成長了嗎？

不對啊，他生日分明在冬天呀。

學弟聳肩，嘴角露出邪惡的笑容，光看就知道懲罰一定不簡單，「既然學長都這麼說了，學姊就直接走出去吧。」

「嗯？」

「學姊再見。」

我被動的點點頭，準備轉身時猶豫了幾秒，回頭看了一眼坦然接受任何事的霍閔宇，忽然覺得心裡有點愧疚。

他可以絲毫不遲疑的選擇對我最好的事，卻一點都不考慮自己必須承擔的後果。

我擰起眉，「我決定留下來。」

「學姊改變主意啦？」學弟笑得賊兮兮，「一起留下來的話，等於還是我贏喔，你們都要受罰。」

我苦著一張臉，如果把霍閔宇一個人留在這兒的話，我豈不就太沒義氣。我深吸一口氣，點了點頭。

「學姊好氣魄！」學弟豎起大拇指稱讚，「那就確定兩人一起留下來受罰嘍！」

我一臉悲憤的看著霍閔宇，卻見他嘴角含笑，眸光深沉泛著亮光，看上去心情很好的樣子。

「你高興什麼？要被處罰耶。」我滿臉哀怨，「等等我要是被一堆鬼抓走，我也會拖著你。」

他點頭，難得一點異議都沒有，「他們碰不到妳。」

「你就只會說風涼話！」

霍閔宇無謂的聳肩，邁開步伐走向我，高俊挺拔的身軀佇立在我眼前，讓我不得不仰頭看著他。

「因為我走在妳前面。」所有的一切，他來承擔。

我的雙眸剎時凝滯，緩緩的望進他幽深的黑眸。他依然是如此的目中無人，不受誰的拘束，可是卻旁若無人的走至我身邊，自作主張的說喜歡我，無視我再三的推開他，最後總是能厚著臉皮再次走向我。

「為什麼不說話？」霍閔宇疑惑的挑眉。

我咬緊下唇，緩慢的吐出口氣，「我真的很害怕……」他再這樣肆無忌憚下去我會抵擋不住。

沒聽出我的弦外之音，以為我是因為要受罰所以害怕，下一秒，霍閔宇有力的手臂撈過我，嘴角噙起自傲的笑，依舊是他慣有的從容不迫，「那就好好待在我身邊。」

比起讓人心驚膽跳的闖關活動，我現在更害怕的是霍閔宇啊！

學弟露出陰狠的笑容，手裡伸進他不知道什麼時候拿出的黑色袋子，似乎要拿出什麼東西。

我全身的血液彷彿在回流，手指的末端有些發冷。

「嘿嘿……」學弟挑了挑眉，「噔楞——恭喜過關！」響亮的拉砲聲，在陰暗密閉的空間響起，他亮出印章。

我一臉摸不著頭緒，「現在是、是怎麼回事？」

「這關是真愛大考驗，」學弟朝我們露出稱羨的目光，比出大拇指，「考驗玩家們的感情，能夠為對方犧牲就是過關的關鍵，恭喜兩位！」

我已經開始厭倦不斷解釋的人生了，愈辯駁愈顯得刻意。

看出我的懊惱，學弟似乎又會錯意了，「放心啦，我不會跑去跟教官告密，況且大家都知道你們拍了情侶裝啊，雜誌一出來，我們班那個誰就整天捧著雜誌到處宣傳……」

「好、好，別再說了。」抽開被霍閔宇握住的手，我的腦門隱隱作痛，「快蓋章，我們要出去了。」

之後，我飛也似的逃出教室，迎向外頭的光明世界。我眨了眨眼，有些不適應突如其來的亮光。

迎面而來是學弟妹的熱烈掌聲與歡呼，「恭喜過關！」

他們拿出拍立得，將我們拉了過去，「請站在這裡，我們幫你們拍照留念。」

我們被動的靠著彼此，手臂碰在一塊，發覺不少人在圍觀，我尷尬的側著臉，試圖躲避那些人的目光，在霍閔宇身邊縮著身體，完全不想被認出來。

「學姊妳這樣不行，要站好，只有一次的拍照機會，不可以浪費底片。」拍照的學妹忍不住說道，

「啊！鬼也要入鏡！」

我疑惑的轉過頭，周遭不知何時聚集了不少化妝「精緻」的鬼，其中一名學妹滿臉是血的朝我咧嘴一笑。我雙肩一抖，從旁抱住霍閔宇的腰際，雙眼緊閉，小臉死死的皺著。

喀嚓！

「唉唷！學姊，妳怎麼閉眼睛了……」

霍閔宇不甚在意的抿起笑，代我接過照片，修長的手指輕巧的翻弄著，「沒關係，我覺得很好。」

回過神，我趕緊抽回手，不自在的整理了被弄皺的衣裙，看了一眼手錶，居然已經接近中午了。

「完蛋了，我真的會被田雅梨滅了，快點、快點！我們趕緊買完東西回去了。」

霍閔宇露出不耐煩的表情，我馬上就看出他想蹺班的心思。

「不行這樣！你身為班長要負責任一點啊。」我推著他走了幾步，就怕一轉身他真的會逃跑。

果不其然我們一回去，就見鬆餅攤位前滿滿都是人。田雅梨忙得焦頭爛額，任迅暘也在旁將剛做好的鬆餅放入紙袋，笑燦燦的拿給女同學，她們看了心花怒放，直說要再加點。

田雅梨轉頭看見我們，立即張牙舞爪，吼聲連連：「我說你們買到太平洋去是不是！」

我將霍閔宇推到最前線，反正他剛不是說他走在我前面。

霍閔宇閃避不及，被田雅梨罵得狗血淋頭，確認風波過後，我從他身後尷尬的探出頭，「就……要是知道我們跑去玩闖關，下一個做好的鬆餅就是我了。

「還不快點過來幫忙！」

「是！」我像個盡忠的小跟班，跟在田雅梨屁股後。

任迅暘見我回來，開心的揚起笑。

「辛苦啦，剩下的我來。」我回以一笑。

「沒關係，妳幫我拿衛生紙吧。」

我聽話的抽了一張遞到他眼前，「你要衛生紙幹麼？」

任迅暘一邊將鬆餅裝袋，一邊拿給客人，隨後朝我勾起靦腆俊朗的笑容，身後彷彿鑲著亮光。

「幫我擦汗啊，我沒手了。」

我的臉瞬間炸紅。

為了不讓他看出我緊張的手心都是汗，我故作鎮定，暗自呼了一口氣，「好……」抬起手將衛生紙覆上他額前，汗漸漸暈溼了衛生紙。

我吞了吞口水，心跳好快。

「謝謝。」任迅暘微微一笑，將額前淡褐色的髮絲往後撥去，不同於平時的整齊帥氣，多了一絲慵懶與邪媚。

「不客氣。」我立即轉移話題，「你要不要休息一下？我來就好。」

「好啊，那我在旁邊幫妳。」

我們換手後，我問他：「你不去逛園遊會嗎？午餐應該還沒吃吧？」

「妳在這裡我怎麼會想去逛？」任迅暘抿脣一笑，「等到下一組交接後，我們再一起去吃東西。」

面對他直接的回應，我僵硬的點點頭，覺得一陣口乾舌燥。我替點餐的客人裝好鬆餅，腦中交雜著混亂的思緒。

園遊會結束後，我答應任迅暘要回應他的告白，可是當我真正下定決心時，卻一直有道聲音不斷問我：「確定嗎？這樣好嗎？不會後悔嗎？」

我在心底嘆口氣，轉頭便撞見替元柔馨包紮手的霍閔宇。

「柔馨怎麼了？」

田雅梨撇了他們一眼，「被燙傷，剛剛太忙了。」

我不禁為自己跑出去逛園遊會的事感到內疚。

元柔馨嘴角含笑，水潤的大眼溫柔的看著低頭蹙眉的霍閔宇，他修長的手指持著棉花棒，輕柔的替她上藥，小心翼翼的模樣讓元柔馨笑個不停。

「又不是什麼大事，這種小傷過幾天就好了。」

「女孩子的手不能留疤。」霍閔宇淡淡的說道，隨後抬眼誠摯的向她道歉，「抱歉，不該在最忙的時候離開。」

霍閔宇從未這麼認真的向我道過歉……

我忽然想起上回他在保健室替我檢查傷口的神情，當時的他只是因為愧疚嗎？還是真有那麼一點不捨？

我抿了抿脣，對於在意起這點的自己，感到厭惡。

國小的時候，我被暗戀他的學姊關進體育器材室一節課，下課還挨了老師的罵，霍閔宇不知道，依舊和他的好友們玩得很開心。

國中的時候，我被喜歡他的學妹潑水翻桌，他只是一笑置之，痞痞的說下次會好好警告她們。

高中的時候，我被唐娜堵在廁所，手腕還因此有了傷口。女孩子的手確實不該留疤，而這句話是護士阿姨告訴我的。

而後我告訴自己，關於他的事，我不要再哭了，因為他總是選擇看不到我的眼淚。

這樣不經意回想起來，我的人生還真是挺悲慘的。

我不禁想，他說的喜歡，會不會只是一時興起的玩笑，還是我不過是填補他無趣生活的一部分？

我沒談過戀愛，所以我以為所有的第一次，都是要傾注心力，給對方最好的。霍閔宇有那麼多經驗，在他的認知中，只有他喜歡和他不喜歡。

元柔馨仰頭，水亮的眸光全是傾慕，她含笑的注視著霍閔宇，唇邊蕩漾著笑容。

我微微斂下眼，不想正視心裡那道逐漸響亮的聲音，太難堪了。

「怎麼了？」見我臉色不對勁，任迅暘順著視線看了過去，然而他什麼也沒問，只是開口說道：「覺得累嗎？還是我來弄吧。」

我連忙制止他，「我才剛來，你好好休息啦。」將他拉到旁邊，「你在這邊告訴我客人點什麼口味就好，不要亂動。」我警告他。

任迅暘失笑，白皙的臉龐泛著柔和的光，「好。」

我們一直忙到下午兩點人潮才逐漸減少，我呼了一口氣，轉了轉痠疼的肩膀，這才想起任迅暘一早到現在只吃了早餐而已，「啊，我們現在趕快去買東西吃吧。」

田雅梨也意識到這個情況，連忙揮手要我們快去，而她正好可以差遣前一小時剛好路過的閻子昱幫忙。

「喂！我自己班的生意都沒顧到，我會被他們揍死啦！」

「關我什麼事？又不是揍我。」

「妳這八婆，怎麼升上二年級還是一樣沒心沒肺啊？也不學學人家柔馨，多漂亮、多溫柔，剛剛請我吃了一塊鬆餅，還問我會不會累？妳呢？哼！」

「你吃掉的鬆餅就是我做的！吃了東西當然要用勞力償還啊。」田雅梨吼得比閻子昱更大聲，音量成功震住一旁聲嘶力竭喊著口號的同學，「何況我覺得我已經夠漂亮、夠溫柔了！」

她用力撥了一下長髮，刻意甩過閻子昱的臉，痛得他哀哀叫。

閻子昱被她吼得頭很痛，捂著耳朵不滿道：「妳這叫溫柔？小侑都可以統治世界了。」

「喂！你們吵架幹麼拖我下水啊？」我一臉無語。

不過田雅梨大概只有在面對閻子昱時，才能這麼活力充沛，剛升二年級的時候，她可是天天對著我喊無聊。

「他們感情一直這麼好嗎？」一旁的任迅暘笑問。

「嗯，從國中認識到現在，每天都這樣吵吵鬧鬧。」看著又慘遭暴力攻擊的閻子昱，我忍不住笑出聲，「有時候我覺得他們更像是青梅竹馬，無論多少次吵得像是要絕交，最後都會和好。雖然嘴巴很壞，但要是誰敢欺負對方，他們一定會第一個跳出來為彼此說話。」

「好像真的是這樣，就是一種只有我能欺負，別人休想碰的奇怪想法。」任迅暘感嘆道，也很快的聽出重點，「這麼說，妳覺得妳跟霍閔宇不像是青梅竹馬嗎？」

我笑了笑，「更多時候，我覺得我們像一般朋友。」

「朋友？」

「朋友分很多種，價值觀相像所以合拍的，個性不同但互補的，還有，」我淡淡一笑，「認識很久的……」當你想找人幫忙時，不會第一個想到他的。

「哪天我要是像這樣和霍閔宇吵起來，他絕對會轉身就走。」因為霍閔宇不可能為誰屈就，更不會有一絲愧疚。

任迅暘看著我沒有說話。

半晌，他忽然出聲：「走吧，我們去逛逛。」他依舊溫暖的笑著，一點也不受我的話所影響，儘管我剛剛說的是如此沉重的事實。

「好啊。」

他仰起白淨的臉龐，自然而然的牽過我的手，「妳想吃什麼？」

「不應該先問我吧。」我瞇眼看他，「你什麼都還沒吃。」

他笑道，難得對我提出要求，「那妳幫我想。」

「唔……烤玉米怎麼樣？」

「好。」他抿起笑輕應道，目光柔和純淨，讓我的心臟頓時感到鬆軟發脹。

這時，我感覺一道冷意投射而來，但我選擇忽略。我告訴自己，如果要跟任迅暘在一起，與霍閔宇之間勢必要劃分清楚。

不能有一絲猶豫心軟。

「我剛經過一班的烤玉米，感覺很好吃，從遠處就能聞到很香的味道。」我熱絡的說道，試圖掩蓋那灼人的視線。

我和任迅暘逛了一圈，明年的這時候，我們就是考生了，也許這是我們最後一個能盡情玩樂的園遊會。

我們坐在許願池前享用從各式攤位買來的食物，伴隨著絲絲水霧。

「妳以後想考哪間大學？」

我咬著豆乾說道：「不知道耶，考到哪就去哪吧，但應該會選自己喜歡的科系。」

「這樣啊。」任迅暘抬眼，濃密的睫毛微微顫動，「我爸媽可能還不知道我要考大學呢。」

我有點驚訝，「不過這樣也滿好的，給自己空間思考未來，畢竟只有自己清楚自己想要什麼，別人是逼不來的，哪像我媽就是天天在我耳邊碎念。」念的不是我考不上大學怎麼辦，而是沒辦法和霍閔宇考上同間大學怎麼辦？

「的確，只有自己清楚自己想要什麼。」任迅暘這話說得別有含義，然而我來不及細想，他便朝我拾起了微笑。

我突然想起好幾次都看到任迅暘一個人在便利商店吃晚餐，「你的父母真的這麼忙啊？」

任迅暘微微點頭，「他們這麼努力工作也是希望提供我最好的資源。」他無奈的聳肩，似乎已經很習慣一個人了。

「不過我現在有妳了啊，所以不會覺得孤單。」他轉頭溫柔的看著我。

我微愣，原來在他心中，我佔的分量這麼重。如果沒有我，任迅暘就真的是一個人了。

想到他寂寞單薄的身影，心裡就覺得好不捨。

「改天來我家一起吃飯吧，反正我家才三個人，多一個人也比較熱鬧。」霍姨不在家的時候，霍閔宇也常來蹭飯。

「真的可以嗎？」任迅暘的眸眼閃爍，忽然握住我的手，「謝謝妳。」

「唉唷！好朋友說什麼謝謝。」話一出口，連我自己都覺得哪裡不對勁。我和任迅暘現在的關係，說是好朋友又好像有點曖昧。

我尷尬的扯起一抹笑容，對上他始終溫潤的雙眼，想說些什麼扭轉話題，腦袋卻一片空白。

「我知道，妳需要時間，我也說過我會等。」任迅暘發現我的困窘，失笑的揉了揉我的頭髮，「不要覺得緊張或是愧疚，我都能體諒。」

世界上怎麼會存在著這麼溫柔的人，只要我點頭，他的好，他的笑，從今以後就會是只屬於我一個人的。

其實沒有什麼好拒絕的，任迅暘太符合我心目中的理想人選了。

只是我……

「小侑。」

「嗯？」我回過神，仰頭看他，下一秒瞳孔倏地緊縮。

任迅暘俯下身，微暖的清新氣息隨之落下，挾帶著一陣清爽的風，冰涼的脣貼上我的額頭，柔軟似水。

我的心臟一緊，僵硬著四肢不敢動，甚至不知道自己到底有沒有在呼吸。

約莫數秒，他微微退開，白皙無暇的臉龐泛起少有的淺淡紅潤。任迅暘看我傻愣了眼，輕輕一笑，「對不起，讓妳嚇到了。」

我定格了幾秒，緩慢的眨了眨眼，慢半拍的捂住嘴。

任迅暘親我了？

任迅暘親我了！

天啊！天啊！現在該怎麼辦？我緊張的手足無措，甚至突然站起身。

見我反應劇烈，任迅暘也嚇了一跳，跟著我一起站起來，「小侑？」

我抬眼，見他帶著些微歉意的望著我，「啊，沒事、沒事！你別擔心，我、我只是第一次被這樣——」不對！霍閔宇那傢伙早就已經對我做過這種事了！

「對不起！是我太急躁了，總覺得妳會離開，一直不能安心。」任迅暘的雙手伸進瀏海，微微低下頭，「雖然嘴上說得豁達，給妳時間做選擇，可是心裡卻很不安。」任迅暘自嘲的笑道。

我能體會他擔憂的心情，喜歡的人就在眼前，卻遲遲無法前進。我應該要盡早給他答覆，但是總覺得哪裡怪怪的我說不上來，並不是任迅暘不好，而是一種來自內心的抗拒。

我搖頭，決定將它歸為想太多。大概是第一次被這麼認真告白，總會有很多不確定感吧。

「月底，」我說。

「嗯？」任迅暘略微狼狽的抬起頭。

「一起去水族館吧，我媽上個月給了我兩張票。」雖然老媽本意是要我和霍閔宇一起去，但我才不管，決定權在我手裡，「你有空嗎？」

任迅暘微頓，隨後拉開笑容，有些壞心眼的刻意問：「這是約會嗎？」

聽到敏感的字詞，我有些無措，只好故意開玩笑的說：「你是收不收啊？」

「當然，我已經開始期待了。」他笑得開心。

回到教室後，我們開始指揮大家收拾東西，我和任迅暘準備合力將長桌抬回地下室。

「重的東西我拿就好。」一道熟悉的聲音傳進我耳裡，順著聲音看了過去，發現霍閔宇接手了元柔馨身上的重物，隨後瞥了一眼玻璃窗的海報，「妳負責撕掉那些東西。」

元柔馨漾起笑，「那你等我，我陪你一起拿下去給雅梨。」

霍閔宇點頭。

我很少見他這麼溫順，面對元柔馨如此溫柔的存在，我想任誰都沒了脾氣和想使壞的舉動吧。

我的視線忍不住停留在他們有默契的互動，如果她能帶給霍閔宇好的改變，其實好像也沒什麼不好……

出乎意料的，我們班在園遊會的營業額是全年級最高的，順利得到了畢旅夜遊的機會。

我滿心歡喜的看著收支簿，到時學校會抽出兩成的費用作為捐款，剩下的八成就可以納入班費。想到替班上增加不少收入，我的心情瞬間飛揚起來，幾乎用著走跳的方式步出校園。

田雅梨吆喝著幹部們一起去吃鍋。

「好！」我想都沒想，雀躍的舉起手。孰料腳一拐，站不穩身子，搖搖晃晃的就要往前撲，忽然有人眼明手快抓住我的手腕。

「到底在幹麼？」霍閔宇好看的眉皺在一塊，「要不要好好走路。」

我努嘴，想縮回手時，卻發現始終沒出聲的任迅暘也拉住我另一隻手，這場面說有多尷尬就有多尷尬。

我愣了幾秒，看著他們互看對方一眼，沒有說話，也沒有人先鬆手。

看出不對勁的田雅梨率先開口，直接挽過我的手，擠開他們兩人，「抱歉啊！她有點肢體障礙，我會顧好她。」

雖然我很感謝田雅梨替我化解尷尬，但也用不著對我人身攻擊吧！

這頓飯吃得極為壓抑，坐在我旁邊的任迅暘，將我照顧得無微不至，碗裡隨時有菜有肉，完全不用自己動手，很輕鬆。

但是當同桌的其他四人都一直盯著我們的一舉一動，我卻完全沒有胃口。

現場最控制不住八卦心態的就是田雅梨，她訕訕說道：「夏羽侑，原來妳除了肢體有障礙，連手也殘啊。」

小姐，難道妳看不出來我現在很難做人嗎？

我一邊使眼色給田雅梨，一邊微笑阻止任迅暘，「謝謝，我可以自己來，你趕快吃吧。」我將快堆滿整個碗的肉片夾了一些給他。

這動作其實沒有什麼特殊含義，純粹只是不想浪費食物。

「謝謝。」任迅暘抿起白淨的笑容，靦腆柔和，讓燈光昏暗的火鍋店，彷彿出現了一道曙光。

我愣了愣，僅僅只有多停留一秒，田雅梨就靠了過來，一手矯情的附在臉頰旁，實則音量大到我們整桌的人都聽見了，「什麼時候進展到這種程度啦？」

我抽了抽嘴角，推開她硬是靠上來的身體，「別亂說。」我裝傻，立即塞了一顆貢丸到她嘴裡，大小剛好，讓她支支吾吾的說不出話。

我微笑聳肩，「很餓吧，多吃點。」

田雅梨斜了我一眼。

「回去再說啦。」我小聲的在她耳旁動了動嘴角，田雅梨才不甘願的嚼了幾下。

斜對面的元柔馨也瞇起眼笑了笑，主動起身夾了青菜給任迅暘，「我也覺得迅暘太瘦了，應該多吃一點。」

她這一舉動，徹底挽救了眼前尷尬的局面。

我朝她投以感激涕零的微笑，元柔馨也笑著回應我，緊接著轉過頭自然的夾了香菇到霍閔宇碗裡，「我記得你好像喜歡吃香菇，要不要再點一盤？我看你都沒什麼吃。」

元柔馨揚起關切的眸眼，準備抬手叫服務生時，霍閔宇彎脣制止，「不用了，我已經飽了。」這句話，是看著我說的。

他的眼眸此刻正充斥著各種情緒，洶湧且磅礡，但都被另一股更為冷淡的氣息覆蓋住，以至於他的面色平靜，甚至連笑都稱得上體面，讓人看不透心思。

但我就是知道，他在不高興，完全衝著我發火。

我的確是該找時間和他說明一下我和任迅暘的事。

晚上八點多，我們一行人在公車站前分開，因為田雅梨迫切的想知道所有內幕，所以我決定去她家的鬆餅店繼續聊聊。

但是問題來了，霍閔宇怎麼辦？

我們的家在同一個方向，同一條巷子，還是隔壁棟，青梅竹馬最麻煩的，就是所有和你有關的人事物對方都熟悉。

所以如果我想和田雅梨單獨一起，霍閔宇肯定會問東問西。

田雅梨也注意到這點，但是要打發霍閔宇並不是件容易的事。當我們陷入沉思，甚至想著要不要把閻子昱拖出來當擋箭牌時，元柔馨輕柔的嗓音忽然響起。

「閔宇，你可以陪我走回家嗎？」她的臉頰緋紅，低垂著臉，緊張的絞著手指，似乎是第一次這麼主動的邀約一個人。

「因為我們家那條巷子很暗，每次我自己走都很害怕，以前我媽媽都會在巷口等我，但是她今天有事，所以我……」元柔馨的聲音細如蚊蚋，像是快被恐懼淹沒，讓我都想自告奮勇陪她回家。

霍閔宇沉吟了一聲，田雅梨見機不可失，連忙說道：「好啊！霍當然可以！他什麼都不怕。」

霍閔宇頓了頓，對於田雅梨積極的回應感到懷疑，但看著元柔馨似乎很害怕的模樣，最後還是點頭答應，「好，走吧，我陪妳回去。」

田雅梨朝我露出勝利的微笑，我正想對她豎起大拇指時，霍閔宇同時轉身，沉穩的眼眸掃過我一眼，「喂，妳自己回家可以嗎？」

我愣了愣，有些受寵若驚。

這麼多年來，霍閔宇打從心底認為我是無敵女超人，什麼事都可以自己處理好。

然而，現在他居然擔心我可不可以自己回家？這條我早已走過無數遍的路，一件再熟悉不過的事。

沒有他的我，真的可以自己回家嗎？我看著他，忽然不知道該怎麼回答這個我同樣沒想過的問題。

見我短暫的猶疑，霍閔宇擰眉，試探性的問道：「不行？」

我回過神，「喔！可、可以啊！當然可以！」奇怪，我為什麼要這麼緊張？

霍閔宇挑了挑眉，轉而看向元柔馨，「那我們走吧。」

元柔馨乖巧的點頭，朝我們揮了揮手，「小侑、雅梨拜拜！」

看著他們轉身離去逐漸遠去的背影，心底有一角忽然空蕩蕩的。元柔馨不時側過頭的笑眼，以及霍閔宇微勾的唇，竟意外的和諧。

「怎樣？看著霍跟別的女生走在一起，是不是心裡覺得有點奇怪。」

我下意識的拍了拍胸口，「嗯……好像有點耶。」待我回過神，就見田雅梨賊兮兮的看著我，像是抓到什麼小把柄。

「他、他第一次跟我覺得還不錯的異性這麼要好，當然有點欣慰啊。」

以前霍閔宇和唐娜在一起時，我以為只要對方有姿色，不管品行有多糟，霍閔宇都會全盤接受，完全喪失道德觀。

「欣慰是嗎？到時可別哭哭啼啼。」

我沒好氣的看了她一眼。

到了鬆餅店，我把事情經過都說了出來，希望田雅梨能夠給點意見。

「任迅暘和我告白了，他在等我答覆。」我沒說出我的答案，有些訝異自己為什麼突然間說不出口。

「那霍怎麼辦？」

「好好跟他說清楚吧。」

「感覺就會聽不進去。」田雅梨搖了搖頭，連她都知道霍閔宇肯定要大發雷霆了，「不過如果我是霍，我也不能理解。」

「為什麼？」

「什麼為什麼？」田雅梨推了我的頭，「自己從小陪著長大的人，何況霍現在就是栽了妳這坑，妳說他這種處在優越感之上的人會退讓嗎？」

看來大家都挺瞭解霍閔宇的脾性。

「霍閔宇的不安定感太重了。」我緩緩說道，第一次敞開心胸對著別人訴說我對他的想法，「他一旦有熱情就不管後果，可是喜歡這種事，不能只有一時興起。」

田雅梨也嘆氣撐頰，「霍的不良紀錄實在太多了，當朋友是挺輕鬆和樂，但是真要變成情侶，好像有很多事需要面對。」

「所以我不能讓他胡作非為。」在我淪陷之前。

「不過仔細想想，誰會在喜歡上一個人之前先準備好的啊？」田雅梨忽然說道，「又不是什麼十年養成計畫，先看上了，再慢慢培養感情。」

我一瞬間愣住，竟然覺得田雅梨的話有點道理。

田雅梨發出一聲長音，最後目光穩穩的看向我，像是肯定了什麼似的，「而且我發現啊，妳好像沒說過妳不喜歡霍，妳說的話永遠都在辯解，客觀的解釋妳和霍之間有多麼不適合。」

我的腦袋轟隆作響，「不是，我、我……」

「霍確實有很多不好的紀錄，不過就只是年少輕狂、血氣方剛嘛。」田雅梨像是某種邪教團體，強制對我灌輸奇怪的觀念，「霍的外型、能力都很優秀，換作是妳，看到帥哥會不會想跟他在一起？」

我誠實的點頭，畢竟外表就是第一印象，雖然膚淺，但是應該不會有人想跟連自己都看不順眼的人在一起吧？

田雅梨神氣的抬了抬下巴，彈了一聲響指，「這就對了啊！所以不能說是霍花心，他只是比一般人更為所欲為一點，何況他沒劈腿過，確實沒對不起誰。」

我一時語塞，這麼討論起來，霍閔宇反倒成了受害者。

「但是連個性都不考慮這就說不過去了吧！前幾任就算了，妳看唐娜，品行完全就是負分！」

田雅梨砸嘴了一聲，「這麼說也是，那個螳螂學姊真的有點纏人。」她似乎想起一件事，皺著眉頭對我說道：「可是我記得她不是因為什麼謠言才找上妳嗎？」

經田雅梨這麼一說我才想起來，「喔，她說我到處散播謠言毀謗她，拜託，她不找上我，我根本不知道她是霍閔宇的女朋友。」

我不否認自己對唐娜是沒什麼好感，但上回看著她不斷的想挽回霍閔宇，低聲下氣的模樣，對於囂張慣了的她，肯定是讓了很多步。

如果真如謠言所說，唐娜根本不需要拋棄自尊求霍閔宇回來。

果然攤上霍閔宇就沒什麼好事。

後來，我一個人走回家，沿路揣測唐娜的想法，依她對霍閔宇的喜歡，就連我這旁人都覺得她不可能背著他與別人曖昧不清。

既然如此，謠言又是從何而來？

想起上回霍閔宇提起與唐娜分手的場景，他不聽解釋，一旦有了欺瞞所有關係便宣告結束。

完全沒有理由啊，會不會唐娜根本就不是那種人？

我搖頭晃腦的踩著影子回家，注意力全集中在黑壓壓的柏油路上，嘀咕幾句，「而且對象還是李桀閎，怎麼選都是……」

看著落在地上比夜色更加濃墨的影子，我警覺性的站住腳，慌亂的抬眼。

「選？」

一抹高眺的人影倚著路燈，霍閔宇穿著白色連帽上衣，帽子下的黑髮有些溼軟，似乎已經洗好澡了。他雙手隨性的插放口袋，深邃的輪廓，堅挺的鼻梁，在昏暗的街道下逐漸清晰。

「你、你為什麼在這裡？」

「妳為什麼這麼晚才回家？」他不答反問，邁開腿筆直的朝我走來，眉眼微挑，「剛剛去做了什麼？」

「沒做什麼啊，就和田雅梨聊天。」

「聊什麼？」他在我面前站定，擋住了我所有的光源，讓我只能硬著頭皮直視他過於黑亮的眼眸。

我的內心一陣恐慌，「沒什麼啦！你很煩。」推開他，拉了拉書包肩帶，快步離去。

霍閔宇輕鬆的跟在我身後，即便沒有追問，他與生俱來的磅礡氣勢和總是讓人亂了陣腳的隨意，依舊讓我覺得好彆扭。

「你把元柔馨安全送到家了嗎？」我隨意提起話題。

「否則我怎麼會在這兒？」

「喔。」

「明天要工作吧。」

「可以不去嗎？」

「當然不行！」我瞪他，「你要是再蹺班讓迪昊打電話給我，我就……」本來想烙狠話，但看著他眉目含笑，腦袋忽然就一片空白。

「妳就怎樣？」他的語調愉悅，嘴角勾起，隱隱帶著期盼，「想對我怎樣？」

我趕緊閉上嘴，不想讓自己的話再度被他曲解，「沒怎樣啦，你乖乖去就對了。」

霍閔宇神態自若的聳肩，忽然說道：「有什麼獎勵？我乖乖去的話。」

「這本來就是你的工作啊。」真不知道他又在打什麼歪主意了，「別想又拖我下水！上次拍那套情侶裝，不知道引起多大的騷動，我真的是……」掄起拳頭作勢要揍他，卻見他沒閃躲，眸光蘊含著點點碎光。

「算了！」我揉揉鼻子，倉皇的避開他的雙眼，往前走了幾步，又覺得他可能會耍賴，所以轉身鄭重的再警告他一次，卻碰上正好向前走的他。

霍閔宇大概也沒預料到我會轉身，反應不及的頓了一下，而我的臉此刻就正對著他的胸膛，近得甚至能聽見他穩健的心跳聲，我愣了幾秒，居然沒有力氣回身。

「幹麼？」他的聲音低啞沉然，溫熱的氣息掃過我的頭頂，見我不吭聲，他突然說道：「再不走的話，我真的要抱妳了。」

聽他這麼說，我二話不說立即轉身，一秒都不敢怠慢，因為我知道他不是在開玩笑。

本該是鬆口氣，卻在下一秒感受到一股沉沉的重力在我的背後蔓延開來，沐浴乳清淡的香味鋪天蓋地的湧上我的鼻尖，我僵了一下更不敢亂動了。

感受到他胸口的溫度，耳邊傳來他紊亂的心跳聲，霍閔宇彎身把臉埋在我的頸間，被風吹得冰涼的凌亂髮絲劃過我的鎖骨，有些麻癢。

我縮了縮肩膀，卻促使霍閔宇將我圈得更緊了，除了覺得溫暖熟悉，我竟然一點都不抗拒。

「給妳跑，還真的要跑？」

「不然呢？我怕沒第二次機會。」

他微微嘆口氣，無奈的說道：「好煩。」

「為什麼？」

「妳快點過來好不好？」他沉悶的聲音在我耳畔響起。

我輕側過頭，疑惑的問：「過來哪裡？我不是已經在這裡了嗎？」

「我身邊。」

霍閔宇有意無意的蹭了蹭我有些敏感的脖子，像隻討拍的毛茸茸生物依附在我的身上，竟讓我產生他有點可愛的錯覺。

「不要只是站在那裡。」

我的心跳驀地漏了一拍，想掙脫他的懷抱，霍閔宇卻打定主意不鬆手，反而愈箍愈緊。我索性放棄掙扎對他說道：「你知道當我走過去就表示——我們真的、真的不是朋友了。」我強調。

這是一個很大的轉變，連我都不知道會發生什麼事。

「妳喜歡我嗎？」略為緊澀的沙啞，儘管語句直白，卻透露出他不曾展露在外人面前的不安全感。

而我居然接不上話。

即將要成為任迅暘女朋友的我，理應要非常明確拒絕他的我，總是收著他的爛攤子的我，討厭他勝過喜歡他的我，看過他所有惡劣行徑的我……為什麼會答不出來？

「回答。」鏗鏘兩字，卻帶著他的隱忍與惶恐。

我不自覺舔了舔乾澀的嘴脣，霍閔宇這次似乎是玩真的。

我深吸一口氣，強迫自己清醒，「沒、沒有。」該死的結巴！我連忙補充道：「我怎麼可能會喜歡你，討厭你都來不及了！」說完，連我自己都覺得末日將至，惡魔還趴在我背上呢。

「沒有？不喜歡？討厭？」霍閔宇淡淡的重複我的話，語調輕揚，聲音冷然清晰，卻始終沒鬆開擱在我腰際的手，「說謊。」

「我是說真的，我不要跟你在一起，絕對不要！」不知為何我變得更加緊張。

人似乎只要意識到情勢對自己不利，就會開始自我保護，不斷想證明自己說的話是正確的，便會開始說一些更激進的話來掩飾。

「我幹麼一定要跟你交往，又不是青梅竹馬就一定要在一起。而且你紀錄不良，我太沒有保障了。沒有一任交往超過半年，我都要懷疑你的熱戀期大概只有一星期。如果哪天你突然就膩了，或是告訴我你喜歡別人，那我怎麼辦？」

當我說完這串話，赫然發現身後沒了聲音，只隱約傳來他微弱的哼笑聲，我才恍然驚覺，我到底為什麼要這麼心虛？

沒有的事簡單澄清就好，這一解釋不就讓霍閔宇知道，我連分手的原因都考量到了。

我幹麼多嘴啊！現在我真的只想逃離現場。

我動了動肩膀試圖掙脫他，霍閔宇這次不再執著，不疾不徐的退開。

「原來妳滿腦子都裝這些啊。」霍閔宇輕輕抿脣，語調帶笑卻蘊含著一絲危險，「怎麼辦？我有點不高興。」

我扭頭看他一眼，「照理來說不高興的是我好嗎？你是最沒資格對我生氣的人。」

「這樣啊……」霍閔宇再次將身體趨向我，微微低著頭看著我，「不如這樣吧，反正在妳眼中我都這麼無恥了，妳直接屈服不是更省事？」

我抬眼，「這、這是什麼歪理啊？」他呼出的氣噴灑在我臉上，我的臉頰微微燥熱，無奈卻又推不開他。

「挺合理的不是嗎？」他扯脣，「我們就來看可以撐多久好了。」

我愣了愣，「交往怎麼能這麼隨便？」

「正好符合妳對我的期待啊。」霍閔宇低喃的聲音在我耳畔旋繞，似是惡魔的誘哄，「就用一輩子來賭怎麼樣?」

我皺著小臉，一邊閃避霍閔宇過於靠近的氣息，還得分心聽他說的瘋話，「什麼一輩子?那根本沒有比賽的意義啊。」

不管輸贏，都是賠上了自己的一輩子。

「所以啊，我願意用一輩子當作賭注，妳呢?」霍閔宇沉亮的黑眸忽地閃過一絲冷光，頭一偏，唇尾冷漠的勾起，「現在不願意的好像是妳。」

他看了我一眼，雙手從容的滑入口袋，頭也不回的走了。

我這才終於可以大口呼吸新鮮空氣，心臟狂亂的跳動，到底以前我都是怎麼跟他說話的?現在光是正眼看他都覺得很困難。

我小心翼翼的跟在他背後，只覺得頭痛欲裂，全身疲憊不堪。

就在快到家時，霍閔宇突然緩下腳步，我防備的後退一步，直挺挺站在離他三步外的距離。他轉過身，見我退縮的模樣，神色更加冷峻，隱隱壓抑著情緒。

他似乎想發火，但最後還是一聲不吭的轉身走回家，以甩門作結束。

第七章　與你執手

我與霍閔宇的冷戰隨著段考週就此拉開序幕，他不喜歡聽從別人意見，我不想總是貼他冷臉，一吵當然就沒完沒了。我也懶得理他，總不能每回都順他的意。

月底我會和任迅暘去水族館，我會告訴他我的答案，然後我們會交往，一切都會很順利的。我的人生會就此擺脫霍閔宇。

然而，段考週的星期六早上，我接到迪昊的電話，他連續打了五通，我想忽略都不行。

「其實沒什麼重要的事啦。」迪昊在另一頭笑了笑，「只是想跟妳說，下午一點閔宇有工作，請務必督促他準、時到場，今天的廠商很重要，絕對不能出差錯。」

「這種事你應該親自和他說，我控制不了他。」

「妳當然可以！」他不給我機會反駁，「還有啊，上次那組照片反應相當好，廠商很滿意，真的很謝謝妳！」

「小事而已。」我敷衍道，只想快點掛電話，睡回籠覺。

「其實還有一件事，」我不自覺仰天，睡意幾乎去了一半，「有家廠商想找妳合作，所以想請妳先來我們公司試拍，不知道妳有沒有興趣？」

「呃，我不擅長那種工作。」

和天生就適合站在鎂光燈下的霍閔宇不同，我的肢體動作明顯僵硬許多。

「沒關係，就只是先試試看而已。如果妳能來，我們照樣會算薪水給妳，希望妳能考慮一下。」迪昊誠懇的說道。

我沉吟了一下，似乎也沒什麼損失，「跟著霍閔宇去就可以了吧？」

「好，謝謝妳願意來！」他開心的說道，聲音依舊尖銳吵人，「我已經事先通知閔宇了，他待會兒應該會去妳家接妳，聽說你們是青梅竹馬呀，難怪感情這麼好！以後有機會希望能多來接情侶拍攝，上市之後銷量很好，廠商都很高興。」

我乾笑兩聲，快速的說了聲謝謝，立即掛上電話，心想，誰跟他感情好啊。

我匆匆的起床漱洗，下樓時果然就馬上與不速之客對上眼，這回倒沒有多尷尬，霍閔宇對我投以一記高傲的眼神就不屑的撇過頭。

我沒有很在意他的反應，畢竟沒睡飽加上生理期的不適，我的心情已經夠差了。

天氣已入冬，十五分鐘的車程，我們一句話都沒說上，他似乎是和我槓上了。

TOP高聳的建築矗立在我眼前，放眼望去每個人都穿著時尚，身材也是穠纖合度。

迪昊見我們一前一後的出現，熱情的上前迎接，「羽侑，謝謝妳來！」

「還不知道能幫上什麼。」

「有她適合的服裝？」霍閔宇語氣直接，絲毫不給我面子。

「星園最近要開實體店了，需要拍穿搭宣傳。」迪昊說道，「我記得廠商的女兒是你們的同班同學。」

經迪昊提醒，我才想起星園是元柔馨家開的店。

霍閔宇嗤了一聲，狹長的黑眸挑高，「童裝？」他冷笑一聲，昂首闊步頭也不回的走了。

我在他背後悄悄豎起中指，「臭傢伙！就你了不起？」

迪昊見我們似乎在鬧不愉快，連忙出來救火緩解，「羽侑這邊請，待會兒妳會和星園找來的男模一同拍攝。」

我抬高下巴刻意哼了一聲，聲音不大不小，正好傳進霍閔宇耳裡，他的臉色瞬間鐵青，我變本加厲的朝他挑釁吐舌。

霍閔宇沉著一張臉，雙手插腰，轉了轉脖子，整個人彷彿快燃燒起來。

我趕緊溜到化妝區讓姊姊們上妝，她們忽然隨口一問：「閔宇在學校一定很受歡迎吧？」

「嗯，對啊。」沒想太多我便回答，透著鏡子瞥見他已站在布幕前進行拍攝，流暢熟練的換著動作，臉上的表情千變萬化，很難想像上一秒我們還在吵架。

「妳會不會很困擾？」

我無意識的答道：「是有一點。」因為都要被喜歡他的女生攻擊，生命隨時都有危險。

「你們是什麼時候在一起的？不會覺得膩嗎？畢竟從小看到大啊。」

我後知後覺的問道：「妳們怎麼知道我和他是青梅竹馬？」

「整個攝影棚的人都知道啊，還知道你們是情侶。畢竟上次拍攝情侶裝，看你們的互動就知道關係匪淺。」化妝師姊姊瞇眼說道，「不瞞妳說，閔宇在這行人氣很高，不少女模會主動和他示好。妳以後還是多來探班，樹立一下女朋友的威信比較好。」

「我們不是……」肯定又是霍閔宇不避諱的跟別人說起我們的關係，他真的死定了！

我還沒解釋完，就被造型師叫進試衣間，她一邊替我整理衣服，一邊說：「待會兒廠商會過來看，不過不用緊張，他們知道妳是素人，但很欣賞你上回和閔宇拍的照片，所以才指定由妳來拍。」

她理了理我的衣領。

「這間廠商的衣服，我們也覺得很適合妳。不會太成熟，也不會過於可愛，所以就擅自替妳接了，希望妳不要介意，也不要有太多壓力，待會兒有個人照也有合照，好好加油。」

我點了點頭。

她們將我推出試衣間，我忽然覺得肚子一陣悶痛，生理期實在太讓人心浮氣躁了。

我先拍了個人照，出乎意料的獲得攝影師的好評，隨興又帶點性感的穿搭，正好襯托出慵懶與個性的衝突意境。

結束個人照拍攝後，攝影師讓我先休息半小時，工作人員馬上調整擺設，準備拍合照。我拖著疲憊的身體，縮在一旁的沙發上完全不想動。

肚子的悶脹感依舊未退，我手扶著肚子閉上眼，打算利用小睡忽略這不舒服的感覺。不知過了多久，工作人員的交談聲在我耳邊逐漸清晰，我皺了皺眉，感覺到腹部一陣暖，舒緩了生理期的不適感。

我挪動了一下身體，忽然覺得有點不對勁，我略為驚慌的從那片溫暖起身，瞪著眼前好整以暇翻著雜誌的霍閔宇，一時之間說不上話。

「閔宇，開拍了。」攝影師朝他招手，接著朝我露出奇怪的笑眼。

他淡然的闔上雜誌，瞥了我一眼，便傲然起身走向拍攝布景。

我的震驚沒有太久，姊姊們也招手讓我去補妝、換衣，孰料我一起身，懷中同時落下一塊溫暖的東西，定睛一看發現是暖暖包。

我疑惑的撿了起來，這該不會是霍閔宇買的吧？

補妝的過程中我一直在想，我到底靠在霍閔宇身上睡了多久？不對，他什麼時候過來的？我也太沒知覺了吧。

「羽侑好了嗎？妳的搭檔來了。」攝影師喊道。

我應聲，急忙跑了過去，順了順因奔跑而亂了的瀏海，抬眼仔細一看，「你好，呃！」我毫不給對方面子的垮下臉。

對面的李桀閎朝我微微一笑，眼眸透著驚訝和一絲玩味，「好巧，沒想到會在這裡見面。」他上下打量了我一番，「妳變得很漂亮。」

我冷聲問道：「怎麼是你？」

「是星園找我來的。」他聳肩，對於我的敵意選擇微笑面對，「也不知道怎麼會找上我，我沒什麼經驗。」

今天果然不該來的！

「趕快拍一拍。」我疲憊的說著，沒有多餘的力氣與他敘舊。

李桀閎沒有因為我的冷淡而喪氣，依舊厚臉皮的勾著笑容和我閒聊，「還以為高中畢業就會很輕鬆，沒想到進了大學更辛苦。」

我懶得搭理他，「攝影大叔，請問我們可以開始了嗎？」

「再三分鐘。」攝影大叔一邊檢查設備，一邊調整光源。

我微微嘖了一聲，一秒鐘都不想多待，而李桀閎繼續旁若無人的與我攀談：「不如結束後一起去吃個飯吧？這麼久沒見了，我們可以好好聊聊。」

「沒興趣。」在這麼多人的地方實在不好發怒，所以我選擇冷處理。

李桀閎不在意我的拒絕，懶懶的環顧四周，「是說你跟霍閔宇上期拍的雜誌我看了，想不到還滿配的，怎麼不趕快在一起?還是他交了女朋友?」

他說得怪腔怪調，我也無暇猜測他真正的含義，只希望攝影師能動作快一點，「你不覺得你管太多了嗎?」

「上天就是這點公平，有些事是求而不得，即便擁有再多優勢。」他彎起笑，看了我一眼，「我就看他多有能耐。」

我皺眉看他，不喜歡他用旁觀者的角度批判所有事，好像我們不過是他眼中垂死掙扎的木偶，而他正看著我們慢慢走向毀滅。

「嗯，我倒覺得你如果生病了記得去看醫生。」

李桀閎先是愣了愣，隨後狂笑出聲，手臂忽然勾上我的肩，「妳怎麼還是這麼可愛啊。」

我愣了一下，被我罵還這麼開心?我用著沒救的眼神看他。

我轉頭想看攝影師準備好了沒時，便與另一頭的霍閔宇對上眼。

犀利的眸光橫了一眼我身旁的李桀閎，沒有表露特別的情緒，僅是轉頭繼續和攝影師討論照片。

但我知道他表面愈是平靜，內心就有多不悅。

「羽侑、桀閎，我們準備開始了!」

對於霍閔宇的反應我沒想太多，畢竟李桀閎本來就討人厭。

我想早點回家，更想快點擺脫李桀閎，決定速戰速決!剛拍過個人照，加上與工作人員也比較熟

了，我的肢體動作沒有初見時的僵硬，索性放開彆扭，提高工作效率，

幾分鐘下來，攝影師朝我露出讚賞的笑容。前面幾張我都避免與李桀閎肢體接觸，頂多就是背碰背，手臂靠在一起，雖然很近但都維持幾秒便換動作了。

「羽侑，現在妳勾住桀閎的手臂，營造一點情侶感，你們感覺太疏離了，桀閎，你也去搭住羽侑的肩。」

李桀閎看出我的不願，無奈的聳肩，表示他也只是聽命行事。

我也不想表現的扭扭捏捏，於是我心一橫，坦蕩的勾住他的手臂，同時我的肩膀一沉，李桀閎親暱的挽住我的脖頸。

一陣疙瘩攀了我滿身，我努了努嘴，極力擠出笑容。

就在我們換了幾種比較親暱的動作時，霍閔宇雙手插放口袋，悠然的晃到攝影大叔旁坐下，修長的腿橫在另一隻腿上，眸眼像隻蟄伏在暗處的野獸，慵懶卻極具攻擊性。

原本還算配合不錯的我們，紛紛都覺得一陣不自在，李桀閎倒是恢復得很快，馬上就換上嘻皮笑臉的模樣。趁我恍神時，他倏地側過身，身體向前傾，溫熱的氣息噴灑在我的側臉。

我頓了一下，瞳孔驀然緊縮。對面的霍閔宇眸色一閃，我突然有種不好的預感，正想轉頭看李桀閎想玩什麼把戲時，霍閔宇忽然出聲，寒氣凜凜：「先暫停。」

我停下動作，呈現要轉不轉的樣子，死死盯著斜對角的牆，而李桀閎嘴角仰起一抹驕傲的笑容，緩緩起身，「怎麼了？還有一組要拍不是嗎？我可是很忙的，不想浪費時間。」

我在內心讚歎，李桀閎能做人這麼失敗，這麼討人厭，也算是不簡單啊！

全場的工作人員皆停下動作，看著霍閔宇優雅撐椅起身，噙起淡笑，「星園有沒有考慮換人？眼

光好差。」

李桀閔嘴角一僵，但還是維持他一貫以和為貴的和樂態度，試圖化解空氣中的火藥味，但脫口而出的話卻是滿滿的嘲諷：「當然沒有專業的你厲害。」

「我同意。」

我想我是忘了，霍閔宇生來就沒羞沒臊的，臉皮厚得跟堵牆似的，區區李桀閔根本只是張薄紙。

李桀閔嘴角的笑容一滯，「所以現在是叫我不要拍嗎？我倒是沒關係。」他聳肩，似乎知道自己這麼一走，肯定會引起工作人員的勸阻，而確實也是這樣。

「閔宇，你在做什麼？都不夠時間了，好端端的幹麼氣走一位模特兒？」

「那就我來。」

迪昊焦急的說道：「你還有三組大廠商要拍，這家廠商是指定他們兩位，你別又任性了好不好？」

「太醜我看不下去。」

只見李桀閔硬生生沉下臉，我摀住嘴不敢笑得太明顯，咳了幾聲佯裝鎮定，但要換掉他我是舉雙手雙腳贊成。

「這醜不醜不是你說了算，何況他們拍得好好的，一點都不需要你幫忙。你快去準備拍下一組照片。」迪昊抽了抽嘴角，碎念道，「到時拍不完廠商又要把我罵到臭頭，拜託你行行好，別再給我添亂了。」

「不然把我的工作給他，我跟他交換。」霍閔宇一點都不在意，「廠商付的薪水也給他，我無所謂。」

「你、你在說什麼傻話啊?」迪昊氣圓了眼,「你是專業模特兒,他不過只來一天,怎麼可以拿大廠商來開玩笑?」

此話一出,我悄悄瞥了一眼身旁的李桀閎,臉上幾乎沒了客套的笑容。事實說出來總是難堪的,縱使大家都沒說,但論實力怎麼樣都是有經驗的霍閔宇勝出。

霍閔宇刻意擺低姿態,謙虛的拱起李桀閎,目的就是要讓他認清現況,而且壞人也不是由霍閔宇來當,他反而還能被貫上謙虛的美名。

我發誓,我之後絕不和霍閔宇共事。

「反正這醜不醜也不是我說了算,他不是也能拍得好好的?」霍閔宇笑瞇了眼,套用迪昊的話,不理會早已氣得跳腳的李桀閎,跨步執意走來。

他勾起狹長的眼,鄙視的看向李桀閎,「有關他的部分全部重拍。」

李桀閎氣得臉是一陣青又一陣白,連我都忍不住懷疑,霍閔宇是這裡的老闆還是廠商,可以有這種擅自換人的權利?

霍閔宇將我拉了過去,龐然的氣息旋繞在我之上,他的臉色難看,「衣服換一套。」

「為什麼?都要重拍了。」

霍閔宇掃了我一眼,「他碰過。」簡直把李桀閎當成瘟疫。

攝影大叔拿他沒辦法,用著大致了解霍閔宇為什麼會大發雷霆的神情,看了看我,受不了的擺手,「搞得我都想談戀愛了。」

我的臉瞬間漲紅。

「大哥,你都有老婆小孩了!」一旁的工作人員笑道。

「你這小子都要三十了，連個影都沒看到，還好意思說我？」

造型師帶著霍閔宇下去補妝換衣服，姊姊們則是拿了一套新衣服給我，並笑嘻嘻的和我咬耳朵，「男朋友生氣了，怎麼辦才好呢？」

我知道再怎麼解釋也是多餘的，只能尷尬的抿脣微笑。

霍閔宇換上與李桀閎同款的衣服，衣架子的他，撐起了整件衣服的版型，雙肩寬挺，氣宇非凡，印證了只要人好看，穿什麼都好看。

同時，迪昊正不斷和李桀閎道歉，「閎宇那小子就是這種脾氣，你不要介意，他沒有惡意。」

不是惡意，是殺意。我在心裡偷偷的補充。

「好！怎麼做都知道吧！隨便你們發揮，別太超過，大叔我年紀大，心臟會受不了。」攝影師直白搞笑的話傳入我耳裡，我這才意識到自己怎麼又和霍閔宇拍情侶裝！

因為有過一次合作經驗，拍攝還算順利，但還是有些尷尬，畢竟我們現在算是半冷戰吧。

拍到一半時廠商來了。這是我第一次見到元柔馨的父母，他們比我想像中的年輕，穿著打扮簡約新穎。

「元先生，非常抱歉！本來是你指定的人要拍，但是出了一點小問題。」迪昊邊哈腰道歉，邊拉著霍閔宇上前賠罪，「我們請了之前替星園拍攝過廣告的模特兒，您大可放心。」

霍閔宇謙恭有禮的微笑頷首，「伯父、伯母你們好，暑假承蒙照顧了。」

「原來是閔宇啊！從暑假後就沒看到你了，好像又變更帥了喔！」元爸爸爽朗一笑，一點也沒有老闆的架子。

元媽媽也笑彎了眼，柔靜甜美的樣貌與元柔馨十分相像，「小馨從奶奶家回來就常提到你，總說你幫了很多忙，她很久沒這麼開心了。小馨從小就很安靜，不太會表達個人情緒，一直沒什麼要好的朋友，有你陪在她身邊，我們很感謝你！」

「同學間互相幫忙是應該的。」霍閔宇謙虛道，與平時恣意妄為的形象完全不同，標準的見人說人話，裝得可是有模有樣。

我在旁安靜的聽著他們談論暑假的事，元柔馨的爸媽似乎對霍閔宇有著好印象，句句都在誇讚他。想起霍閔宇和元柔馨暑假在南部待了一個月，說長不短的日子，也不知道發生了什麼事。

「我們那時候還以為你是小馨的男朋友呢。」元媽媽掩嘴而笑，「我們都嚇了一跳，想說去哪找來這麼棒的孩子。」

「我有一個喜歡很久的人，我希望他能夠注意到我……」

恍然間，腦袋就這麼飄進了這句話，我下意識的看向霍閔宇，心想元柔馨說的人果然就是他。

注意到我的目光，霍閔宇扯脣笑了一下，似乎看穿我的心思，拉過我的手捏了一下。我微愣，不服氣的反捏回去，他的笑意不減，反而將我的手握得更緊了。

我後知後覺的意識到這互動似乎過於親密，不免有些懊惱。

霍閔宇微笑回應：「阿姨過獎了，希望你們不會介意我擅自更換搭檔，這是為了讓星園的實體店能夠以高質感的方式呈現。」

我默默的抹了一把額角的汗，覷了一旁早已氣到發抖的李桀閡一眼。

元爸爸爽朗一笑，「你出馬我當然放心！」接著，他欣喜的看了我一眼，「妳就是羽侑吧？聽我女兒提起妳不少事，她看了上回妳和閔宇拍的雜誌一直很喜歡，特別拜託我一定要請妳來替我們星園做宣傳。」

「看來我把妳捧紅了。」霍閔宇悠悠的說道。

我沒好氣的擰了他的手臂，看著他們熱情的握上我的手，我微微靠向霍閔宇，小聲說道：「怎麼連柔馨都知道我跟你拍情侶裝？」

「雜誌都出了誰不知道？」他的表情比我還疑惑，「轉學生呢？知道嗎？」挑釁意味十足。

這時候與他較真才真的是沒事找事，我索性不說話。

後來我們目送元柔馨的父母離開。

見廠商走後，攝影師馬上進入工作狀態，「最後再拍幾張，就結束了。」

我的腦袋還處於一片恍然，下一秒一股溫暖的氣息攀上我的脖頸，一抹冰涼帶點濕潤的觸感襲上我的左眼尾，我下意識的閉上眼。

閃光燈滿天閃爍，伴隨著四周曖昧的笑語聲，我全身僵硬，立即摀住臉頰，轉頭瞪視一臉老神在在的霍閔宇。

「喂！你……」怎麼又在這麼多人面前親我！但我不敢喊出來，太羞恥了！

「怎樣？」霍閔宇的眸光透著無賴，突然彎下身，歪頭低聲的對我說：「我就是要所有人都看見，我就是故意。」

他連小動作都做得光明磊落，讓人都不知道要怎麼罵他。

我氣得一張臉都紅了，抗拒的推開他，與他保持至少五步的距離，「你離我遠一點！」

「閔宇好像被討厭了喔——」工作人員開始起鬨，霍閔宇無謂的擺手，臉上盡是散不去的惡質與點點笑意。

之後，霍閔宇的工作當然不可能真的讓李棨閎代替，因此他還是得將剩下廠商的衣服拍完才能離開。所幸攝影組的大家都很友善，沒有人抱怨，霍閔宇也識時務的請大家喝飲料。

吃過晚餐後，我坐在攝影棚的角落等他結束工作。

晚上九點，霍閔宇將我搖醒，「回家了。」他沉而穩的聲音在我耳邊響起，是少見的溫柔與耐心。見我不動，他笑著用手臂環過我的背脊，輕輕一施力，讓我從沙發坐起，另一手拿起我的包包。

我張開眼，眼神迷濛，滿身睏意，嘛嘴沉吟了一聲，一點都不想動。這時，我聽見霍閔宇無奈的笑聲，「回家再睡，嗯？」

他將我拉起身，一邊和工作人員頷首道別，我也揉著眼打著哈欠和他們揮手說再見。

霍閔宇招來一部計程車，讓我坐了進去，自己隨後也靠上來。碰到鬆軟的皮革座墊，我的睡意再度襲來，但是怎麼樣都找不到舒服的睡姿，於是我像條蟲似的動來動去，椅墊發出吵雜的摩擦聲。

霍閔宇無奈的抿起脣，手一伸就扣住我的腦袋往他肩上靠去，我實在太想睡了，也懶得想這樣的姿勢有何不妥。

於是我毫不客氣的蹭了蹭他的肩，睡覺習慣抱著抱枕的我，少了東西可以纏著有些不自在，於是我的手直接環上霍閔宇的肩頸，他微微一震，卻也未抗拒，一手將我攬向他，讓我能睡得舒服些。

二十分鐘後我再度被霍閔宇叫醒，下了車，我不情願的走在後頭，慢吞吞的移動著沉重的步伐。他轉身停在我面前等我跟上，手裡還提著我的包包，似笑非笑的看著我。

「我這是帶一個五歲小孩出門嗎？」他疲憊的扶額，「真是麻煩。」

「我今天真不該去的……」我嘆口氣，搖頭晃腦的走到他面前，抬眼望向他，「你每天都這麼累嗎？」

「今天特別累，」他的語調含笑，輕手撥開黏在我頰邊的頭髮，「因為有妳。」

我哼了一聲，朝他皺了皺鼻子，「我果然應該在家睡覺。」語畢，我繼續拖著鉛塊般沉重的身體朝回家的方向前進。

然而，霍閔宇卻在後頭溫柔笑道：「我喜歡妳對我撒嬌。」

「我只是累，不太想思考。」已經不想探討他從哪裡得出這樣的結論。

忽然一股溫熱攀上我的背，我被他從後攬住，身後同時傳來他低啞的嗓音，「一下，就一下。」

我的睡意瞬間消去一半，「喂！你幹麼！不是說了不能這樣嗎？」哪有人話沒說幾句就動手動腳，這種像是變態的行徑，霍閔宇到底是去哪裡學的？

「我怎麼會喜歡妳啊？」他有感而發。

我愣了愣，「我才要問你。」

「長相普通，身材普通，智商也不怎麼高，大概就只有裝傻的能力勝人一籌。」

「喂！現在是想打架嗎？」我用手肘往後推了推他，實則也沒什麼勝算，就是做做樣子。

「你怎麼不問我喜不喜歡你？好像就你的喜歡比較了不起一樣。」

霍閔宇忽然彎脣，「所以，妳喜歡我嗎？」

我的心跳漏了一拍，沒預想到他真的問了。

他挑眉，夾帶著些微強迫的語氣，「說啊。」

方才怒火燄燄的模樣，忽然像是被澆了一桶水，我聲音倏地放緩，「幹麼突然問啊！」

霍閔宇覺得好笑，一臉不可置信，「讓我問的不是妳嗎？」

我咳了幾聲，「是沒錯啦……」我瞅了他一眼，發現他也在看我時，快速撇開眼，「嗯，我覺得你變得讓我難以猜測，雖然以前也不太知道你在想什麼，但是至少都能猜到一些。」

但是現在的霍閔宇完全無法控制，從他說喜歡我開始，所有的一切都開始崩壞。我知道自己一直無法給他一個明確的答案，是因為我不想變成和任迅暘一樣的結果——以分離收場。

我太習慣霍閔宇了，我不能想像有一天，我們連朋友都不是。

「所以呢？」霍閔宇冷哼了一聲，覺得荒謬無比，「我現在完全把我的心攤在妳面前，妳卻說妳不懂我？」

「你難道都不怕，」我斂下眼緩緩說道，「我們最後連朋友都做不成嗎？」就連身為旁觀者的李棨閎都明白我們在一起的風險有多大，我怎麼能夠拿我們的關係做為賭注？

我感受到他的雙臂猛然圈緊我，「嗯，我怕。」

「既然這樣，為什麼還要說這些動搖我的話？」說不在意是騙人的，面對霍閔宇三番兩次的撩撥與表露心意，我真的很怕會守不住自己的立場。

霍閔宇輕嘆，忽然直起身，耳際的黑髮摩擦過我裸露在空氣中的頸子，微熱的氣息拂過我的臉頰，「難道現在的我們就做得成朋友？」他鬆開環住我的手，夜風徐徐，讓他頎長的身影沉浸在一片無止境的黑。

「至少我是不行。」

♡

冬天的氣溫驟降，我手裡玩著暖暖包，懶洋洋的趴在桌上。田雅梨去籃球場替閻子昱送水，剛剛才回來。

「妳跟霍之間是解決好了沒?妳這禮拜不是要答覆任迅暘嗎?」田雅梨靠著桌沿，開口就丟下兩顆未爆彈。

「妳不覺得這種需要思考的『喜歡』，根本就不是喜歡嗎?」

「說什麼?講人話。」田雅梨皺眉，瞥眼就見元柔馨和霍閔宇在討論數學題目，「我是不知道什麼喜不喜歡啦，我只知道妳動作再不快點，霍遲早變別人的!」她意有所指的看著元柔馨。

最近不知道是不是我的錯覺，元柔馨似乎和我刻意的保持距離，即便眼神交會也不會和我打招呼，或是明明我們一群人在聊天，她就是不會與我說話。

但平時我與她的交集本來就不多，反而是霍閔宇與元柔馨因為正、副班長職務的關係比較有話可說。

「柔馨喜歡霍吧。」田雅梨晃著長腿，說得毫不猶豫，「班上其他男生之所以不敢對柔馨出手，八成以為她跟霍有什麼關係，對手又是霍，自然沒什麼好競爭的。」

此話一出，我不自覺默了聲，不想讓田雅梨看出我的情緒受到干擾。我不自然的笑了一聲，「妳不要隨便幫別人湊對好不好。」

「幹麼?吃醋喔?」田雅梨笑得賊。

「我、我哪有!」我辯駁，「如果真要這麼說，妳跟閻子昱的嫌疑才大，從國中到高中每天廝混在一起，怎麼可能沒有什麼！」

田雅梨愣了一下，有些尷尬的抽了抽嘴角，「拜託！拿闍子昱那種心智年齡低的人和霍比，妳還要不要給我活路？」

聞言，我們紛紛頓了一下，隨後不客氣的大笑出聲，互罵對方很壞，卻滿中肯的。

「現在妳不能跟霍交往的唯一理由，就是怕分手後回不去朋友關係吧？」

我點頭。

「如果妳跟霍不是青梅竹馬呢？」田雅梨抵著下巴突然說道，「如果霍和任迅暘都是妳高中才認識的朋友，妳會怎麼選？」

聞言，我默默的直起身子，這個問題我還真沒想過。

見我遲遲沒說話，田雅梨加深了笑容，「其實答案一直很明顯，只是妳不承認而已。」

「我……」

「不過霍的那些前女友，妳知道多少？」

「我幹麼去問他這種事！」我不自在的搖頭，「他說可以問，但是我沒問。」基於自尊心放不下。

聞言，田雅梨用力拍了一下我的背，「白痴喔！人家讓妳問，妳是在耍什麼公主脾氣？真不知道怎麼說妳，到時候可別連問的機會都沒有！」

我哀叫一聲，田雅梨的手勁簡直可以單手劈柴了，「我才沒有！我、我就不想啊！問這種事很奇怪。」

為了不讓我的理由聽起來很弱，我刻意挑釁田雅梨，「就像要妳去問闍子昱『怎麼不趕快交女朋友』或是『你喜歡哪一型的女生』妳敢嗎？」

這不就明擺著「我對你有意思，趕快來追我」嗎？我的臉皮沒有厚到可以問這種極具暗示性的問題，尤其還會順了霍閔宇的意。

田雅梨頓了頓，隨後扯起嗓門說：「有、有什麼好不敢的啊！」

「那妳去問啊？我等妳。」哼！嘴上說說誰不會？

「我為什麼要聽妳的？」

「別找藉口了，妳就是不敢。」

田雅梨激不得，張著惡狠狠的雙眼，指著我的鼻頭像是在宣讀什麼誓言，「好！我今天就問給妳看！」

我大方的替她拍了拍手，笑著說：「我很期待喔。」

半晌，她突然反問：「喂，等等，為什麼那個人是閻子昱？」

「呃，就是我們的共同朋友嘛。」

田雅梨喔了一聲，又問：「為什麼只有我要去問？」

「呃，因為妳剛剛答應我的啊。」

「我覺得這不公平。」

妳平常揍人的時候怎麼都不講求公平？

「妳也去問霍。」

「不要！」我一口氣回絕，現在突然在他面前提起這件事，免不了又要被誤會。

田雅梨挑起眉，用嫌棄的眼神對著我上下掃視，「原來夏羽侑這麼膽小喔？不過就是開口問幾句話也不敢？算了，我是不會強迫弱者的……」

我舔了舔嘴脣，不自覺哼笑出聲。真是荒謬啊田雅梨，妳以為這樣激我，我就會答應嗎……

「問就問！」我拍桌起身。

「沒關係啦，真的不用勉強，這種事對於包袱重的妳來說太困難了！」田雅梨尖酸刻薄的說道。

我氣急敗壞，忍不住大喊：「我、自、願！」

田雅梨唉唷一聲，語氣難掩欣喜，「那就這麼說定了。哇啊！好像要解開一個世紀謎團，真興奮！」

待我回過神，立即垮下臉，面如死灰。

我們果然物以類聚，激不得。

輔導課結束後，田雅梨熱情的邀請我們到她家的鬆餅店吃東西，說是自從二年級分班後，四人就很少聚在一起了。

知道她心裡打什麼歪主意的我忍不住坐立難安，一路上都在想要用什麼方式自然的開啟「前女友」這個話題。裝傻？搞笑？還是應該要狠的揪住霍閔宇的衣領，大聲吼他到底在搞什麼鬼？

忽地，咚一聲，我的額頭撞上一片軟厚，我愣愣的抬頭，發現霍閔宇的手已早一步抵在我眼前的圓柱前。

因為他的手，我才沒有撞上柱子。

「看路。」他睨了我一眼，移開手。我臉莫名一紅，心底泛起一抹柔軟。

夏羽侑！冷靜！沒事幹麼心跳加速……

就在我們快步出校門時，一聲清亮的女聲在我們後方響起，「閔宇，你的作業忘記帶了。」

我們轉身，看著元柔馨氣喘吁吁的跑上前，「喏，忘記這本可就慘了，明天肯定會被罰。」

霍閔宇抿起笑接下，「喔，謝謝。」

元柔馨仰起紅噗噗的小臉，接著說：「對了，上次拍攝的成品出來了，我爸媽很滿意，一直誇獎你。」元柔馨漾起笑，「你幫了我這麼多，我好像應該請你吃頓飯。」

「不用客氣，這是我的工作。」霍閔宇彎起笑。

他們又聊了一下海報的布置形式，我赫然發現自己似乎無法加入話題，只能呆站在一旁，而元柔馨似乎也刻意忽略我的存在，從頭到尾只顧著和霍閔宇聊天。

我不喜歡這種感覺，好似在他們之中我是多餘的。

坐在鬆餅店，聽著他們熱絡的交談，我卻一直處於分神狀態。

霍閔宇的存在，對我來說究竟是什麼意義？如果如田雅梨所假設的，我們不是青梅竹馬，是不是所有的決定都會變得容易一些？

可是如果我們不是青梅竹馬，他還會喜歡我嗎？被眾人簇擁的他還會多看我一眼，多和我說一句話嗎？

「夏羽侑，妳到底有沒有在聽我們說話？」

「嗯？」

田雅梨不耐煩的嘖了我一聲。

我乾笑了幾聲，連忙向她說抱歉。這時，手機突然響了，看了一眼來電顯示，我出聲道：「我出去接個電話。」

眼神下意識掃過霍閔宇，他隨意攪著杯中液體，既沒說話也沒看我，表情讓人摸不透。

相處這麼久，有時我覺得好像只有他可以了解我，但他的內心，我好像都沒辦法去探究。

我推開玻璃門，按下接聽鍵，「喂？」

「在忙嗎？」另一端是任迅暘純淨清澈的嗓音，我不自覺感到拘謹。

「在田雅梨家的鬆餅店。」我沒特別提霍閔宇，就怕他會胡思亂想，「我走出來講電話了，怎麼了嗎？」

有時我會想，像任迅暘這麼完美的人，為什麼會喜歡如此平凡的我？總是在我最需要的時候陪在我身邊，給我所有的好，可是我好像並沒有特別為他做過什麼。

任迅暘對我的好我無從回報，只能小心保護他，因為我不想看見他孤獨、寂寞的神情。

被自己的青梅竹馬拋下，已是他最深的遺憾，如果連我也離開了，他會不會因此不再相信愛情？

「聊些什麼呢？」任迅暘問道。

「唔，都是些很無聊的事，你也知道女生聚在一起就是喜歡聊些沒營養的話。」

任迅暘笑了笑。

「所以霍閔宇才會說，如果哪一天女生都變成啞巴，世界會清靜許多。」我感嘆，「這人說話那麼壞，以後肯定要下地獄。」

電話另一頭突然沉默了一會兒，半晌任迅暘才輕輕應聲，問道：「假日妳都做了些什麼？」

我愣了愣，竟沒有勇氣和他說拍照的事，等回過神來，我已經對他撒了謊，「就、就在家睡覺……」

「沒做別的事嗎？」他隨口問道。

我卻因為心虛，遲疑了片刻。

任迅暘以為我不想說，馬上就向我道歉，「妳不想說也沒關係，我只是……不想掛電話。」

我微彎起笑眼，內心微微撼動。

真誠善良的他，懂得替人著想的他，很努力的他，喜歡我的他，這麼美好的他……為什麼卻讓我有種不踏實感？

我不該動搖，也不能動搖，因為任迅暘才是最適合我的。

回到座位上時，大家出乎意料的都很安靜，我瞬間有種不祥的預感。

我戰戰兢兢的看著平時最愛吵鬧的田雅梨和閻子昱，兩人異常安靜，搔頭抓手的次數相當頻繁，我忍不住問：「我錯過了什麼嗎？」

「可精彩了。」身旁的霍閔宇拾起輕佻的笑容，雙手環胸。

「嗯？」

「我、我那是口誤……」閻子昱對著霍閔宇解釋道。

「內容屬實吧。」他偏頭。

閻子昱閉嘴了。

「到底說了什麼啊？」我見田雅梨也一聲不吭，急切的想知道答案。

「閻子昱說他喜歡田雅梨那型。」

「老大，你怎麼可以出賣我！」

「當事人都知道了，還有誰不可以說？」

我眨了眨眼，心裡大概明白發生什麼事了。

一定是剛剛田雅梨問了和我約定好的問題，結果過於死腦筋的閻子昱，想都沒想就脫口而出喜歡田雅梨這型的。

田雅梨長得漂亮，個性美加上身高優勢，長腿勻稱，要不是平時太男人婆，嚇跑一堆男生，估計會有很多愛慕者。

田雅梨率先起身，像是趕蒼蠅似的不斷催促我們，「我要忙了，你們快回去！」

真的太精彩了！

接近十二月的天氣，寒風溼冷。

我拉緊制服外套，刻意躲在霍閔宇高大的身形後，試圖讓頭腦冷靜。

霍閔宇淡然從容的走在前頭，什麼都沒有問。晚風揚起了他細碎的黑髮，在他身後的我，能夠聞到從他身上傳來的衣服清香。

一路上我們都沒說話，最後就各自回家了。

我已經愈來愈搞不清楚，我們到底都在為了什麼而吵架?自從我們的關係開始有了變化，這樣的情況總是經常上演。

霍閔宇覺得厭煩，我也感覺很膩。

暫時甩掉這些煩人的事情，複習完考試進度已是凌晨一點，然而我卻一點睡意都沒有。

我拉開落地窗前的窗簾，天空宛如潑上一層墨，神祕而遼闊。周圍住戶早已熄了燈，夜晚寧靜的只剩拂過耳畔的風聲。

我趴在陽臺上，愣愣的望著前方，任由思緒放空。不知過了多久，我吸了吸被冷風吹得有些凍的鼻子，打算進屋睡覺。

轉過身時，才發現一抹人影同樣也撐著臉頰，手肘抵著陽臺，沉默的看著我。

我嚇了一跳，看清楚是霍閔宇後，呼著氣拍著胸口說：「嚇死人了！幹麼不出聲？」驚魂未定的瞪了他一眼。

深邃沉亮的眼眸直勾勾的望著我，他難得沒有反駁，神色決然的說：「如果真的是我想錯了，只要妳點頭，我可以當作什麼都沒發生過。」

我明明聽懂了，卻還是發出疑惑的單音，靜謐的夜晚，沉靜的能聽見彼此的呼吸聲，我有些茫然。

濃重的夜色描繪出他此刻的身影，是我從未發覺的孤傲與偏執。

「睡吧，很晚了。」霍閔宇看了我一眼，沒再說什麼，轉身準備回房時，我忽然喊住他。

如果真的要和任迅暘在一起，至少也要處理好我和霍閔宇的關係，我不能帶著顧忌他的心情和別人在一起，這樣對誰都不公平。

我反覆的深呼吸，「我問你，你和前女友們都是為了什麼而分手？」

拂上落地窗的修長手指戛然停下，他聞聲停下腳步，偏過頭向我看來，眼底細碎的微光和濃墨般的夜色相互輝映，深邃閃爍。

半晌，他的聲音出奇低啞，「妳問的？」

我不自在的偏過頭，語氣不自覺尖酸，試圖掩蓋我的緊張，「不然這裡還有別人嗎？」說完我就後悔了。

忽然一陣清冽的風揚起我的頭髮，下一秒，一抹高眺的人影，赤著腳，直挺挺的站在我眼前，我的瞳孔一縮，對上他俯首的眼眸。

「你、你……站在對面說就好了，幹麼過來？」對於霍閔宇翻牆的俐落手腳，我始終甘拜下風，大概是常蹺課翻出了心得。但這個陽臺高度，一個不小心可是會摔出人命啊。

霍閔宇將脖頸上的毛巾拋給我，直接掠過我開了我身後的落地窗，自在的走進我房間。

「喂！大半夜的你幹麼進我房間？被我爸媽發現我們就完蛋了！」我跟在他後面想趕他出去，但我哪是他的對手，三兩下就被指使去關落地窗，因為他說他會冷。

我惡狠狠的瞪他，他舒適的靠在床頭，朝我招手，「過來幫我擦頭髮。」

「我不要。」這傢伙的劣根性可能到死都不會改，下地獄也會繼續橫行。

「那我不說了。」

「不說就不說啊。」真是得寸進尺的傢伙，我哼氣兩聲，「最好一輩子都不要說！」

「生氣啦？」霍閔宇眉目含笑，從剛剛就不知道在得意什麼，看了就讓人惱火。

「並沒有！」我強拉著他的手臂，「趕快回去，待會兒真的會被發現……」

「幫我擦頭髮我就告訴妳，說完我就走。」昏黃的燈光下，霍閔宇沉靜的眼眸閃過流光，溫柔的讓我一瞬間失神。

「你說的喔，到時不准給我耍賴。」

「嗯，我說的。」

我不情願的拿起他的毛巾，跪坐在他身後，替他擦乾頭髮後，手指滑過他帶點涼意的黑髮，細軟滑順，他連髮質都比我好。

「是妳的錯。」

我強忍住想揍人的衝動，刻意用力揉亂他的髮。霍閔宇頂著一頭亂髮回頭橫了我一眼，我忍住笑，「趕快擦乾免得感冒呀。」

霍閔宇直接搶走我手上的毛巾，自己胡亂擦乾後，逼著我躺下。起初我不願意，總覺得一男一女躺在床上，腦中就是會有很多奇怪的想法冒出來。

「妳再鬧，到時妳爸媽上來，我就說妳誘拐我。」

我頓了頓，「是你擅自進到我房間！」

「剛剛問問題的妳，不就是釋出想了解我的訊息嗎？這應該就叫隱性誘惑吧。」他刻意說得曖昧，嘴角噙起邪媚的笑容，聲音低沉魅惑，「我很好上鉤的。」

我一愣，本來想開口罵他，但居然在望進他深邃的眸光時，無法抑制的心跳加速。

完蛋了，世界真的要毀滅了……

我惱羞成怒的用被子蒙住他的頭，將抱枕放在我們之間，警告他：「不准越線。」雖然知道效果不大。

我們躺在床上，蓋著同一條被子，齊齊的望著天花板，如同小時候的我們，在同張床睡午覺，一起玩耍，互相分享糖果餅乾，感覺不過像是前些日子的事。

大概是好久沒這麼吵吵鬧鬧了，我的內心頓時一片平靜，還有些想笑。

「其實我很早就喜歡妳了，但我不信邪。」

我的身體一僵。

雖然早就熟悉他有話直說的性格，但他總是能面不改色的說這些心裡話，這心臟強度都不知是怎麼訓練的。

我下意識的替他接話，「所以你該不會藉由一直換女朋友來證明吧？」

他咧嘴一笑，直接承認。

「霍閔宇你真的瘋了！」我激動的從床上坐起，「這種事怎麼能隨便開玩笑！」

「妳不也從未反對？」

「我……不對！這事怎麼會怪到我頭上？」我愕然。

見他神色冷清，我繼續說道：「這是你私人的事，我當然沒有立場問你。」我不想被說是愛管閒事。

「立場？從小一起長大的妳，比任何人有立場可以告訴我。」

「你大概也不懂那種感受吧。」我說道，「明明是一起長大，可是我們就像身處在不同世界的人。你無時無刻都被眾人圍繞、推崇，所以我的小小意見又有什麼用呢？聽起來只會覺得可笑吧。」

聞言，霍閔宇轉頭看向我，蹙起眉頭沒有說話。

一直以來，我不會主動提起這些，因為說出來，就像是要從他身上得到同情或是憐憫一樣。

我不想，因為覺得不堪。

不是因為忌妒，更多的是不甘心。

雖然說看不慣他換女友的速度，卻不由自主的更努力充實自己，讓自己變得更好，這樣的話，或許有一天，他回頭就會看到我。

真實的情緒在我的胸口翻湧咆哮，從沒想到有一天我會如此赤裸的正視這些我從不說的事實。

然而面對霍閔宇，我得到的是一次又一次的失望，他的花心就像是不斷的在嘲笑我，我怪不了誰，只能說我活該，活該要喜歡他。

時間久了，我從期待直至最後的心死，所有的感覺都疲乏了。我不應該勉強自己，因為就算再怎麼努力，霍閔宇都不會在意。

我覺得夠了。

「所以我就想，不如就和你當那種玩樂會想到彼此的朋友，說起青梅竹馬會提到對方的那種關係。」

對於外界認為我們曖昧的評價，我一直很抗拒，因為就怕他也覺得不耐煩，討厭與我是青梅竹馬。

「說我愛玩、花心，我更覺得妳是箇中高手。」他冷嘲，「玩樂會想到的朋友？青梅竹馬？」霍閔宇仰天冷笑，臉色變得陰暗森冷。

我默默的往牆邊靠去，和他保持安全距離，「那你要我問那些關於前女友的事目的又是什麼啊？你確實也交了很多個，我當然會這麼認為。」

「確實是傳言。」

「嗯？」

「身為最親近的妳，居然一刻都沒想過要問我。」霍閔宇心灰意冷的說著，渾身散發著冷然的氣息與淡淡的失落。

「真的嗎？是我誤會了嗎？」看他生氣的翻過身，似乎被傷得很重，我突然覺得良心過意不去，「對不起啦，我真的不知道啊，你也沒有解釋。」

我伸手拉了拉他的手臂，試探性問道：「該不會……唐娜真的是第一任？」見他不說話，我再次搖搖他的手。

半晌，他才說：「第三。」

「第三！」傳言至少都是從第六起跳，我深深感受到謠言的可怕，名人真是不好當。

聽到我誇張的發出驚呼聲，霍閔宇極度不滿的拉走我身上的被子。我慢半拍的倒抽一口氣，「難怪每次我問起你那些前女友，你都不回我……」

我像是解開了一個世紀謎團，對霍閔宇的認知有些改觀。

我無力的縮進被窩裡，腦袋一片空白。

感受到身旁的霍閔宇動了動身體，我沒有太在意，卻在下一刻被他拉進懷裡，「喂，超線！超線！」

「我在範圍內。」他玩著我的頭髮，下巴抵著我的髮頂輕語。

我這才發現抱枕不知何時已跑到他身後，「你太奸詐了。」想起身，卻被他輕而易舉的制止，掙扎了一番，最後還是滾回他的懷裡。

「我很受傷。」

「我怎麼會知道事情原來是這樣。」

霍閔宇沉默半晌，忽然哼笑一聲，語調似是滿不在乎，卻真實反映了他的內心，「好像真的被唐娜說中了。」

我腦中浮現當時唐娜猙獰破碎的表情。

「像你這種玩弄別人感情的人，註定得不到想要的人的愛！」

我抿了抿唇，忽然覺得這幾年來很對不起他。就如他所說，最靠近他的我什麼都不知道，肆意的漫罵他，跟著眾人說他的不是，卻沒有求證。

「對不起……」我不捨的說道。

「我不原諒妳。」

還得寸進尺！我閉上眼，深深的吸了一口氣，忍過去、忍過去，畢竟是我有錯在先，「不然你想要我怎麼做？」

霍閔宇也沒在客氣的，開始一一細數我的罪狀，「想想妳說過我多少壞話，罵我花心濫情，把我講得那麼隨便，動不動就對我發脾氣，還屢次替李桀閎說話，我實在太生氣了！」

我真的無法理性的和霍閔宇溝通，我怕會失手掐死他！

「你不接受就算了。」我欲從他懷裡抽身，孰料他永遠清楚我的下一步，指腹用力壓上我的背，我重新跌回他的懷裡。

這次的我跟他的距離更近了，唇觸上他穿著薄透衣衫的胸膛，一股暖熱的溫度讓我瞬間覺得彆扭。

「不過說妳幾句馬上就跟我鬧，我就說妳被寵壞了。」他的聲線含笑，聽上去一點也不氣惱。

我卻被這般寵溺的口吻惹得臉紅氣躁，「你別這樣，快點放開！我們……」

不理會我的掙扎，他忽然說：「小時候妳跟我說過，喜歡一個人應該是小心翼翼，做任何舉動都需要三思，就怕好不容易建立起的感情毀於任何不當情緒之下。」

我皺眉，不記得這段小插曲，「大部分的人都這樣認為吧。」

「我不信那套。」霍閔宇語氣驕傲的不可一世，「喜歡就夠了吧！當下的快樂，比起三年、五年或是十年後我們還會不會在一起，不是更重要嗎？」

在霍閔宇的認知中，當下的好與壞就是結果，挽回與懊悔這種事都不會出現在他的人生中。

「既然你認為你的想法是對的，我們就更不應該在一起。如果你是用這樣的認知與別人交往，我覺得我們更不要冒險。」

因為我不是。

這是我第一次這麼和平、冷靜的和霍閔宇討論感情，如果不希望有人受傷，就不能再逃避，得好好說明白。

「嗯，我知道。」他笑了一下，「其實喜歡妳本來就是一件很冒險的事。」

我已經不想和他爭論這句話背後的意思。

「所以現在要怎麼辦？」

「不知道，第一次遇到妳這種怎麼樣都不肯過來的。」

我頓時覺得好笑，從他懷裡爬起來，低頭看他，「我要是真的過去了，就表示我要對你負責，是決定要一起走很久、很久、很久的那種……」

「我知道，所以是我想錯了嗎？」他的眸光熠熠，「妳難道對我沒有一點心動？」

面對霍閔宇直接的問話，反倒讓我一時無語。

我清了清喉嚨說道：「你難道都不會想，會不會你對我只是習慣，而不是喜歡？」

「不是。」

聽到他鏗鏘的反駁，我的心忽然一空，但我還是撐起笑，「對吧，我就說……」

「不是習慣。」他神情嚴肅，「習慣這種藉口，妳到底要拿來搪塞我幾次？」

我愣然，愣愣的探進他幽沉的眼底。

「夏羽侑，妳比我想像中還要膽小。」

他忽然伸手撥過我垂落而下的頭髮，進而摩挲我的臉，我的瞳孔一緊，卻動彈不得。

「真想直接把妳就地解決。」他抿脣，毫不避諱的說出心裡的想法。

我嚇了一跳，臉頰滾燙，「說、說什麼啊你！」想退開時，卻被霍閔宇緊緊抓著。

「我說過了，因為是妳，所以每一步都要很小心。」霍閔宇哼笑，「我不會自找麻煩，但是能怎麼辦，我喜歡妳就是這麼發生了。妳問我為什麼，我也沒辦法給妳答案，我只能證明。」

終於能懂為什麼大家都封霍閔宇是情場高手，但據本人委屈的表示只有交過三任女朋友，這大概是無師自通了。

「我知道妳為什麼一直不承認。」他緩緩說道，指腹輕柔的劃過我的臉頰，我怔忡了下，「我想是因為妳也很害怕吧，所以我不強迫妳。雖然很想抱妳，但我很努力克制了。」

我的手撐在霍閔宇的身側，低頭俯瞰他，狂傲的黑髮落在枕邊，帶著慵懶，夜色朦朧了他的樣貌，濃密深邃的眼眸緩慢的張合，抿著脣，始終沒有移開看我的眼神。

室內籠罩著一股曖昧氛圍，微妙且怦然，我的心跳不可遏止的狂跳，然而這次我居然無力阻止，放任思緒不斷越界。

沒想到霍閔宇居然考慮了我的心情。

一直以來，我認為他在愛情中是自私的，所以才能夠頭也不回的走，說出讓人心碎的話——他與唐娜分手的情景，仍歷歷在目。

「你真的喜歡過那些前女友嗎？」

霍閔宇應聲，「不是隨便。」

我突然想起他之前說的話，「分手是因為她們騙了你？」

霍閔宇笑了一下。

看著他無謂的笑臉，我擰起眉，頓時覺得心裡好淤塞。明明最後都是他受傷，卻任由謠言四起，一直以來默默承受這些不實的指控，卻從不多作解釋。

他失笑，輕柔的撫平我打結的眉頭，「覺得心疼的話就抱我，我會好很多。」

而他總是像現在這樣，用玩笑帶過一切，輕描淡寫的說著那些深刻清晰的傷痕。

「你起來。」

「就是抱一下，妳也要這麼小氣的趕我走？」他噙起輕佻的笑，語氣藏著失望，卻還是聽話的準備起身回房間。

看著他俐落起身，我朝他傾去，雙手環過他的腰際，沐浴乳的清淡香味撲鼻，我輕輕攬著他，貼著他微燙的胸口。

霍閔宇一震，雙手不知所措的懸在半空中。他靜默一會兒，微啞的嗓音緩緩響起，「抱我是要負責的。」

我沉吟了一聲，有樣學樣，「抱一下，你也要這麼小氣？」

他嗤笑，聲音沙啞，帶著洶湧的情緒說：「不只要一下，我要更多。」

語落，霍閔宇像是得到了許可，漂亮的手指滑過我的背脊，一絲麻癢與熱流自他指尖蔓延開來，下一秒他帶著磅礴的氣勢傾壓在我身上。

我瞬間從主導，成了被壓制的弱方。

他收攬住放在我腰間的手臂，小心翼翼卻能感受到他已無法壓抑的情緒，彷彿要將我融進他沸騰的血液。

突如其來的親暱舉動，讓我的腦袋一片空白。我抱他單純只是想給他一點安慰，卻意外摧毀了他擅長的自制力。

我跪坐在他懷裡，心跳失序，「霍閔宇……」我喊道，氣息異常紊亂。

他不理，也不肯放手。

「如果妳說要走，我不會攔。」霍閔宇的聲音在我耳後清潤的響起，「同樣的，我也不會等妳。」

我眨了眨眼，知道他是認真的。霍閔宇從來不會緬懷不屬於他的東西，如果這次我再從他身邊逃開，就真的是最後一次了。

「我說到做到。」

「那我們還有可能回到以前嗎？」

霍閔宇沉默半晌，「我真的不知道。」他的語氣充滿疲憊與無奈，「我連自己等一下會不會反悔都不知道。」

我一愣，氣氛瞬間從嚴肅轉為好笑，也讓我感到心亂。

霍閔宇是驕傲且目中無人的，集自信光彩於一身的他，從來不知道委屈是什麼。

我以為這輩子只會看見別人向他低頭，而此刻的他卻再三的為我打破慣例，為我妥協。

他變得不像是我一直以來認識的他，或是……這一直是他。

最後，我沒忍住的笑了出來，發懶的挨在他的胸膛，「好累喔，我們要不要睡覺了？」都凌晨三點了。

霍閔宇沒好氣的低頭咬了一下我的頸子，力道不重，還有些癢。我沒有反抗，覺得腦袋昏昏沉沉的，揪著他胸口的衣領緩緩閉上眼。

那晚，我夢到了小時候的我們。

懵懂純真的我們，牽著手的我們，想快點長大的我們，自以為是的我們，開始隱藏心事的我們……好多時期的我們，在夢裡如幻燈片快速播放著。

牽著我走過大街小巷，揹著跌倒的我回家，毫不猶豫和我分享最喜歡的零食，帶著我搭公車，陪我走過昏暗無光的夜路，書包裡總是有把折疊傘以備不時之需。

那些笑著與哭著的我們，最後卻背道而馳。

我們有了各自的朋友圈，有了各自的祕密，也有了自己的生活。不知何時，我們開始疏遠對方。

我以為是霍閔宇變了，變得討人厭，蠻橫不講理，總是要我為他收拾善後。但一直以來，變的人其實是我。

國中，最容易胡思亂想的年紀，也是男女之間開始萌生朦朧愛意的時候。

霍閔宇稚嫩白皙的臉龐，眸色犀利沉穩，一雙紅嫩色的薄唇，吸引了好多春心蕩漾的小女生。

霍閔宇帥氣、聰明，他的好我都知道，只是當這些都不再是專屬我一個人的時候，我突然覺得好煩。

我不喜歡和別人分享霍閔宇，但我沒有告訴任何人，以為是習慣作祟。

謠言在校園這種小型社會是傳很快的，霍閔宇花心濫情這件事，我從入學聽到畢業，依舊沒有消停，而我沒有向任何人表達我的在意與不舒服，只是跟著眾人討論、猜測。

我表現的合群，因為我害怕失去好不容易結交的同性朋友，所以不斷和霍閔宇劃清關係，說著討厭他的話。

更不可以告訴他，其實我喜歡他，一直以來。

時間久了，我便下意識的將所有不該出現的情緒歸為習慣，就怕是自己會錯意。我怕自己傷心，更不想因此被他恥笑。

當霍閔宇忽然篤定的說喜歡我，我真的很害怕，因為不想變成和任迅暘一樣的結果，因為沒有安全感，因為……我怕痛。

自始至終我都不相信他，所以總是在第一時間選擇逃跑、遠離他。霍閔宇一直都沒有變，依舊是漫不經心的對著我笑，站在離我最近的地方，不辯解也不離開。

而後走到現在的我們。

未完待續

國家圖書館出版品預行編目資料

討厭喜歡你 / LaI 作 . -- 初版 . -- 臺北市 :
POPO 出版 : 家庭傳媒城邦分公司發行, 民 108.08
冊; 公分 . -- (PO 小說 ; 37-38)
ISBN 978-986-96882-9-1(上冊 : 平裝) . --
ISBN 978-986-98103-0-2(下冊 : 平裝)
863.57 108012103

PO 小說 37

討厭喜歡你（上）

作　　者／LaI
企畫選書／簡尤莉　　行銷業務／林政杰
責任編輯／吳思佳　　版　　權／李婷雯
總 編 輯／劉皇佑

總 經 理／伍文翠
發 行 人／何飛鵬
法律顧問／元禾法律事務所　王子文律師
出　　版／城邦原創 POPO 出版　城邦原創股份有限公司
台北市中山區民生東路二段 141 號 6 樓
電話：(02) 2509-5506　傳眞：(02) 2500-1933
POPO 原創市集網址：www.popo.tw　POPO 出版網址：publish.popo.tw
電子郵件信箱：pod_service@popo.tw
發　　行／英屬蓋曼群島商家庭傳媒股份有限公司城邦分公司
聯絡地址：台北市中山區民生東路二段 141 號 11 樓
書虫客服服務專線：(02) 25007718．(02) 25007719
24 小時傳眞服務：(02) 25001990．(02) 25001991
服務時間：週一至週五 09:30-12:00．13:30-17:00
郵撥帳號：19863813　戶名：書虫股份有限公司
讀者服務信箱 email：service@readingclub.com.tw
城邦讀書花園網址：www.cite.com.tw
香港發行所／城邦（香港）出版集團有限公司
地址：香港灣仔駱克道 193 號東超商業中心 1 樓
email：hkcite@biznetvigator.com
電話：(852) 25086231　傳眞：(852) 25789337
馬新發行所／城邦（馬新）出版集團 Cité(M)Sdn. Bhd.
41, Jalan Radin Anum, Bandar Baru Sri Petaling,
57000 Kuala Lumpur, Malaysia.
電話：(603) 90578822　傳眞：(603) 90576622
email：cite@cite.com.my

封面設計／廑千煙
印　　刷／漾格科技股份有限公司
經 銷 商／聯合發行股份有限公司
電話：(02) 2917-8022　傳眞：(02) 2911-0053

□ 2019 年 (民 108) 8 月初版　　Printed in Taiwan.
□ 2022 年 (民 111) 4 月初版 5 刷

定價／ 280 元
 ISBN 978-986-96882-9-1